认真你就输了

陈漠 著

文汇出版社

总序

宏观的60后深沉发问:《谁在中国过好日子》?

蔫坏的70后冷嘲热讽:《认真你就输了》。

纠结的80后自言自语:《就这样吧》。

正所谓无巧不成书,《新周刊》15年来拧巴的那点事儿,竟如此奇妙地被它三个不同年龄段的主笔的书名给明喻了。

更奇妙的是:60后的肖锋来自北京,提笔社论,言必国家,编辑部内称"国务院驻新周刊办"的;70后的陈漠来自四川,沉迷亚文化,深析恶趣味,却以"面瘫"著称;而80后的黄俊杰来自中山,温润清澈,少年作家自是少年世界观。

所以,平日杂烩于《新周刊》锅里的文字,而今归于个人名下结集成书,荤素归位,原汁原味了。

三本书都好看,但你的喜好你做主。我只是猜:喜欢《谁在中国过好日子》的,一定是过着好日子但依然忧国忧民的人;喜欢《认真你就输了》的,一定是跟你讨论认真是什么的人;喜欢《就这样吧》的,一定是不甘心让中国就这样的人。

我猜对了吗?

《新周刊》执行总编 封新城

序

每天在广州倒时差的人

何树青

如果新周刊人都去月亮上旅行，独自遗落在月球背面的那个人，就是陈漠。

为什么会独自遗落在月球背面？不是不合群，而是因为他要倒时差，并且乐于享受属于少数派的趣味。

如果新周刊是坏小孩集中营，其中比较不坏但比较怪的那个人，就是陈漠。

这份怪是解构式的，在欢乐中看出荒诞，在庸常里看出趣味，在逻辑里看出反逻辑，在游戏里看出现实。当他被身边群众欢呼为"精分学院院长"时，你分不清是他的独立思考能力让群众精神分裂了，还是他以成功的精神分裂能力抵御住了现实。

一个在广州生活的成都人，热爱粤语粤菜甚于四川话和川菜。

一个每天早晨从下午开始的人，视杂志社多年免费供应的午餐为无物。

一个面无表情近似于面瘫的人，对时事冷感到了体温只有摄氏36度。

一个从未打赢过失眠症的人，穿着比自己的趣味大一号的身体，潜心运行在另一个平行宇宙里。

他的平行宇宙，包括了极度丰富的杂交文化元素：和量子力学无关、反粉丝、推理游戏、身份的决斗、变形金刚的阶级斗争、超人的角色扮演、东野圭吾的女性观、一个人和一座城市的诀别、节日黑帮……在海量资讯、流行文化和游戏文化带给每个人的吞噬与挤压里，他显示了自己的从容不迫和乐在其中。他与新电影新游戏新程序与时俱进。

严格说，这不是他的平行宇宙，而是一代年轻人与现实保持貌合神离的平行宇宙。

在人人乐于讨论财富与发展、权力与民主、道德与底线等严肃话题时，他所孜孜不倦的，是雕琢出另类平行宇宙里的强迫症、逻辑控、恶趣味和存在感。

就这样，他成了时事杂志里专攻冷门的冷面笑匠。

新周刊创刊16年，收容奇人无数；而他，名义上是执掌电视榜、网络生活价值榜和文化栏目的杂志主笔，实则是带着另一张身份证的大时代的异乡人。

这本书，便是他带来的异乡信息。

《新周刊》执行副总编 何树青

目录

逻辑控

鲍鱼是如何成为城市景气指数的 002

要记住多少电话号码才能在城市中生存？ 005

一个涵盖了所有房产概念的动宾短语：上城 008

停车场是现代噩梦的策动者 011

明清时代的江南城市生活 014

苏锡常：半小时的城市观 021

对城市隐秘生活的合理想象 029

恶趣味

20 年批张大合唱 034

电视媒体的浸入式游戏 041

Mad Men 046

喜欢班克斯，还是喜欢涂鸦？ 050

《变形金刚》的时代解读 055

超级英雄的暴力游戏 060

逻辑控

鲍鱼是如何成为城市景气指数的...002

要记住多少电话号码才能在城市中生存? 005

一个涵盖了所有房产概念的动宾短语：上城...........................008

停车场是现代噩梦的策动者...011

明清时代的江南城市生活...014

苏锡常：半小时的城市观...021

对城市隐秘生活的合理想象...029

恶趣味

20年批张大合唱...034

电视媒体的浸入式游戏...041

Mad Men...046

喜欢班克斯，还是喜欢涂鸦? 050

《变形金刚》的时代解读...055

超级英雄的暴力游戏...060

东野圭吾的女人群像 ··064

钢铁侠是共和党人? ··068

憨豆和波拉特 ··071

坏人都是既傻又疯 ··076

僵尸永远在批判社会 ··079

还有哪位明星没进去过? ··086

欢迎来到可能来过的不可能来过的地方 ·······················091

文明史就是暴力史 ··096

全球化的海盗世界观 ··101

对《色,戒》的诠释与过度诠释 ····································104

中国山寨电视台 ··108

男人的脸,社会的镜子 ··112

影视里的国家机构势力图 ··118

一个人和一座城市的诀别 ··121

大自然是脾气最坏的导演 ··124

中国电影观众比中国电影更愚蠢 ····································129

中国各朝代娱乐资源的市场分析报告 ································132

强迫症

微软的I'm小红花……………………………………142

不靠谱的世界杯之旅………………………………146

全社会都在大片化…………………………………150

只有搜索狂才能生存………………………………153

中国人为什么不耐烦?………………………………159

节日黑帮……………………………………………165

慢跑政治学…………………………………………169

人类所有的发明都是为了说谎……………………173

人类文化毁于汽车…………………………………178

谁对世界文明有贡献?………………………………183

金钱、谎言、占线率:选秀投票的科技战 …………185

为什么是"压洲"?……………………………………188

误读所带来的甜蜜效应……………………………193

我世代的100个细节………………………………196

无聊进化史…………………………………………208

只要甜,不要糖……………………………………213

网络新语汇…………………………………………217

丑闻不止性·····························221

有一种毒药叫成功·····················226

存在感

Deja vu·····························232

MP几?·······························235

P&K·································238

爱波鞋·······························241

超市野营·····························244

电视魔盒·····························247

发型风化史···························250

反粉丝·······························253

疯狂青蛙·····························256

和量子力学无关·······················259

机器上帝·····························262

身份决斗·····························265

电子手势·····························268

推理游戏·····························271

插图/向朝晖

逻辑控

每一个座位都坐满了观众，其余的坐在了台阶上，要么把自己挂在了墙上。观众们亲自培育了一种震撼性的气氛，而这种气氛正是他们所喜欢的，他们很多年后都不会忘记这次触及灵魂的演示。

一位大人物将会亲自来做这一演示，他大部分时间呆滞地望着空中，时而有着几段逻辑散漫但却不失幽默的语句，展示出他深刻而复杂的思想——"某个理论体系或者数学模型的内在逻辑一致，不含悖论"。然而，这是一个愚蠢的实验，关于相关性，它什么也证明不了。

鲍鱼是如何成为城市景气指数的

《溏心风暴》大结局拿下44点高收视的那天晚上，无线在愉景新城摆开四十席鲍鱼盆菜，500多名观众一边吃着鲍鱼一边观看着"鲍鱼世家"的恩怨情仇。如果按每点收视率64820人算，有近300万香港市民在收看这部剧，香港700万市民有一半沉浸在鲍鱼的魅力当中。

《溏》剧是无线自拍剧中收视率最高的，平均收视率仅次于2003年引进的《大长今》。有趣的是，这两部电视剧都是讲饮食的，可韩国菜和鲍鱼比起来，显然后者更能代表香港的胃口和心理。

《溏》剧的监制刘家豪说这部剧的成功在于讲述的是有钱而草根的家族，更接近现实，而在香港，鲍鱼也正是一种草根性与贵族性相纠缠的奇怪食物。一只普通的吉品鲍最便宜也要千元左右，极品的网鲍每只要近万元，怎么说都不是普通阶层能享有的食物。但香港历来是一个创造人生奇迹的魔幻世界，资本的涌动往往转瞬之间就把普通人推到潮流之巅。

上世纪70年代香港股市疯狂，教师文员甚至辞职全职炒股，人人仿佛都在一夜之间坐拥金山，"鱼翅捞饭"、"鲍鱼煲粥"、"用老鼠斑做鱼蛋"自然屡见不鲜。1977年股市全线崩盘，不要说鲍鱼无人问津，连街头餐馆也日见萧条。进入80年代，香港经济复苏，恒指创下新高，杨贯一也正是在此时发现了"卖一只鲍鱼好过炒一二十碟牛河"，创下了"阿一鲍鱼"的响亮名头。

1997年的各个鲍鱼餐厅坐满了香港人，仅"阿一鲍鱼"一家每月营业额就达500多万港元，那是香港人吃鲍鱼的疯狂岁月。人人都相信股指稳过两万点，炒房者都是十套八套楼在手，股市收市后经纪人们在餐馆随随便便一餐就是几千块，鲍鱼是家常便饭。第二年，东南亚金融风暴吹到香港，股市、楼市崩盘，鲍鱼餐馆人去楼空，又是一次鲍鱼与经济的悲伤轮回。

中国人历来有食物崇拜的习惯，吃什么不仅意味着补什么，还意味着身份是什么。吃鲍鱼，是一种非常简明扼要地表明生活状态的方法——豪气、尊贵和迈入上层社会。草根社会的香港所孕育出的那些鲍鱼餐馆，更是投射出不同时代、不同人的种种欲望。

如今的香港，经济蒸蒸日上。《溏心风暴》创下了5年来的收视纪录，香港的股市在2006年也创下多项纪录，失业率也跌至6年来的低位。经济复苏，股市大涨，鲍鱼自然再度翻身。香港一家鲍鱼餐厅"老字号"就表示：2006年12月14日恒生指数升过19000点，两天后他们的四头鲍就卖出15只，有一个客人一次就买了8只。

2006年，恒生指数大涨5088点，升幅高达34%，国企指数更为惊人，上升5019点，升幅近94%，359只内地企业股占港股总市值约50%。

对应香港股市的"内地奇迹",内地食客也借着自由行大举光顾香港的鲍鱼餐馆。

如今的香港餐厅老板已经习惯了倾听普通话或者上海话的点菜,言简意赅、直截了当:"大网鲍、苏眉、燕窝、鱼翅",也习惯了询问一声需不需要调制辣味的鲍鱼汁料。让老板们最欣赏的是他们买单时虽然常常忘了小费,但对菜品却从不讲价。

身厚肉重靓鲍鱼。最好的鲍鱼产于日本,当下日本最红的绘本作家高木直子曾在书中说自己最喜欢用腌制的鲍鱼内脏下酒,特别适合一个人在大城市里排遣寂寞的夜晚。当她在东京高楼里的小居所里独酌都市夜景的时候,那些加工制作之后的干鲍鱼都飞去了香港。鲍鱼的烹制、食用文化和随之生发的种种时代现象,在几千里之外的那个大都市里演化出另一派光怪陆离的景象。

(2007)

要记住多少电话号码才能在城市中生存？

作为一个合格的城市人，如果不能尽量使自己成为数学家，也要培养出卓越的数字记忆能力。想想看，在城市里生活下去，需要记忆多少个电话号码？

首先是110匪警、119火警、120急救，这是关乎性命的大事。接下来是122交通事故报警台，虽然你不一定开车上路，但谁都不敢保证上路不被车撞。记熟这4个号码，你总算在城市里保住了性命。

进门看脸色，出门看天色，如果你要出行，先打气象台121。要打听乘车路线，打公交热线吧，公交热线接线员倒是一般都很热情，可你不一定能听得明白。如果不想绕来绕去找公交站，那就再打个电话叫出租车吧，出租车公司号码是多少？要查电话号码，地球人都知道要查114，可是不一定有你想要的号码哦。114接线员的工作效率都极高，往往你还没说清楚，她就直接给你上电子语音了，而且除了很多号码不登记之外，联通的电话统统欠奉，因为这是电信自家的查号台嘛。想知道哪儿有好吃喝、好娱乐吗？打160吧，很多城市都有这个人工信息服务台。有些城市的媒体也开通了服务热线,说不定信息比160还齐全,你多留下意。

出去旅游被坑了,每个城市的旅游投诉热线都不一样,你慢慢记吧。买了假货,先别急着打工商热线12315,如果是生产环节的话,你说不定应该打质监热线12365。水电气的紧急报修热线应该记牢,万一出点乱子还是很麻烦的,北方的城市人还应该多记一个供暖热线。家里电话故障,打112申报,如果不解决就打10000投诉去。如果是联通座机,还是打10010解决这一切吧。至于手机用户,10086、10010、13800138000、12580、10012、1013088、130801更是不用多说,哪个号码什么用处,大家都滚瓜烂熟。记熟这一系列电话,你的生活质量才有保障。

过年回家,铁路、民航、汽车的订票热线热得发烫,没有耐心还真打不进去。如果老板拖欠工资,那么你可以打12333劳动保障电话。如果想找市长理论,市长热线12345等着你,不过我保证你不会听到市长的声音。如果运气好,工作人员会记下你的事情,帮你过问;如果运气差,工作人员多半会再告诉你几个相关部门的电话,让你自己去打。折腾完这么多号码,都几点了?打报时台117问问吧。

这么多号码怎么让人记得住?"非典"过后,卫生部等部门就提请建立紧急情况求助系统,要求把特服电话纳入一个系统。同样,台风"云娜"袭击浙江时,杭州媒体一下子公布了十几个应急求助电话号码,各有分工,市民在求助时无所适从。难怪各城市都在建立应急联动系统,一般的做法是把紧急求助纳入一块、生活服务纳入一块。有的城市,比如广州,就提出要把110作为应急统一号码;比如济南,就把市民投诉、抢险抢修、生活服务统一成公共服务热线12319。

在各个城市生活网站常常可以看到热心网民搜集的常用电话,帖子常常冠以"非常全"、"超级齐全"的字样。笔者在《北京常用电话!超全!》中看到,除了以上提到的常用电话之外,贴主还搜集了反扒热线、中毒援助热线、公证咨询专线、节水服务热线、特快专递服务台、交通事故咨询热线、法律服务专线、老年痴呆症咨询热线、市政热线、紧急避孕热线、施工扰民投诉电话、环保热线、水上搜救专用电话、北京公共交通李素丽服务热线、小公共汽车营运服务监督电话、违规用水举报电话、公共卫生投诉电话、拆迁举报电话、监督养犬举报电话、热水器抢修服务热线、重大动物疫病指挥部办公室、汽车援救电话、城区闯红灯咨询电话……光是看一遍就能让人晕菜。仔细品味一下这些形形色色的服务电话,不难品出一个城市生活方方面面的味道。

即使有这样的有心人,可城市的电话号码还是足以让人对生活失去信心。广州市正式公布的热线电话就有196个,你能都抄下来么?

（2005）

一个涵盖了所有房产概念的动宾短语：上城

城市人总有些尴尬的时刻，比如被人问起住地时。如今，住在"塞纳河"边的连喷泉都看不见一个，住在"维也纳"的只能天天听隔壁小孩弹《致爱丽丝》，"香榭丽舍"每人家门口都有一条，"花园"、"广场"等后缀真是提都不要提。这时候，你总是盼望能有一个通用符号，让它一脱口而出就形成一种影响力——比如，"上城"。

所幸的是，我们的房产商已经开始这项工作了。北京有"上城（畅茜园）"、"首邑上城"、"阳光上东"，上海有"上城Uptown"，重庆有"复地上城"、"中新上城"，西安有"克拉上城"，武汉有"枫林上城"，合肥有"上城国际"，南宁有"蓝山上城"，长春有"融创上城"，郑州有"峰景上城"，临沂有"开元上城"，深圳有"上城世家"——看看，已经在为你的子孙传世考虑了。"上城"和食品名、量词、年号、植物、抽象名词交叉组合，突然之间生发出很多种类，多得如同7-11一样，"总有一个在身边"，以至于你只说一个"上城"，别人都摸不着方向，要用括号来具体指向你的家园。

"上城"的威慑力在于"专属的居住版图,让生活成为居住艺术",要不然就是可以"完美诠释生态人居",它可以让你"上城生活的每一天,上层的气质自然流露"。它是"一个为城市上游阶层打造的专属领地",也同时可以"带给城市中坚层一种全新的精致、品质生活体验"。如果你实在舍不得欧陆风情,那么"上城"甚至可以"源引美国上东区之高尚居住理念,循欧洲小镇之闲适生活"。

　　我们的住宅建设从来也没有缺乏过想象力。建国后开始的众多"工人新村"项目取材自空想社会主义,毫无疑问是那个时候的"上城"。如今的"上城"风潮也毫无疑问是当下的"新村"项目,不同的是那时的"新村"是政治想象力的空间具体化,如今的"上城"是金钱想象力的空间具体化。美国建筑师莫什·萨夫迪说"住宅因而主要地成为社会变革的工具,而不是满足大众口味",他评论的是类似"工人新村"式的廉价批量施工,却不巧正好为"上城"作了注解。

　　欲求上上,取乎其上。"上城"的影响力远远超过那一片嘈杂的名词:田园、豪宅、风情、气质、诗意、艺术、生活、运动、文化、江景海景、城市之巅……它到底在给我们指向些什么?说起来,"上城"甚至比"SOHO"还要令人摸不着头脑——凡是敢说"SOHO"的至少还知道上网到户吧。而"上城"呢?生态,绿化,山水,容积率,还是LV的包包店?在"上城"那里,一切就得看具体的上城设计师了。古根海姆肯定是没有的,但"英国Bond女郎(古典辣妹)大型音乐会"肯定少不了,说不定运气好你可以在家门口看见女子十二乐坊。

　　帕特里夏·菲尔德(就是《欲望都市》的造型总监)在下城开店,

但她的客人都是上城的；安迪·沃霍尔是上城的,但广州那家挂满了他的模仿作品的湘菜馆却不见得是；在我们国家里,对"上城"心向往之的,对第59街以北了如指掌的,一般都是买盗版碟看《六人行》和《欲望城市》的,他们离不开这个想象。就好像《欲望城市》里的凯莉,在"上城的突变体"召开的派对里为"不供应有颜色的食物和饮料"的怪癖而恼火,去和下城的艺术青年喝个烂醉,但完事之后还是不禁被Mr.Big的Classy搅得怦然心动。所以商人们明白,虽然我们的"上城"没有林肯中心,也没有蒂芙尼,但不要紧,只要有"上城",他们的想象中就已经有了。

要我们回答住址的时候能够"体现上层的人文,凝聚上乘的品质",最简便的办法就是住进我们身边的"上城"。买不起的还可以搬去杭州市上城区,唯一的问题是英文地址不是Uptown而是Shangcheng。

连这些办法都实在不行的Downtown man,只好蹲在"上城"门口学比利·乔尔(Billy Joel)唱"Uptown Girl"——"she's been living in her white bread world, as long as anyone with hot blood can, and now she's looking for a downtown man……"这个时候,你可以在心里默默地把"上城"当作动宾词组来理解。

"上城"本来就是一个想象力的工程,对吧。

(2006)

停车场是现代噩梦的策动者

在大二的某天,迈克尔·摩尔开着车在密歇根州立大学弗林特分校里转悠,想找一个位置停车。但是,所有停车场的每一个位置都被占据。一个小时后,这个戴棒球帽的胖子愤怒地大喊:"够了,我不念了!"然后就退学了。很多年以后,他拍了一部《华氏911》,成为了乔治·W.布什最想掐死的人。

你看,停车场居然会在历史中留下光辉的一笔——如果那天迈克尔·摩尔能把自己的"雪佛兰黑斑羚69"舒舒服服地停在水泥地面上,那若干年后他就会成为自己所描述的那种美国教育制度的受害者,在膨化食品和分期付款的大屏幕电视前度过余生。

说起来,停车场不过是应汽车文明而衍生的附属物。1939年,纽约举办了一个被戏谑为"疯子乐园"的"明日世界博览会",通用汽车公司在其中展示了一个"未来全景"项目。在设计师诺曼·贝尔·格迪斯眼里,1960年的美国,每个城市村镇都有飞机场,飞机不用就放进地下机库,城市中将有一条条高速公路穿过,办公大楼和公寓大楼高达

1500英尺,四周围绕着高速公路,能容14辆车并行。很显然,他在幻想停机库和机场,停车场完全不入他的法眼。

而实际上,停车场现在却成了汽车文明和城市中最头痛的一部分。美国历史学家约翰·布鲁克斯如此评论:"格迪斯梦想的天堂已经大致成为事实,但是糟就糟在理想实现以后,倒有点像地狱了。"

停车场不仅摇身一变为现代噩梦的策动者,它还在我们的时代流行文化中插了一腿。英特尔的偏执狂安迪·格鲁夫虽然随时都在号称要"打断员工的腿",但从未享有CEO级别的待遇,他每天都和普通员工一样在停车场里为找车位而兜圈子。这被誉为一种企业管理文化。两个20岁的辍学大学生在车库搞搞电脑,干得很卖力,十年后发展成为一个市值20亿美元的大企业苹果公司。这也被誉为新经济的奇迹。除此之外,它还创造了一种叫做"车库摇滚"的音乐形式,让一帮毛头小子引领风尚。

可惜,我们不但没有独门独院的车库,连批量的停车场都成为了社会问题。格迪斯在70年前想不到的事情是:汽车沿着高速公路哗哗地流进城来,在城里转悠半天却找不到一个可以停下来的地方,最后它们全部在"能容14辆车并行"的道路上缓慢地兜着圈,把道路变成果冻一样的凝滞管道。广州的停车位缺口达22万个;上海的停车位缺口据说高达45万;而2006年10月3日这天有158000多辆汽车涌进北京,天安门周边的停车场爆满,交管部门呼吁车主错开高峰时段出行。

我们面临的现状比起"格迪斯噩梦"来,还有点不同,那就是我们的停车文化带着一种奇怪的逆反心理——你让我停哪儿，我就偏不停哪儿。上海人民广场地下车库最高峰时段的停放率还不到20%，广州市的室内停车场利用率也只有44%。一时间，所有的人都在叫苦。城市设计者和管理者背负着骂名，愤怒的车主四处找不到车位，停车场投资者血本无归，小区居民被日夜进出的汽车吵得无法入睡，被划伤了汽车的车主揪住停车场保安们不放，行人们则抱怨被占道停放的汽车碾伤了脚背……真是一幅现代文明社会的浮世绘。

从2000年开始，美国科利尔国际房地产公司的罗斯·摩尔开始系统地研究全美国的停车场市场。他跟踪调查了58个城市的停车场市场，并连续5年编写了《北美中央商务区停车费用调查》。他发现，美国零售业不景气的2002—2003年，停车场的收费也减少了7.4%；2004年美国经济复苏，停车场的收入也开始反弹，包月收入增加了3.7%，日收费更是增加了7.1%。

这真是一个好消息。停车场的紧缺状况因此可以理直气壮地解读为经济的良好态势，广州一个小区已经开始要求车主一次性交纳8年的停车费了。

（2006）

明清时代的江南城市生活

　　每个人都向往回到古代生活,有的向往唐朝,有的心醉汉朝,在那种语境里都是诗意的选择。但不是每个人都有机会成为项少龙,手握权柄、生杀予夺,最有可能的还是:我们成为古代某个街角社会里的小民,在已经注定的逻辑里挣扎求存。

　　那让我们试着玩一下这个角色扮演游戏,从城市发展较为成熟的明清时期开始,进入一个江南地区的城市,去探索那里面的生存规则。

　　这个游戏一开始会要求你选择一个角色,就像所有的网络游戏一样,你要么成为武士,要么成为巫师,或者游吟诗人。在我们这里,有这样几个角色。

　　首先是匠人。江南城市,苏州、扬州、杭州或者上海,很早就确立了商业资本的经济地位,纺织业、稻米加工、酿造业、建筑业和金融交换都相当发达,在这些行业里,你大可以成为千千万万工匠中的一个。最发达的还是纺织业,这一行的技术门槛在15世纪的七八十年代已经从苏州城男性工匠的专利降到了乡村里大量劳力都在从事的程度。乾隆时期，南京拥有3万张织机，苏州则拥有1.5万张，城市中的劳动力市场也很兴旺，找工作难的呼声并不比如今的大学生更强。如果被工场雇佣，可以订立长期合同、短期合同，也可以逐日支付工资，这个合同的订立大部分时候要依靠工匠所属的行会和雇佣方的谈判。从这时候开始，你应该感觉到被规则摆布不是那么愉快了，不过也有好消息，这行的报酬似乎并不如我们想象中那么可怜。清朝官员尹会一曾描述说，年仅7岁的女孩子就可以靠纺织棉纱养活一个成年人了；而另外也有记载，两位寡妇通过生产不仅养活了自己、偿还了债务，还聚集了可观的财富。虽然这只是个案，但至少也是希望。

如果你聚集了一定的财富，那么你也许可以选择做一个小手工业主，或者说机户。到18世纪，机户成了不同规模、拥有一台或者多台织机的家庭小工场，较为富裕的开始雇佣工人，小的就自己工作、经营。他们的工作方式或许可以称作来料加工，他们从大商号那里得到原料，生产后再打上大商号的商标，然后按件计酬。丝绸销售的收入十分可观，生产者也往往能从中得到不少利润，冯梦龙就记载过一个机户人家在10年内建立起一个大型的纺织工场。机户同样也要受到规则的限定，都需要在织造局登记，然后要完成国家下达的任务。这种的利润当然非常薄，而且责任非常重，只有偶尔耍点小滑头，拖延时间或者使用劣质原料，可以让机户们有一点点利润和快感。

再往上爬，你就成为大商人了。在流通领域干出一些作为来并不是不可能，高利贷、丝织品出口买卖、纸张、陶瓷、食品甚至第三产业的饭店、戏院等，都有可能成为豪商巨贾的崛起之地。比如苏州，拥有着巨大的商品市场，街道上到处是酒馆、茶馆、戏院以及店铺，1688年这里至少有132家木材商店，1710年这里有79家首饰珠宝店，1820年就连卖蜡烛的商店都超过100家。有记载说，一个叫做朱佑明的织工家庭出身的人，通过在饥荒中投机倒把成了巨富。而另一个叫孙春阳的，则在苏州吴趋坊北面开了个小食品店，最后发展成拥有"六房"，从腌肉到香料、从糖类到蜡烛，应有尽有的大货栈。他还因此赢得清政府的订单，凭借其严格的管理和经商之道成就巨大名声。

或者，你可以选择做一个士人。这是一种奇怪的职业，明清时代的江南士人也许是出于意识形态方面的反抗传统，要么选择放浪形骸，要么弃学从商，或者干脆混迹草民当中。这是一个拥有很高道德威望，却经常被卷入政治风波的职业，顾炎武家族就是一例。即使没有顾家那么大的威望和学养，一个小士人往往也会由于自身的道德责任而勇于在风潮中出头。如果你看看今年的皇历是顺治十八年（1661），恰好又身处苏州吴县，那么你在听到文庙那边有哭声的时候，不能不在心中有所选择。

选定了职业，你就要开始城市中的生活了。

那么，你要找个地方住。很多城市里，居住格局是由政府大致规定的，这和我们现在没多大区别。在苏州，官员们都集中在城市的西南角，地方精英们则集中在城市西北的阊门之内，这些地方你连去都要尽量避免，更不要说住了。阊门之外是新兴的商业地带，商人们在此生活、经营，还有一个小市镇浒墅，这里"居民际水，农贾杂处"，倒也适合你。不过，生活在城市化的核心要比生活在城市外围容易，你或许可以考虑在城东的贫民区找个地方落脚。

在城里住，麻烦也不少。比如苏州城就有一套很复杂的巡夜制度，为此要征召平民参与，这就是吴思在《潜规则》所说过的"第二等的公平"了——缴纳了税费，但衙门并不保证治安，还要征召你来巡夜，当然在一生的大多数时候你是无计可施甚至习以为常的。每天凌晨你就要到机户或者大商号去工作一整天，晚上才能回家，然后又要去参加这个义务巡夜队搞上一整夜，这简直令人崩溃。而且你还发现，其实你家里并没什么可偷的，富人们又可以用钱来免除劳役，你有什么热情熬通宵来保卫他们的财产呢？即使那些没有被征召的人，也感到不愉快，巡夜制度修建了街门，定时关闭，凌晨起来做蔬果生意的小贩和早起晚归的工匠们一旦违反宵禁就课以重罚。最后连病人和产妇也抱怨起来，生病、生孩子可不管白天黑夜。

好了，你接受了这些，那么住下来。租房或者买房都有可能带来莫名奇妙的负担。比如在杭州，有一种叫做"间架税"的赋税或者劳役，就是说每多少间房要出一个劳役，官员可以用钱来支付，而百姓则要服劳役。从最初10间房出一个人到后来7间出一个人，乡村无法支付的税收成本也逐渐转移到城市来，这样城市居民就民怨沸腾了。在嘉兴，实行了一种叫"门摊"的税，这种税按住宅估价的比例来征收，用于雇佣各种城市劳役。好像交钱就可以安稳睡觉了，但其实也很变态。租房住的人，工匠或贩夫就是流动人口，征收是个大问题。征收了他们也不高兴，官员和房主（大多都是有钱人）总能想到办法逃脱，最后负担还是越来越重地压在城市贫民身上。于是，又有了改革，常州府武进县出台了一个政策,只向房东征税,这无疑大受小市民的欢迎。

如果忽略这种种烦心事,城市生活倒也是美妙的。曾有国外历史学家这样描述苏州:"(它拥有)最伟大的艺术家的学校,最知名的学者,最富有的商人,最好的演员,最有技巧的杂技演员和优雅地裹着小脚的家庭主妇。它指引着中国人语言和习惯等所有方面的潮流……"城市的上层阶级养成了奢靡精致的生活作风,士绅们也建立起慈善组织,同时负责修缮道路、桥梁、学校和沟渠,这当然与城市商业和物质的极大繁荣有着直接关系。小市民也可以在店铺、戏院成群的街道上获得一点点乐趣,五月小满开放集市,来自周围村庄的农民在街道上出售各种农产品,也是少有的放纵日子。

士人们有着自己的独特乐趣。他们中有钱的可以在自己的藏书楼里沉湎,或者在园林里举办各种集会,没钱的也可以在郊外山青水秀的地方进行辩论会,或是到城南的文庙去参加一些仪式。

这个享乐主义的城市就这样开始自己一天的生活。

城市生活中不会永远风平浪静,士人们也不能永远地享乐主义下去,就像前面所说的那样,有时候他们会基于道德责任站出来冒着巨大的生命风险。

1582年的杭州就发生了一件完全打乱整个城市规则的事情。一个叫丁仕卿的读书人,对于间架税非常不满,计划煽动市民去烧毁权贵们的住宅,他的被捕最后演变成了全城的大暴乱。杀死和赶走了当权者、占领整个城市之后,起义者开始自发组织起来管理城市,他们以10户为单位悬挂灯笼来识别,拒绝与当局和谈。当然,最后的结果谁都知道，暴乱被镇压，丁仕卿等一批人付出生命代价，然后间架税就取消了。

1601年的苏州也爆发过示威活动。因为新设立的税收，机户们关闭了工场，这导致雇工的大规模失业，府学的生员（大学生）参与了抗议活动，让活动变得更有组织性和指向性。整个城市的街道在暴动的那几天空无一人，最后城市的秩序还是在首乱者的伏法后恢复。更不要说1661年那场富含政治意味的事件了。

在这些城市的乱波当中，我们可以看到，城市里已经形成了一个一个的利益阶层。他们在平日里相安无事，但在某种外来力量，比如赋税的影响下，就会形成利益的角力。比如，租户与房东，雇工与机户，平民与政府，士人与权贵，他们总是在一触即发的边缘上徘徊。

由于商业和手工业的发达，大量的农民进入城市成为了流动或半流动的工匠。集中在特定区域中的大量工匠——他们中有不少是失业者，在享受不到城市生活好处之万一的情况下，还屡屡被置于生活破灭的边缘，这对于一座城市的秩序形成了巨大威胁。这和我们现在城市中的状况如出一辙。

外来人口向来得不到本地居民的信任。在孔飞力的《叫魂：1768年的中国妖术大恐慌》一书就描述了一场因外来石匠和僧侣所引发的妖术恐慌，他认为，持续一个多世纪的移民浪潮是"盛世妖术"恐慌爆发的原因之一：人口向下移动的特殊群体成为人口压力的牺牲品。人口的大规模流动，对于人们的社会意识也产生着深刻的影响。

流动的人们于是自发形成了各种组织，以此博得更大的利益。比如，脚夫就是一个独特的组织，他们担任城乡间的运输工作，当他们弱小的时候他们是被压迫的对象，当他们强大起来他们又强迫商人支付高昂佣金，并干预粮食的供应从中获利，甚至成为一种有犯罪组织色彩的团体。比如端布匠，一种使用专用石块磨光棉布的职业，也形成了团体。他们多来自江苏和安徽的农村，因为职业特性，都是强壮的男人；他们每加工一匹布得到一文钱，可一个月需要36文钱用于生活支出；他们聚居在一起，又被城镇居民所歧视，甚至在枫泾镇有居民纠集起来屠杀了数百个端布匠。只要他们的生活境遇稍稍有一点点变坏，就会引发一场暴乱。

我们想描述的，并不是对一座城市的日常风俗和冲突的全面回忆。而是把这些资料串起来之后，我们可以看到城市生活的复杂面，每个城市都是一个小宇宙，而每个城市里的人都在被背后的规则所控制，不由自主地生存。

（2007）

苏锡常：半小时的城市观

　　从上海火车站乘坐"动车组"列车沿沪宁高速铁路西进，9分钟后就可以收到苏州移动的欢迎短信，再过1分钟收到的欢迎短信则是"欢迎来到中国百强县（市）榜首城市——昆山！"这两条短信，前一条意味着你进入了中国最密集的城市群，后一条则提醒着你，它们每一个都拥有着巨大的能量。

　　"富可敌国"，韩国媒体这样描述他们对中国几个省市的经济印象，这其中就包括了江苏这个经济总量超过两万亿元的长三角大省。而在我们的词汇表里，上海以西这群城市中最显赫也最有知名度的当属苏锡常。

　　早在1983年，时任江苏省社科院副院长的沈立人曾在一篇论文首次使用了"苏锡常"这一名词，这似乎可以作为官方的认可起始点的叫法。但在民间，"苏锡常"的说法几十年来始终伴随着竞争与合作、发展与变迁以及民众心态来来往往恩恩怨怨的纠葛，在城市的此消彼长当中，演绎出城市的一派传奇。

　　苏州电视台的方言娱乐节目《开心茶馆》庆祝开播一周年，2007

年11月3日在桂花公园举办现场活动,原定两小时的节目只演了不到30分钟就草草收场。事后,《开心茶馆》的主持人之一"老开心"开玩笑说:"300人的场地涌入了近万人,开始是高兴,后来就是恐惧了。"

让苏州街坊追捧的不仅是这个本地方言节目,还有那天登场的上海"老娘舅"系列剧的几位滑稽剧明星。对于外地人来说,三位"开心"说着苏州话插科打诨和"老娘舅"们说着上海话嘻嘻哈哈听上去完全没什么区别,但对于苏州人来说,苏州话和上海话的和而不同不仅预示着两城人的微妙区别,更代表着两城之间的亲缘性。

"苏州就是上海人的根,很多上海人都是早年的苏州人去上海捞世界的。"一位苏州人这样理解上海和苏州的关系。和苏州人的上海情缘相佐证的是,近年在苏州,"上海扫墓大军"成为了专有名词。每年清明前后,沪宁高速公路苏州段都会水泄不通、沪宁铁路也人满为患,放眼望去全是从上海前往苏州西山等公墓扫墓、祭祖的上海人。2007年,从沪宁铁路前来加上自驾车的"上海扫墓大军"总计超过十万人。苏州火车站不仅在广场特设"扫墓专线流动售票车",还专门跑到上海火车站去散发《扫墓春游服务指南》。

对于苏州的年轻人来说,上海更是一个近在咫尺,有着无穷时尚魅力的大都会。周末从上海坐"动车组"前往苏州,你可以看到许多手里拎着宜家家居黄塑料袋的年轻人,30分钟后,他们就消失在姑苏城的夜色当中。苏州媒体的娱乐记者笑言:"在苏州,我如果说什么事是南京比较火的,报出来一定没人看;如果说什么事是上海比较火的,在苏州就一定火。"

上海有句老话："宁听苏州人吵架,不听宁波人讲话。"苏州人对此不动声色,毕竟这让长三角的另一位虎视眈眈的兄弟排在了自己身后。但苏州人更欣赏另一句话:"上海开埠之前,有小苏州之称。"早年间上海的苏州移民不少,但毕竟眼下谈起影响来,上海对于苏州是顺差。上海人到苏州买房、置业,就连墓地也选在风水宝地的后花园苏州,"扫墓大军"们也成为苏州一年一度的消费主力。

外地人可能会感到好奇,为何长三角城市总有着"小××"外号。比如,无锡就一度被称为"小上海"。无锡人会建议你去荣巷看看,"无锡老早就是布码头,荣家就是那里发出来的,上海还不知道在哪儿呢"。至于现代气息,无锡的指向则是中山路。中山路毫无意外地带着上海南京路影子,同样的漂亮建筑、名牌入驻,同样的消费圣地,甚至和南京路边上有沐恩堂一样,无锡中山路上也有一个基督教堂,而正在举办活动的工作人员则友善地问一句:"上海来的?"

早几年,无锡市政府的口号甚至就是"依托大上海、背靠大上海、接轨大上海"。无锡火车站被誉为最像上海火车站,崇安寺商业街也颇有上海豫园的范式。在无锡,基本看不到苏州老城区那样逼仄的街道和粉墙黛瓦的老旧房子,旧城改造是这个城市的主题。但在苏州人看来,无锡模式照抄上海,却是丢掉了自己的传统,"新区不如苏州新区新,老区不如苏州老区老"。

离开无锡的闹市区一路往南,运河边就是无锡的太湖广场。这个占地67公顷的庞然大物计划是全市的行政文化中心和市民活动中心,但目前看来只成了几个轮滑少年的练习场。广场上的附属设施有些已经开始陈旧,而广场南侧还在建造一个由革命陈列馆、博物馆、科普馆三馆合一而成的无锡博物馆,在无锡地图上就直接标明叫"三馆"。有无锡人嫌广场还不够大:"(博物馆)造得不是地方,(把这)个广场毁了,南广场小了很多,看起来压抑得很。"至于官方说法,这是"集文化、娱乐、体育、健身、观赏、集会、休闲为一体的高档次高品位城市广场。在2010年,它将在上海世博会期间扮演重要角色,接纳来自五湖四海的朋友"。

上海的朋友,小上海来接待。

在苏州、无锡买可口可乐,是上海金桥灌装的,百事可乐是上海闵行的。有苏州人指点迷津:"到常州就是南京生产的了。"的确,常州的可口可乐都来自南京中萃。

从地理位置上讲,常州到上海坐"动车组"要1小时23分钟,到南京只要53分钟,但看上去常州和南京的心理距离要比离上海远。不过,常州人似乎并不关心这个,常州人不太喜欢讨论严肃话题,"常州人对上海没感觉,对南京也没感觉吧,常州就关心自己吃吃玩玩好了。"

常州自夸是"沪宁线上最好吃的城市",这里的餐饮娱乐的确很发达,常州本地的菜肴却屈指可数,更多的是来自全国各地的菜系,而常州本地的"大娘水饺"却开遍了苏锡两市,差点抢了苏州当地"绿杨馄饨"的风头。一位苏州人曾经颇为纳闷地说:"常州看上去就不像江南城市,满城里都是演艺吧,一群人坐在那里喝杯茶看节目。"这种演艺吧似乎只在长沙才会有市场,但在常州,同样大有人光顾。

位于怀德中路的常州亚细亚影城1991年落成,当时被称为"全国体量最大、功能最齐全的电影娱乐中心"和"亚洲地区最大的文化娱乐设施之一"，一度以近5000万元的年收入让常州人扬眉吐气。如今的亚细亚，影城已经式微，甚至还被南京大学广告学专业的市场营销教材用来做反面例子，但亚细亚的演艺吧还是一样生意红火，"一群人坐在那里喝杯茶看节目"。大手笔新建的水上威尼斯会所位于常州城北面的新开发区内，装潢豪华、气氛不俗，同样以"东北二人转与您相约"推广自己的演艺吧节目。

常州人似乎对地域没什么戒心，只要好吃好玩够娱乐，就能尽得这个城市的欢心。所以，洗浴场所这种很"北方"的方式在常州遍地开花，而温州人开的"路桥商场"在常州占尽了最好的地段到处都是。在"路桥商场"里，针头线脑、服装针织、日用百货甚至电脑电器，所有的东西一应俱全，一如浙江人的小商品市场风格，繁杂而价廉，常州人也在里面自得其乐。这个苏锡常三市最靠西北边的城市，虽然历来被称作吴中，但似乎一直有着游离的状态。苏州曾有一个口号："长三角的心脏"，无锡则有一个口号是"长三角的几何中心"，而常州呢，常州人想了半天："镇江跟南京，苏锡跟上海，常州就自己玩。"

有无锡人评论说："常州是吴语区和淮语区交界的地方，所以文化是很杂糅的。"苏锡人有时候有点看不起常州，但同时他们也警告说，常州人很富的。

常州的GDP在长三角16城市中排在第八九位，在江苏省内排在第5位，连苏州的零头都不到。但常州人会提醒你注意一个重要事实：常州的面积和人口在江苏省都排名倒数第二。一算人均GDP，常州立刻排到第三位，名列苏锡之后，真正成了苏锡常。

常州媒体前些日子报道的新闻是常发置业以21亿多元拿下无锡的地

王，这个常州的房地产企业早就把手伸向了苏锡各地。另一个常州的房地产商新城房产同样也在苏锡常耕耘多年，自2000年以来就一直是江苏省房地产企业综合实力第二。前些日子，南京"马6"车主在高速路上围堵悍马的事件中，悍马车主据说也是常州某房地产商。"常州人不显富，也不关心排名，只关心自己的小日子。"常州人这样总结自己的城市性格。

蠡口家具城位于苏州北部的相城区，离苏州老城区不过两公里，这里有近千家生产企业，年成交额超50亿元，是华东地区最大、全国第二的家具市场。南京人、浙江人经常来这里团购，但苏州人却觉得便宜归便宜，要买好东西还是要去上海。

对于一个外来者来说，从在上海虹桥机场落地的那一刻起，苏州就开始提醒你，它的存在。机场摆渡车里不断循环播放着苏州工业园的广告，机场出口对面就是长途车站，去苏州的大巴十来分钟就有一趟。其实，进入苏州要从上海开始这一事实，本身就提醒着人们上海与苏州的关系。

很多人无法想象苏州这个以外资发家的江苏第一大能力的城市居然没有民用机场，苏州人自己同样无法想象。多年以前，苏南国际机场就是苏锡常几市热切讨论的话题。规划方案曾经有过三种，最有可能性获批的是扩建无锡硕放机场、组合无锡硕放机场和常州奔牛机场这两种。这当然会让苏州人觉得比较吃亏，最外向的城市、最需要机场的城市却要出钱去建别人家门口的机场。好吧，干脆不建，反正苏州到上海虹桥机场也不过1个半小时，并不比国内其他城市的机场耗时多。

但无锡自己开始动手了。无锡硕放机场已经开始改扩建，该工程是无锡"十一五"规划的头号工程，无论苏南国际机场最终如何定板，机场落在苏锡常三市中间的无锡可能性最大。苏州的地图上列的航班从此只标硕放机场，而不冠以无锡字头，打电话去旅行社订航班，他们也直接给你安排上海虹桥。如果你要问起硕放，苏州人往往语带轻蔑："那个机场能有几个航班呀，隔几天一次吧，都是小飞机。"

从上海虹桥进出苏州的路，似乎并不那么顺利。2002年，上海把虹桥机场起降的全部国际和港澳航班移到浦东机场。对于苏州人而言，这简直是釜底抽薪，到虹桥的1个半小时陡然变成了要穿越整个上海市到达浦东的3个小时，再加上候机的时间，几乎要在上海市耗上一天。苏州人说，这完全是针对苏州的，经由上海到苏州的外商不得不先在上海市内走一圈，不但给你制造麻烦，说不定一夜之间就会改变投资方向。同样，上海的173计划也被认为是大哥跟小弟抢饭吃。除了要建成国际经济、金融、贸易、航运四个中心，因为产业转移而引起的制造业外移，上海也不愿放过，还要重振制造业高地的地位，用松江去跟苏州的昆山竞争。

事实上，不仅苏锡常，在长三角城市之间，合作和竞争从来都是共生的。在苏锡常，都有一个或几个被称做新区的行政区划，它们全称都叫做国家高新技术开发区，都有着宽阔的8车道公路、车道线雪白得如同刚刚刷上去，林立的高楼大厦和一排排的厂房都代表着这座城市的GDP发动机。三座城市都在计算着世界500强中有多少落户自家，然后郑重地写在城市规划馆的展板上。

苏州是市民的社会，无锡是商人的社会，苏州人最喜欢提起的是唐伯虎点秋香的故事：苏州的才子到无锡的太师家里抱得美人归。而2004年，原苏州市市长杨卫泽出任无锡市委书记、原无锡市委书记王荣出任苏州市委书记，又被认为是两市的一次融合。而常州呢？即使是自我认为淡泊地域之争的常州人也会为丹阳而感到不满，常州人认为自己辛辛苦苦养大的丹阳却划归镇江，白白给别人作了嫁衣。

苏锡常之外，于是就有人喊出宁镇扬的口号，南京、镇江、扬州似乎也想从联合当中谋得一席地位。实际上，几座城市的联合，更大程度上是一种外紧内松的概念合作，更取决于先天的感情和地域联系。

苏州人爱说一个故事，据说当年李光耀来中国考察，从上海往西走，一路艰辛难行，走到苏州就再也不想走了，于是便有了现在的苏州工业园区。而现在的苏锡常人肯定再也不愿意有交通不便的现实。在苏锡常乃至上海之间来往，上海到苏州半小时，苏州到无锡20分钟，无锡到常州17分钟，铁路沿线再也看不到大片的农田，厂房民居连绵，就转入了下一个城市。这种场景的柔和切换让城市之间的交流也自然变得容易起来。无锡人去浙江海宁皮革城购物，上沪宁高速转苏州西城高速，接着是苏嘉杭高速、沪杭高速，一路高速公路转换下来，就到了海宁。买完东西接下来就是乌镇一日游，然后返回无锡，刚好赶上吃晚饭。

落户苏州的第一家外资企业是明基电通，其中国营销总部总经理曾文祺这样评论苏州："苏州是感性的，但它也可以理性地容纳许多高科技的产业；苏州人是温和的，她可以容纳许多世界级的跨国企业来这里落户、发展，它是一个城市文化体的典范。这也是当时我们考虑落户苏州，而不是珠三角的一个重要原因。"

实际上，我们关注的已经不在苏州或者苏锡常，而在于长三角、珠三角，乃至所有跃跃欲试的城市群们。　　　　　　　　　　　（2007）

对城市隐秘生活的合理想象

向一个城市人说出"天上人间"四个字,大多都会收获会意的笑容。能够在大江南北达到大体相同的认知度,天上人间做到了一个企业、一个机构、一所设施所能做到的一切。

能够唤起中国人共同想象的词汇,莫过于两个:香格里拉和天上人间。这两者都有抑扬顿挫的语音节奏,都和娱乐休闲有关,但前者代表着虚无缥缈的宗教体验,后者展示出世俗生活的集大成;前者代表着逃离,后者代表着进入;前者代表着原始的大自然,后者代表着现代的城市生活;前者是所有城市人对自然的想象,后者则是大部分城市人对一小部分隐秘城市生活的想象。

城市自建立起就形成了生活和文化的壁垒,这种壁垒不仅面对"乡下人",同样也面对"城里人"。城市结构本来就是为人们提供隔离带,本雅明说"街道成了游手好闲者的居所",那么一部分拥有强大购买力的城市人则选择把自己关起来,在城市一角筑起工事,在里面拥有着自己的趣味和娱乐,而外人则总是在窥伺和猜想中打发自己的无聊生活。

我家楼下有一家Club,用其豪华的大堂表明了这是一家身份斐然的娱乐场所,但门面只有"美丽传说"这四个字,再无任何提示服务内容的标示,甚至简洁到了门口只有两个门童冷眼相对的程度。这是一家KTV,SPA,健身馆,或者打保龄球的地方?每天晚上,它的楼下云集了众多的高档轿车,过路行人侧目之余不禁也在心里作着种种的猜测。面对我的小小好奇,一位朋友如此表达他对隐秘文化的理解:"你只需要看那下面的车就可以知道它提供什么样的服务。"

"都是高级车啊,可我还是不知道它是什么呀?"

"如果你开这样的车,你就不需要知道它有什么了,你只需要知道自己想要什么。"

这种心随意动式的机锋,其实正好阐释了城市生活中的秘密部分。有一部分东西是你所不知道的,因为你还没有到达那个阶层;等你拥有了那个阶层的金钥匙,自然会有人来为你推开那扇包金的大门。在我脑子里闪过保龄球馆的念头时,我就已经明白我不可能了解它的秘密了——我怎么会想到保龄球馆,保龄球是什么阶层玩的游戏?——这是一个比保罗·福塞尔的《格调》还令人丧气的答案。

同样,城市中的阶层之谜让天上人间成为了一个大众释放想象力的最好空间。在民间流传的那些关于天上人间的逸闻当中,浓墨重彩、生动活泼地描述了一种娱乐方式和生活状态,几乎谈尽了一个城市人所能想象到的全部。这些意象五颜六色、异彩纷呈,初看毫无章法、互相矛盾,但仔细一想不难发现,这些意象总有它的起点,那便是当下的生活,无非是将当下生活乘以10,或者100、1000,颇有点像皇帝不用干活天天吃饱了便晒太阳的笑话。所以你推断,这些描述大多出于想象和渲染,即使有人出于探秘心态而亲历,也不会比中国式旅游深入多少,终难深窥其中的奥妙法门。

正因为这样丰富的民间转述和创造,天上人间的本来面目怎样已经不再重要。此时的天上人间已经在网络上、街头巷尾里、酒局上闲聊的人们嘴里,变成了他们所需要和愿意相信的面目,成为一种口头景观。CBGB的传奇,曼哈顿西54街254号的叱咤风云,棉花俱乐部的亦真亦幻,无不是这样让民众感叹"大有乾坤大有乾坤"的口头景观。这时候的历史,不仅仅是一小撮人的历史,也变成了普通人的历史。

似乎是为了给人们的合理想象提供一个简装版,我们可以在很多城市里找到天上人间的不同版本。上海的天上人间也是红极一时的娱乐胜地,与北京天上人间打过名称权官司;厦门也有天上人间,一家KTV,似乎价格亲民、老少咸宜;昆明、杭州、贵阳同样有天上人间……

除此之外,我们还能从天上人间这四个字上发挥些什么想象?它是1999年梁家辉和吕丽萍主演的一部电影,它是《还珠格格》第三部的名字,它是王菲的一首歌名,也是费玉清的一张专辑名。不过这些想象就完全无助于我们理解城市生活,即使我们沉浸在这一切天上人间的影像和音乐当中,也只能不断地提醒我们:有些人在天上,有些人在人间。

（2006）

插图/向朝晖

恶趣味

破坏、颠覆、反对、拆解、抗争，这一切都会带来奇怪的释放快感。我们不是坏人，我们只是口味奇怪。

无论敏锐还是迟钝，美好的东西大家都有感觉，我们之间的区别是你怎么去描述它、认知它。无论基于现实还是幻想，怪异的东西都让人不适应，我们之间的区别是证实它还是逃避它。

我们都是善良的，中国制造；我们都是脆弱的，精彩合作；我们都是文明的，什么都要；我们都是快乐的，回家睡觉。

20年批张大合唱

1984年是一个带有谶语性质的年份。乔治·奥威尔在距1984年还差36年的时候所预言的"大洋国"并没有出现,而理查德·斯托曼在同年发起的"自由软件"运动却奠定了网络自由主义的基础,这似乎预示着从1984年开始,将进入一个全面自我表达的年代。我们的主人公——张艺谋进入大众视野,就从这一年开始,而他与当代文化中各种因循势力的拉锯也由此揭开序幕。

1984年

这一年的10月16日,拖了近11个月之后,《一个和八个》最终被绿灯放行。这部电影由广西电影制片厂的"青年摄制组"独立制作,组员均为从北京电影学院刚刚分配来的年轻员工,其中包括导演系的张军钊、美术系的何群、录音系的陶经和摄影系的张艺谋。

第一次掌镜,张艺谋似乎就有着自我表达的欲望。按照他的想法,《一个和八个》是男人的戏,不需要细腻的感情,必须坚决夸大造型。片中大量极端风格的画面在样片冲印后就首先遭到了制片厂内部的强烈反对,加上剧情的敏感性,还险些被当成"精神污染"。如今看来,整个影片最出色的就是摄影,黑白影像与独特样式的融合将剧中人物塑造得如同青铜雕塑般苍凉悲壮。仔细品味这部第五代的开山之作,会发现张艺谋对符号化表达的迷恋,这不仅是第五代的"通病",更为20年后张艺谋所招致的批评埋下了伏笔。

还是1984年,陈凯歌导演的《黄土地》更掀起了一场视觉和色彩的革命。作为摄影的张艺谋在片中使用大量纯色色块填充银幕,他本人的说法是:"讲张力也罢,讲信息也罢,其实就是注重视觉的表现性……排除绿色,突出黄色,用高地平线的构图法,使大块黄土地占据画面主面积。"这一主张并未受到批评,反而成就了激越高亢的心理体验。但应该指出的是,这一美感并非全部依赖于色彩,影片内涵所撑开的审美空间依然广阔而充满韵味。

1987年

上世纪80年代中期的文艺界,充满了对审美创新的向往,人们热衷于美的本质的激辩和艺术形式的探索,在1986年出现于思想文化界的文化寻根冲动很大程度上被认为是此前审美创新意识的一次深化,而当时所谓文化电影的代表,除了《黄土地》,就是1987年的《红高粱》了。

张艺谋的真正出场是1987年,这一年他由一个摄影转型为导演而独立执导的《红高粱》大热。依然是他所钟爱的色彩、光线和浓烈的视觉形象,唢呐、花轿、土坯房、剪纸、年画、肥棉裤以及黄土地上的血色夕阳成为了最集中的符号堆积。《红高粱》让张艺谋第一次受到成规模的异议,但批评主要指向的是"国际影响"。

《红高粱》在国际影坛的轰动和获奖成为它的原罪,批评者论述了它把本民族野蛮、丑陋的劣根性暴露出来的"国际不良影响",一句"贩卖民族丑陋一面以讨好外国人的审美观"可以概括这种论调。这种批评脉络可以一直延续到《菊豆》、《大红灯笼高高挂》,甚至到了2004年雅典奥运会上著名的8分钟,我们仍然可以听到这种论调的回响——只是换了几个表述而已。

1988 年

《代号"美洲豹"》聚集了巩俐、葛优、王学圻等如今帝后级的实力演员,却成就了一部莫名其妙的商业烂片。批评者甚至都懒得费口舌去针砭它,张艺谋最想的恐怕是如何把它从自己的作品年表中删除。

1990 年—1992 年

《菊豆》1990 年在香港金像奖、戛纳电影节、西班牙瓦亚多里德电影节、美国芝加哥电影节载誉归来,并在次年成为入围奥斯卡最佳外语片的第一部中国电影;1991 年,《大红灯笼高高挂》在威尼斯夺取银狮,1992 年提名奥斯卡最佳外语片,1993 年获英国电影学院奖、美国影评人协会奖。在国外夺金摘银的同时,国内对它们的批评也达到了顶峰,知识阶层尤其猛烈。

龙应台在一篇散文中曾提到和一位旅居海外的著名女作家的一

次对话。女作家"数落着张艺谋一流以中国民族的愚昧和落后去取悦洋人的中国人。《菊豆》和《大红灯笼高高挂》都是这一类近乎出卖民族的片子"。龙应台则表达出对《菊豆》的欣赏："我一点儿也没想到电影暴露了'中国人'的愚昧和落后……重要的是故事里头传达出来的人和命运的澎湃冲突……这电影简直好极了。""那你就是个洋人!"女作家斩钉截铁地说,"你就不是一个中国人!"

两个好朋友、两位高级知识分子之间的有趣对话,基本可以代表那个时期对张艺谋的观点。那是一个浮躁的时代,传统断裂后自我身份的焦虑,混合着新一轮开放所带来的亢奋,整个中国处于一种前所未有的自我身份认同紧迫感之中。

除此之外,民间对张艺谋以及这两部影片的评价也到了谩骂的程度。一种当时通行的恶毒评价是:张艺谋有"窥淫癖",其电影是"窥淫癖"电影,其目的是为了满足外国人的"窥淫癖",这不仅仅是因为国外热捧,《菊豆》中的部分情节也是铁证。电影的关注度也让原著作者被推上靶心,对刘恒人身攻击式的说法是"初中生理卫生老师"。

和舆论相对应的一个小插曲是,1990年奥斯卡奖入围外语片的招待酒会上,其他五部外语片的导演和制作人均应邀参加,唯独《菊豆》无人出席。官方说法是张艺谋工作忙走不开,但西安厂的消息则是张艺谋现在并不忙,完全走得开。

值得一提的是,这种"张艺谋出卖中国人"的观点并非那个时代的专利。直到2000年2月22日的《羊城晚报》还引述过中新网的一篇文章,描述了一位国人在国外遭遇诸如"中国男人可以娶多少个老婆?"、

"中国男人要留辫子吗?"之类歧视性问题后的愤怒。作者气愤地检阅了张艺谋的电影意象:野合,剥人皮,妻妾成群,乱伦,弑父……并认为"张艺谋执意地用这些丑化中国人的片面的东西去取媚于洋人,换取了洋人一大堆的奖杯。他是靠出卖中国人的感觉去造就自己头上的光环。他让每一个在海外或者到海外的中国人都承受着鄙夷的羞辱。这一点,连我这样一个最普通的中国人都感受到了。张艺谋出卖了每个中国人"。

张艺谋真是意识形态先行的导演?这一点很难证明。如果他真是,他也不会在后来遭遇"缺乏内涵,逻辑混乱"的尖锐批评了。业界比较趋同的看法是,第五代中,陈凯歌更具思想性,张艺谋则是靠原著吃饭。著名作家苏叔阳在1999年评论张艺谋时就说:"张艺谋就会把剧本大拆大改,这样不好。虽然他的电影感觉非常好,是一个天才,但是这样改编违背生活真实,也将影响他的艺术生命。"苏叔阳认为"张艺谋最近的变化很可喜,是在刻意寻求不同风格。希望张艺谋能不断变化,不要舍不得抛弃以前的一些东西"。并劝其"今后能再多读点书,增加修养,不要被别人左右。"苏老所说"张艺谋的变化"恐怕是指《秋菊打官司》之后张艺谋的风格调试。1992年的《秋菊打官司》的确开始有点亮色,居然也微微掺杂了点喜剧元素,也算给人们奉献了一个"说法"。

1994年—1998年

这期间对张艺谋的批评主要集中在"老土"这个概念层面上,影评家们开始注意的是刚刚冒头的"第六代",这些年轻导演的国际背景、电影意识和新式电影语言,在很大程度上契合了全球化萌动状态下中国人的边缘化恐惧和冲动。相比之下，张艺谋的《活着》是中规中矩之作，未能公映自然也少招惹了口水。而印证人们对张艺谋"陕西农民"背景不满的是1995年的《摇啊摇，摇到外婆桥》和1996年的《有话好好说》，这两部电影均被评为"农民拍的城市电影"，基本上属于"土得掉渣"行列。

1999年—2002年

《一个都不能少》在1999年推出后评价还不错，至少，大家无法沿袭原有的批张套路来评议这部所谓公益电影。但好景不长，随后对《我的父亲母亲》的批评浪潮则是因为有了另外一个猛人的加入。

2000年的《文化月刊》第三期上，王朔直接炮轰张艺谋："张艺谋是该灭了！所有人都觉得他是臭大粪，这话现在都在小声说，就差大声说了。要不灭，影响极为恶劣，现在只等待着一个契机。"他的理由是"《我的父亲母亲》极度虚假，假装单纯"。全世界人民都在等着这两个猛人掐起架来，但是他们没有。于是，群众和舆论都很失望，接下来舆论主要围绕着王朔是不是博炒作这个问题开展。当然也有比较温柔的批评，北京电影学院教授马军骧就在央视的节目上表示对章子怡的形象"微微有点失望"，"张艺谋选错了角儿"。

2000年的《幸福时光》在拍摄前就炒起了选角风潮，媒体第一次集体开始炒作张艺谋，或者说，第一次"正面"炒作张艺谋。然而，影片依然遭到批评。专业影评人大豆认为，张艺谋的煽情用力过猛，"这时候好像看得出张艺谋的心思，观众该流泪了"，"给人的感觉总是疙里疙瘩的"。

如果细心，可以发现：从《幸福时光》开始，调侃性的批评语言开始出现，或许这正是拜网络所赐。这种以"开涮"、"戏谑"、"变造"为主要特点的批评更多的并不是单纯探讨得失，而是在展示作者的细节观察力和想象力，张艺谋的电影由此进入一种邪典的境界。

同样在这个时段，张艺谋"溢出"电影所染指的《图兰朵》、《印象·刘三姐》等也同样招来一片批判热潮，"批张"因此成为一种文化习惯。

2002年至今

2002年，《英雄》公映。疯狂的炒作带来疯狂的票房，也带来疯狂的批评。铺天盖地的骂声主要集中在薄弱的情节和夸张突出的视觉上，正如我们开头所说的，那正是张艺谋20年前就埋下的"祸根"。各种各样台词篡改版本也在坊间流传，对白成为段子，张艺谋的电影成为社会现象并进一步被妖魔化。而与此同时，关于"两个张艺谋"的说法变得时髦起来，许多人因此以"我欣赏艺术的张艺谋，但反感商业的张艺谋"之类的说法来显示自己的公正和清高。

2004年7月，《十面埋伏》公映，随之出现的批判浪潮几乎汇集了20年来对张艺谋电影的全部火力，文艺界人士在"帮助张艺谋进步"旗号下总结了张艺谋电影的六大弊端，整个就是一副秋后算账的架势。而其所有观点都是围绕"人文关怀"和"形式主义"这两个关键词而展开。各种本来存在巨大分歧的话语势力，在这次的批张的合唱中达到了空前的团结，这是否从另一个方面显示出当代中国话语资源的贫乏？

2004年11月19日，张艺谋新片《千里走单骑》开机……

（2004）

电视媒体的浸入式游戏

2005年9月21日,也就是《迷失》(Lost)获得艾美奖剧情类最佳剧集后的第三天,ABC开播该剧的第二季。当晚9点,共有2350万人观看了这个电视剧,刷新该剧2004年的收视纪录,也刷新了自1995年以来ABC所有秋季档电视剧的首播日收视纪录。即使在那之前3个月,香港无线电视明珠台炒冷饭,播出Lost的第一季,最高收视率也达11点,观众数达73.6万人,成为明珠台创办38年来的收视冠军。

2006年10月4日Lost第三季开播,虽然在美国的电视评论网站TV.com上Lost在剧情类中的得分是9.2,排名第二,但第三季收视人数比第二季已经有所下滑。一位评论者气恨恨地给出了6.5分:"太多问题,没有答案。"

但Lost的粉丝,或者被称做"信徒似的狂热分子"们并不这样看。在他们那里,太多问题正是Lost的魅力所在,因为,这些问题已经不单单是电视剧呈现出来的,它们在现实世界中也为观众们制造谜团,营造出一个电视剧的虚拟社区。

一时间,现实和电视剧的界限变得模糊,真假难辨。

它大致讲述了一群空难幸存者在孤岛上求存的故事,幸存者遭遇了一连串神秘事件之后,一切线索似乎指向一个神秘组织的科学实验……

这个神秘组织名为汉索(Hanso)基金,最大的一个问题出现了:Hanso基金是现实存在的么?

在网上,你的确可以找到Hanso基金的官方网站thehansofoundation.org.上面介绍了一些基本情况:阿尔瓦·汉索(Alvar Hanso),早期丹麦军火大王、实业商人,后来建立Hanso基金进行科学资助,目前所知的项目有心理健康、电磁研究、基因学研究等7项。

2006年5月2日, Hanso网站被黑掉了,被连接到另外一个网站,那里通篇都在指控Hanso从事一些黑暗的阴谋。从6月17日开始,一个名为蕾切尔·布莱克(Rachel Blake)的女人开始在各大网站上发布视频,据说是她偷拍的Hanso的工作场景。蕾切尔声称自己早先为Hanso工作,现在要揭露Hanso的隐秘交易。6月30日,蕾切尔承认自己就是黑掉Hanso网站的黑客,她提到她母亲的死和Hanso的实验有关,或许这就是这位24岁的美国公民和Hanso有着刻骨仇恨的原因吧。

至于Hanso的阴谋,网上流传一封GHO(Global Health Organization,环球卫生组织?)2005年9月19日给Hanso的公函。这封公函指责Hanso必须对其进行的一些实验产生的严重后果负责,一种新型的病毒突破了灵长类与智人属之间的传播界限。GHO声色俱厉地指出, Hanso必须尊重由192个国家共同组成的世界健康大会所制定条例中的第2342款,停止一切活动,GHO强调自己是凌驾于一切政府之上的,Hanso的违规行为会导致严重的后果。

接下来,2006年7月22日,Lost在加州的圣地亚哥举行剧迷讨论会。蕾切尔·布莱克大闹会场,她愤怒质问导演和演员为什么用电视剧给Hanso这个危险组织张目,他们在非洲、冰岛和斯里兰卡等地都在进行着各种不可告人的实验,最后她被工作人员架出会场……

这是不是很像一个现实中存在的科学阴谋论?

如果Rachel Blake的闹剧还不足以搅乱你的思维,那么Hanso现在要正式登场了。

Hanso在自己网站和其他媒体上发表声明,说Lost剧中对他们的描写是诬蔑,并公布公众服务电话,然后其在美国和英国的服务电话都被打爆了。在美国和英国,Lost的播出同期,Hanso的形象广告也在电视上出现,鼓吹他们强人的研究能力和口号"reaching out for a better tomorrow",仿佛Hanso正在进行危机公关、拼命辩白自己。

来看看这个"浸入式"游戏还有些什么玩艺。

剧中失事的是大洋航空的815航班,你可以去看看oceanic-air.com,这个官网上可以查到815航班从悉尼飞往洛杉矶,起飞时间是2004年9月22日下午2点55分,旁边煞有介事地列着总裁迈克尔·奥泰格(Michael Orteig)的声明:815航班有一些意外……深表歉意……大洋航空仍将竭诚为您服务……

剧中空难遗物中出现过一堆名为*Bad Twin*的小说手稿。2006年5月,小说*Bad Twin*在美国面市,一举登上销售榜前十位,出版商

Hyperion公司（这个公司是真实存在的，和ABC同为迪士尼的子公司）表示："我们从作者手里得到了手稿，然后就联系不上他了，他很显然坐上了那架飞机，然后就消失了。"然后，各大报纸上出现了Hanso的广告，声称"我们的名誉在小说 *Bad Twin* 里受到了攻击"，Hyperion不甘示弱地刊登广告与Hanso打嘴仗。你现在还可以在亚马逊上买到这本小说，或许了解剧情有帮助。

美国一些城市街头出现了剧中主角的"寻人启事"，一些广播节目中突然插进一段模糊不清的杂音："Help! I'm Lost！"广播电台没有任何解释，仿佛是真是无意收到的。

你还可以搜寻蕾切尔·布莱克发布在网上那几十个视频片断，之所以没有把整段视频一次性上传，据她所说是怕Hanso的人会根据线索追查到她。据说把所有视频组合起来可以知道一些秘密，有人已经这么做了，真是精力旺盛。

至于上面提到的GHO，全球卫生组织，和它那封公函，恐怕这个时候你也应该知道是怎么回事了。

当然，如果你足够冷静，你完全可以识破ABC高明的电视剧推广策略。我更愿意用一个计算机领域的概念来解释Lost现象。

Immersive Systems（浸入式系统），根据密歇根州立大学学者弗兰克·波卡（Frank Biocca）的解释，"浸入式"是指"使用者的知觉系统受到虚拟环境中虚拟刺激的包覆"。所有这一切都是Lost的"浸入式"游戏，其目的就是模糊现实和虚拟的界限。根据虚拟世界里的线索、规则，用现实世界的媒介方法来诱导人进入，让观众整个包覆在虚拟刺激当中，即使你足够聪明，你也会感到震惊、开心、恍然大悟、乐在其中并保持关注。Lost们正是在这个虚拟与现实混杂的游戏中乐此不疲地寻找过关秘诀。

沃顿商学院的营销学副教授尼尔森·盖顿（Nelson Gayton）认为这种风潮是电视网对其多年来的死对头——新媒体——的自然回应，"电视网正在被多种多样的媒体所取代，要获得消费者的时间、注意和金钱已经越来越困难"，因此它们"精明地融入到自身建立电视剧社区的努力当中"。另一位营销专家多恩·艾可布希（Dawn Iacobucci）却感到担忧：有什么能够帮助观众区分真实和虚假的广告呢？"最终，观众是不是都会假设所有的广告都是胡说八道呢？"

如果我们视野放开一点，这种"事件性营销"我们也有啊。难道中国式大片从开拍到上映的媒体热潮不是策划好的营销吗？难道那些口水战和豪言壮语不是营销吗？那些点映时的一致赞誉和公映后的恶评狂潮不是营销？

只不过，这些营销和那些营销，真的是有天壤之别。

（2006）

Mad Men

我其实一直很后悔没有从事广告业。

年轻的时候也曾经进过一家4A公司待过几天，主要工作是负责观察创意总监的眼色，然后尽量自然地把提案板递上去。那时候我的主要精力是在研究门禁打卡系统，完全没有去了解前台姐姐的短裙的觉悟，以至于后来被莫名其妙炒掉之后才后悔莫及。

不过，那短短的一段时间还是给了我一些启示的。比如当时我们做过一个楼盘的全案，你知道，基本上就是奢华、尊贵、传世这一类的形容词。后来他们就卖得很好。到现在恐怕有十来年了，有一次偶然路过那里，我的感觉就像是上帝之城。是的，就是那部巴西电影。如果，过几天那里全部喷上"拆"字，我也不会感到惊奇。于是，我学到了一样东西：广告业是多么神奇，谁也不会想到那堆灰扑扑摇摇欲坠的废墟以前是奢华、尊贵并可以传世的。

广告业是继传媒业之后的第二大骗子行业。不，这不是侮辱，说它是骗子行业，是因为我敬畏从业者的智商。以下我提到的这些才真正是侮辱。

托广州有线的福，每次我想在节目的间隙看看香港广告的时候，广州有线都尽量自然地插入他们的广告，不过他们从来不观察我的眼色。

　　其中一个是卖房子的。他们是这么做的：弄了俩野模，找了一个也许从什么机关第四幼儿园找来的孩子，然后一家三口就智力堪忧地在青山绿水间欢天喜地地蹦跶。当然，青山绿水都是PS上去的，像素不超过320×240。最关键的是，他们弄了几只鹤的图片在屏幕上划过，那几只鹤图片的边儿完全没抠干净，或许他们没有预料到绿屏配绿图片是一场灾难？总之，那几只鹤带着毛茸茸的绿边，配着凄厉的叫声，歪歪扭扭地从屏幕左上方挤出来，一头栽进屏幕右下方代表着湖的一片蓝色当中，就像老版《仙鹤神针》一样。然后，一个亲切得几乎要伸出手来拍着你肩膀的男中音说："我们不卖房子，我们出售的是健康与生命。"真惨。

　　另外一个广告是在路上看来的。好几个街道的显著位置都有这个广告，这次他们使用的图片像素要好得多，画面精致。一个中年男人在隆重地打高尔夫球，如果他把腰扭成那样不是等于在说"嗨，你看我在打高尔夫球哦"，那么就一定是在给骨质疏松药物打广告。好吧，高尔夫球，所以……房产广告。

　　你答对了。

　　高尔夫球是从来不打广告的，高尔夫球从来都是给房产打广告的。这个广告叫做"我在亚洲的一生"，这句话用很猥琐的字体写在画面的一个角落里。

　　我在亚洲的一生？我在亚洲度过一生？我怎么觉得还是很惨呢？我在西朝鲜度过一生还不够？我还要在中南朝鲜、中西朝鲜、东南朝鲜、西南朝鲜挨个度过我的一生？带着我的高尔夫球棍和钙尔奇D？

你看,广告业果然是骗子行业吧。他们居然可以骗到另一个伟大的骗子行业——房地产业的钱。

我们再打开电视吧。一个孩子（又是孩子!）在努力地喝奶粉溶液,画外音告诉我们这种奶粉比其他奶粉多4倍DHA。不, DHA不是沙特阿拉伯宰赫兰国际机场,而是从鱼类的眼睛里提炼的一种脂肪,会使人变聪明。然后这个孩子喝了四倍鱼类眼睛脂肪之后,干了什么呢？他跑去剪了一个恐龙的纸片,用手电筒照着吓唬同学。当然,那个被吓唬的同学（是个小胖子,明显是暗喻从小吃麦当劳长大的)很配合地和另一个面目模糊的被吓同学抱在了一起。

我想所有的家长看到这儿都会立刻跑去超市给自己的儿子买强光手电……对不起,买DHA。

还有一家人,他们喜欢彼此捏对方的脸蛋,然后说,"挺滋润的吧",对方回答："是挺滋润的。"其中包括一个穿着毛线背心的老年男性,一个穿着毛线背心的老年女性,一个穿着休闲服的中年男性,一个穿着休闲服的中年女性,一个特别活泼但从来不挨打的孩子（你有没有发现,广告里的孩子都坏事做尽但从不挨打？)。

核心家庭。这个核心家庭共用一款擦脸油,最大的乐趣就是互相捏脸。老爷子捏小孩子的脸,问答。儿子捏媳妇（或者是女婿捏女儿）的脸,问答。老妈子捏小孩子的脸,问答。媳妇捏小孩子的脸,问答。诸如此类。

好,现在出题。已知：1.上回合被捏的在此回合没有被捏；2.穿毛线背心的没有被问过话；3.穿休闲服的在此回合没有捏过人；4.问话的是女性。问：小孩子捏过几个人?

时间到。答案是：小孩子从没捏过任何人的脸！一直在被捏，从未被超越。你呀，当然滋润了好多年啦，你捏都捏了好多年啦。

丢。你知道我最想做的是什么? 我想把导演的台本拿过来给他重新排列组合一下：

老年男性捏中年女性的脸，"挺滋润的吧"，"是挺滋润的"。中年男性捏老年女性的脸，"挺滋润的吧"，"是挺滋润的"。

小孩子呢? 算啦，少儿不宜。

（2010）

喜欢班克斯，还是喜欢涂鸦？

你很少听到人们把尖叫送给艺术家，而不是演艺明星，但班克斯是个例外。

班克斯喷涂在英国各大城市以及纽约的建筑外墙上的涂鸦，会让很多人经过的时候尖叫起来，突然出现在布鲁克林一栋建筑上的班克斯作品甚至还引来美国公众的轰动。没有人知道他是谁，只知道他到处喷下作品和签名——班克斯。

喜欢班克斯的人说他是"艺术英雄"，不喜欢他的人说他是个"血腥的、该入地狱的家伙"，但年轻人就崇拜这样的涂鸦艺术家——英国一个针对18到25岁的年轻人的艺术调查显示，班克斯在他们心目中排在第三位，比达·芬奇还要靠前。正如一个网民在一篇反班克斯的评论文章后面跟贴："但是布拉德·皮特都喜欢他，他一定很酷！"

不仅布拉德·皮特喜欢，连安吉丽娜·朱莉也喜欢班克斯。

2006年9月，班克斯在洛杉矶搞了个展《几乎算不上合法》(Barely Legal)，布拉德·皮特和安吉丽娜·朱莉都跑来捧场，这次班克斯呼吁我们要看到全球贫困人口问题，应该很合安吉丽娜的胃口。班克斯弄来一头大象，喷成粉红的底色、金色的花纹，放在布置成起居室的展厅里。鲜艳的大象在18世纪风格的奢华起居室里优哉游哉，切入点比较老套，又是"起居室里的大象"那个英国老谚语，而且还惹得动物保护组织很不高兴。

以政治不正确的方式来表达政治主题，是班克斯的一贯作风了。他在建筑物上的涂鸦很多都充满了暴力的政治隐喻，小孩子拿着插上导火索的冰淇淋、女人怀抱着炸弹露出甜蜜的笑容、街头战斗者投掷的却是鲜花，等等。就在洛杉矶个展前，他还在迪士尼乐园里放了一个穿着关塔那摩监狱囚服的假人。2005年8月，班克斯还曾跑去拉马拉，在西岸被占领土的隔离墙上喷出一系列作品。以至于有人评论说班克斯被过度诠释了："他的政治指向就是一些耀眼的、毫无意义的政治姿态——看，巴勒斯坦人靠近隔离墙会被射击，班克斯就可以奇怪地打开通道。"

其实，抛开那些政治主题不谈，班克斯带给人们的新鲜感更多在于作品和空间相结合的幽默感上。他的作品都和周围环境结合得很好，甚至还考虑到建筑物的材质，画面和环境细节的融合最终营造出意想不到的趣味。

班克斯曾经把苏格兰高地上的巨石阵装饰成一圈小便池，在西伦敦的维多利亚湖里装上鲨鱼背鳍。他到处喷涂的著名的老鼠形象，经常会和建筑物上的水管、铁门、标牌等结合在一起，比如一块"禁止球类游戏"的标牌下，班克斯就喷了一只玩球的老鼠。

毫无疑问,这些才是城市人从涂鸦中获取乐趣的途径。班克斯自己说的:"人们看油画的时候会赞叹于绘画技巧所传达出来的含义,人们看涂鸦的时候会赞叹于排水管所增加的含义。"

"班克斯是十年来从英国走出的最令人激动的艺术家,也许大西洋两边的很多人都会这样告诉你。"英国《卫报》以这样不咸不淡的句子开始对班克斯的评论。

事实上,班克斯在大西洋那边受到的追捧比在老家要热烈得多。在伦敦,班克斯的涂鸦经常被人在旁边涂上"滚回布里斯托,小子"——据说班克斯出生于英格兰西南部的这个城市。甚至有评论家揶揄班克斯的土气名字:"你不得不想,如果他早知道有一天他会被艺术世界吸纳的话,他也许会选一个好点的签名。"而在美国,名流们排着长队来看班克斯的大象,开幕当晚就卖掉210万英镑,布拉德·皮特买走了3幅喷涂画,其中一幅价值13万英镑。2006年8月,班克斯在布鲁克林的一栋老建筑上喷涂了作品,这是班克斯作品首次出现在纽约。媒体竞相报道,艺术人士和闲杂人等纷纷前来观瞻。英国媒体则语带嘲弄,"突然之间,班克斯就不再只是英国人的困扰了"。

可如今,班克斯的影响越来越大,2007年年初《纽约客》就用了7个页码来报道班克斯。英国媒体实在对班克斯没话说,只好挑《纽约客》的毛病:"如果你是英国人,读这篇报道就真觉得好笑:作者竭力把经销班克斯作品的画廊营造出粗俗和廉价的感觉,就像是描绘狄更斯笔下的贫民窟——拜托,那可是在希腊街,紧靠着全伦敦最贵的餐厅。"

美国其实向来是涂鸦的宝地,在上世纪80年代,让·米歇尔·巴斯奎特就曾作为街头艺术的草根英雄复兴了美国的涂鸦文化,同时代的还有凯斯·哈林和肯尼·沙夫。二十多年过去了,三人早就是涂鸦界的殿堂人物。巴斯奎特最重要的纸本作品已拍到700万美元以上,2006年《让·米歇尔·巴斯奎特纸本回顾展》来中国巡展,光保险额就高达9000万美元。

而英国人看着自己的这个涂鸦新星,似乎总有点不顺眼的样子。《卫报》的艺术评论家乔纳森·琼斯说:"巴斯奎特的艺术暴露出班克斯的弱点。巴斯奎特有着涂鸦最本质的粗鄙和神秘,从底层发掘出东西来,虽然他实际上是中产出身。而班克斯呢?不过是个青皮,有点搞笑而已。"

据说,班克斯小时候在街头涂鸦被警察追得满街跑,有一次躲在货车的下面,底盘上的一块电镀钢板给了他启发,班克斯老爹正好是修复印机的,相信这也给了他不少帮助。用复印机产生高反差图像再镂刻成模版,最后喷涂到街头,不仅图像复杂、线条清晰,而且方便在街头大量复制,这也成为了班克斯的标志风格。评论者认为,班克斯的模版喷涂方式意味着他要画得更细腻,变得越来越像正当的艺术,其风格也更易识别,就像安迪·沃霍尔的丝网印刷。

可安迪·沃霍尔不会被警察追得满街跑,而班克斯依然在挑战城市规则。

在布里斯托,遍布各处的班克斯作品虽然已经成为当地的骄傲,但直到2007年当局才通过一个新的建设发展计划,停止摧毁班克斯的作品。有人立刻开发了《班克斯作品导游手册》，带你去寻找咖啡店桌子底下、小街小巷里残存的班克斯真迹。

实际上，并不只是政府才是班克斯的敌人。班克斯的纽约处女作只在布鲁克林存活了几个月，到2006年12月，就有班克斯的粉丝悲伤地哀悼："Banksy goes byebye"——那间铺面租给了一家灯具商，当即大搞装修，把墙刷得干干净净。

城市是谁的？

强力的城市管理者会用暴力来告诉你答案。著名的"纽约暴君"鲁道夫·朱利安尼就曾发起过美国史上最大型的反涂鸦行动，甚至禁止卖喷漆给18岁以下人士，强令喷漆店把喷漆锁在箱内以免被小孩和小偷拿到。当然，最著名的案子是1993年新加坡援引"涂鸦法"把美国青年鞭打一顿，引发一系列外交冲突。

商人们会用商业来告诉你答案。2005年年末，索尼专门雇请涂鸦艺术家在美国7个大城市的街头喷画PSP主题的涂鸦，一度触怒了各个城市当局。

而良好市民们也有他们的答案。就在班克斯的粉丝们一片悲痛的时候，一个网民发问："谁能给我解释一下街头艺术和涂鸦的区别？"另一个人回答："我能理解的涂鸦就是街头小混混们搞的，看上去跟我3岁时画的差不多。"

（2007）

《变形金刚》的时代解读

"它非常令人敬畏",来自马萨诸塞州萨默维尔市的尤里斯·华斯本（Jules Washburn）2007年7月有幸参加了电影《变形金刚》试映会之后这么描述,他接着补充道:"仿佛就是最高主宰在哈米吉多顿（《圣经》中世界末日善恶决战的战场）的那种场景。"

尤里斯并不是那种在首映式当晚要穿着机器人外壳出现的疯狂粉丝,但他也被震撼到了,更何况23年前被《变形金刚》影响的数以亿计的孩子如今都长大成人,他们将以充足的购买力来为童年烙印捧场。随着2007版电影《变形金刚》和最新玩具的热销,一个时代的娱乐记忆和文化价值死灰复燃。

比起虚拟的变形金刚战争,人类现实中也有一次冷酷的对峙被比喻为哈米吉多顿之战,那就是冷战。

两大敌对社会阵营的冷战,最高峰出现在1984年美国启动"星球大战计划";而就在这一年,《变形金刚》首播,来自塞伯特恩星球的两派敌对机器人在地球上展开了殊死的战斗。你完全可以想象,处于冷战的深深恐惧当中、唯恐敌人从外太空呼啸而至的每个美国人在看到这部动画片的心情。

如同冷战情绪一样,《变形金刚》的历史设定也带着鲜明的宗教判定。塞伯特恩最初的统治者五面怪(Five Faces of Darkness)对毫无思想的机器奴隶的工作效率非常不满意,最终他们发明了一种可以赋予机器人思维能力的仪器。当机器人拥有了独立意识,塞伯特恩的第一次战争也就拉开了序幕。智慧原罪是西方的传统思维,在当代则体现为对科学万能理念的忧虑。第一次战争后的塞伯特恩处于高压统治之下,为了区分和离间,五面怪为民用机器人和军工机器人设计了不同标志,并强迫佩戴,这简直和纳粹政权如出一辙。极权主义政权最终被推翻,两派机器人之间又开始了战争。

反面角色、军用机器人派别"霸天虎"的领袖威震天天生有着极权主义的特征,他专横,最常说的话是"建议收到,不予批准",他暴戾无常、动不动就把不满意的属下发配到遥远的宇宙空间去,他拥有很高的军事科技水平,很多次都需要擎天柱动用"领导模块"才能与之对抗。威震天的身边则是一个赫鲁晓夫式的人物——红蜘蛛,他总想着篡夺威震天的权力,好几次几乎都要得手了。

毫无疑问,民用机器人派别"汽车人"则代表着正义。他们的领袖擎天柱最初只是一个中立的好好先生,开始他还有点崇拜威震天,在被杀死之后由钛师傅重新修复,接受了类似精神力量的"领导模块",这才以擎天柱的形式重生,最后为全宇宙牺牲了自己。一位美国影评人说："擎天柱是一个真正的英雄,他从不在对与错之间动摇,他身上完全没有一点黑暗,他知道他要做的就是拯救世界,他自动地献出生命来拯救你们,他的死亡也导致了这个世界不断地改变……这样的人此前我只知道一个,他叫做耶稣基督。"

一个显著的事实是,变形金刚的社会始终伴随着持续的内战。而战争,我们知道那就是能源的争夺。

两派机器人都在地球上苏醒过来的时候,最重要的活动就是能源的掠夺与保卫。"霸天虎"能够从人类的油田和电网上直接把能源转化为一个个粉红色的"能量块"——他们就喝这个东西维生,其余大部分"能量块"则输送回塞伯特恩。对于控制地球的能源,威震天有很多宏伟的想法,比如把塞伯特恩纳入地球的卫星轨道,比如把纽约变为自己的新帝国都市,甚至还想从地心吸取能源。不幸的是,这些企图都被"汽车人"联合地球人一起挫败了。

有趣的是,当初"汽车人"离开塞伯特恩的原因也是因为内战把资源几乎耗尽,需要去宇宙中寻找新的能源。同样是外来的能源消耗者,但地球人就是愿意把能源给他们,这恐怕不是人品问题可以解释的。上世纪七八十年代,阿拉伯世界引发了两次世界能源危机,搞到美国人连大排量汽车都不敢开,作为全球最大能源消耗国的美国一定记忆深刻。

伴随能源掠夺而来的自然就是殖民体系的建立,塞伯特恩的社会进化论一直都是殖民主义唱主角。从原始统治者五面怪开始就是把机器人当做殖民对象一味掠夺,被推翻了就跑去另外一个星球继续殖民。接过衣钵的"霸天虎"则继续殖民帝国的梦想,这也难怪,"霸天虎"是军用机器人不事生产,移动的君主制政体、流浪的军事力量,只能依靠掠夺来生存。

"汽车人"则在塞伯特恩的思维体系中出淤泥而不染,在生活中物尽其用,和地球人生活得水乳交融。擎天柱说,"总有一天,一个汽车人会从我们中间崛起,用'领导模块'的力量点亮我们黑暗的时代",听着太像马丁·路德·金的宣言。

小时候我很不解,为什么"霸天虎"的首领是威武的枪械,而"汽车人"的首领却是一辆很没劲的卡车。等以后看到公路片里,州际公路上奔驰着一辆辆加长的卡车,鲜艳的烤漆、锃亮的踏板、响亮的汽笛,再加上加油站的三明治、一盒皱了的万宝路,才知道这是工业时代的西部牛仔,美国人心目里的拓荒英雄。

原来动画版的擎天柱是彼得比尔特公司最老的320拖车,主要用于垃圾清运和消防车,如今2007版《变形金刚》里的擎天柱换成了彼得比尔特现在的旗舰型号379油罐拖车——成就美国梦的公路之王。大黄蜂由大众甲壳虫改成了雪佛兰Camaro,铁皮和救护车原本都是日产Vanette,现在分别换成了通用Topkick C4500和通用悍马H2,爵士则由保时捷935Tubro换成通用Pontiac Solstice,警车由日产280ZX变成了福特野马。无一例外,都是美国车,通用更是大获全胜。

除了商业侵入电影的胜利之外,我们也可以看到上世纪80年代能源危机阴影下的美国生活,经济耐用、省油是消费主流,日本车、德国车颇受欢迎。如今,悍马等油料杀手横行道路,SUV生活在城市里大行其道,能源危机和生活的联系似乎也只有在《变形金刚》电影里才看得到了。而动画版的声波原本是一台双喇叭录音机,在上世纪80年代已经是时尚的代名词。如今恐怕很多小孩都没见过卡带和录音机了,所以他在2007电影版里很合时宜地变成了手机。

擎天柱的口头禅"事情不像初看到的那样简单(more than meets the eyes)"如今已成为日常用语,《变形金刚》的影子在美国的各种电影、电视剧、歌曲中也屡屡出现。2005年年初华盛顿上映的一出卡通剧Robot Chicken中,擎天柱死于前列腺癌。"作为一个卡车,擎天柱应该了解油路检查、抗冻和清理火花塞的重要性",美国国家前列腺癌联合会很高兴用一个流行文化偶像来为大众敲响警钟,其CEO理查德·阿金斯引用了擎天柱的那句名言来作结:"当它转化为前列腺癌的时候,事情就不像初看到的那样简单了。"

任何一个娱乐文化和时代联系起来的时候,都不像初看到的那样简单了。

(2007)

超级英雄的暴力游戏

地球人苦难的日子已经结束了。

2006年7月11日，我们又多一个救世主，他飞天遁地无所不能，从屋顶上的猫咪到平流层的飞机，他负责拯救一切。万众翘首以待的《超人》第五集终于在这个夏天出现，他的力量让所有平民心醉神迷，让所有坏人闻风丧胆，宇宙的秩序终于又恢复了正常。

让我们高唱一曲颂歌：Superman Returns！

"能力越大，责任越大"被蜘蛛侠抢先说了出来，所有的超级英雄都为之扼腕。在超级英雄的行为逻辑中，力量毫无疑问成为最大的驱动力。

把超级英雄们面对的所有问题归纳起来，就是一个"恢复秩序"的元命题。纽约的市民高高兴兴地过着幸福的生活，去看看电影、参加野餐会啥的；哥谭镇的居民正在为自己这个古怪的城镇举办200周年庆典，政府首脑大搞亲民派对；堪萨斯的一个乡下地方，一家人正温情脉脉共享天伦……这时，突然某个凶徒、大亨、杀人狂、科学怪人或者外星来客，闯入了主人们的安详生活，谋杀、劫持飞机或者用毒气和核弹威胁全世界。社会秩序受到坏分子的严重挑战和破坏。

这一切都出于坏分子内心深处的欲望和野心，或者干脆是一种难以遏制的激情。为此，科学家或军火商人出于无法理解的事业心把自己研制成杀人武器，控制欲强烈的野心家总想统治地球，少部分反人类者甚至想和全人类拼个玉石俱焚。值此危难之时，超级英雄出场了，他代表着正义和秩序，犹如一阵旋风，闪电出击。归根到底，一种强大的邪恶力量破坏了现有秩序，超级英雄则使用正义力量去恢复秩序。

我们来看一段《超人归来》里的坏分子卢瑟博士和楚楚可怜的路易丝·蕾恩的对话：

卢瑟："我掌握了这绝对尖端的科技。"

路易丝："上百万人会送命的。"

卢瑟："是上亿人！等等，我刚才没听清，你说什么来着？"

路易斯："你疯了。"

卢瑟："不！不不不，前边那句。"

路易斯："超人会……"

坏分子的乐趣在于尽可能拥有最大的力量，尽可能杀死最多的人，以此获得快感；而超级英雄则需要拥有更大的力量，尽可能杀死坏分子，以此恢复秩序。如果卢瑟拥有杀死上亿人的力量，那么超人同学必须拥有杀死上十亿人的力量，然后用这种力量来杀死卢瑟。

恢复秩序的元命题，就演化为暴力上限的争夺战，严肃地说像冷战的核威慑，娱乐地说像鸟山明骗稿费的《七龙珠》，赛亚人之后是超级赛亚人，第一级第二级第三级，没完没了打下去。

至此超级英雄的逻辑变成"暴力最强者说了算",仿佛吴思总结"血酬定律"。好在我们不担心超级英雄们的人品问题,他们永远在力量的光明面。

Batman Returns、*The Return of the King*、*Superman Returns*,超级英雄都在Returns。问题是,他们干吗要走呢?

在即将坠毁的飞机上,路易丝面对肯特劈头就是一句:"先问主要问题——你去哪儿了?"

是啊,小报记者肯特,或者说超人,去哪儿了?影片里,他消失了5年;银幕外,他消失20年。超人的动机是去寻根,5年来他一直在宇宙中寻找自己的家;华纳的动机却是拍续集不容易,尤其是这么简单老套的续集。《蝙蝠侠与罗宾》作为《蝙蝠侠》的第四集,变成了一堆垃圾,仅名列当年票房榜的第12名,这简直让超级英雄丢脸,于是消失了近十年,直到2005年才又卷土重来。

"要保守秘密,还要承担角色,这都不容易。"《超人归来》里的超人这样解释自己的压力。而路易丝这样回答他:"世界不需要救世主,我也不需要。"

事实上,超人的秩序力量理论有点小失败。没有超人这5年,地球照样转,人们仿佛都接受了没有红内裤先生托举飞机。实在要坠毁,那也是没有办法的事,不然航空意外险卖给谁?超人的女友路易丝做得更绝,她因《为什么世界不需要超人》一文荣获普利策奖。她不在乎超人或者肯特,"知道吗,我们这里需要好记者。"

从氪星疲惫归来,立刻发现爱人已是别人老婆、有了小孩,还整天说这个地球不需要他,的确有点中年失败男的影子。其实,最喜欢恶搞的皮克斯动画公司早在2004年就在《超人特工队》里预示了超人的未来:秃头、啤酒肚、中年男人。

但超人依然坚持拯救人类,他比消防车还忙,随时出勤,管辖全地球。他很努力地四处奔波,不管是救一人还是救一百人,他通通都来,但事实是,他的确无法面面俱到,所以一个简单的失控汽车让超人忽略了一个博物馆窃盗案。

好在超级英雄的敌手们五花八门,总有几个耐不住寂寞,要给超人现身一个机会。卢瑟博士就很优雅地问候了一声:"久违了,超人。"只有力量的崇拜者记得力量的拥有者。

最后说一句,这个地球上最有力量的布什总统很喜欢两只手同时做V字手势,伸出的4个指头同时向下弯曲——那是《王牌大贱谍》里的Dr.Evil的手势。别理他,他已经被力量的黑暗面控制了。

（2006）

东野圭吾的女人群像

有人被谋杀了! 全世界的侦探都行动了起来。

福尔摩斯决定先打个电话给华生,波洛摸出烟斗开始思考,马普尔小姐的下午茶已经喝到第三杯了,艾勒里·奎因在拉圾垃桶里捡到的碎纸片,菲利普·马洛给了门房一点钱打算问话,马修·斯卡德在附近酒吧里晃荡,林肯·莱姆在电话里咆哮要求现场勘察人员把每一粒灰尘都装袋带回去化验,而内海熏则合上了笔记本:"直觉告诉我,凶手是个女人,接下来就是汤川学的事情了。"

每个推理小说家都在用自己的方式表达着对世界的看法,东野圭吾的看法则是,这个世界是由女人掌控的——好女人、坏女人,圣女和魔女。

东野圭吾的世界里,死者大部分是男性,凶手大部分是女性,为数不多的几个男性凶手也处于女人的操纵之下。很多人说东野圭吾描写的是人性之恶,我觉得不如说他描写的是女人之恶。在他的笔下,女人是高深莫测、只手遮天、翻云覆雨的角色,而男人则心甘情愿地成为工具。

《放学后》被称做东野圭吾的成名作,此书中的凶手还只是高中女生,但东野圭吾的女人观就已经初现雏形。看完此书之后,一定会让男人们挠头:怎么会有像杉田惠子、宫坂惠美那样的高中生?认为被老师看见了不雅场景,此后又认为"他们看她的眼神和看其他学生的完全不同",两个"认为"便让高中女生打定主意逐一杀人。惠子回答老师的询问,懒洋洋地一笑:"如果有什么毒药能轻易杀人,我也想要呢,因为不知道什么时候会用到,也没准是自己要用。我们就是这种年龄。"

如果说这还只是暴力青春情结,那后来的女人则更为可怕。

《白夜行》,东野圭吾的顶峰之作,用任何赞誉之词来描述这部鸿篇巨制都不为过。在这部人性与社会的悲凉之歌中,让东野圭吾登上顶峰的更是一个圣女和魔女的综合体——雪穗。这个女人从童年起就和桐原相依为命,或者不如说操控着桐原,他们相依为命的方式就是逐一杀死挡在幸福前路之上的人,甚至包括了桐原的父亲和雪穗的母亲。雪穗一步步走上了自己早就策划好的道路,而桐原则心甘情愿地做幕后的同谋、杀手、情人。他们之间那种纠结到变态的关系,两人对世界的绝望态度,和他们为达到目的而采取的手段,都令所有读者侧目。正因为如此,有评论将其称为"最凄凉的爱情、最心碎的杀戮"。

《幻夜》,一部极其类似《白夜行》的作品。女主角新海美冬感叹:"女人一接近三十岁就很麻烦了",而在这句话的背后则是她杀死朋友全家盗用朋友身份而生活,根据不同阶段需要而逐步控制男主角水原雅也和其他男性配角,从而让自己终于踏入上流社会。《白夜行》中的雪穗还有着令人怜悯的可怕遭遇作为动机,而《幻夜》中的新海美冬则不折不扣是个攫取者,一个彻底的魔女,唯一相同的是男主角最后的下场。

东野圭吾2008年写了一本《圣女的救济》,非常适合作为他的女人观的注脚。真柴凌音苦心孤诣设下机关,她要做的不是触发机关杀死丈夫,而是长年竭力保护机关不被触发,直到对丈夫彻底失望:"我是发自内心地深爱着你呀,正是因为如此,你刚才那些话杀死了我的心,所以请你也去死吧……"这本书的高明之处不在于设置了一个反向机关的迷局,而在于写出女人对男人的爱恨和保护情结的纠结。也许女人往往依赖男人而生存,但一旦女人失去依赖,男人则死得更快。

在东野圭吾笔下的冷酷女性群像中,内海熏算是唯一可以给男读者一点温暖的角色。东野圭吾很少以侦探为主角,但内海熏是不得不提到的女侦探。在"侦探伽利略"系列中,物理学教授汤川学是负责解决技术谜团的,刑警草雉俊平负责案情的总体掌控,草雉的副手内海熏则常常不按牌理出牌,以女性的直觉发现女性才能发现的细节。这个女刑警开着一辆帕杰罗SUV,车技不凡,用iPod听福山雅治常常陷入幻想。她既有强悍的男人作风,又带着女性的细致和耐心,甚至还有一点点温情和文艺腔。

东野圭吾对女人的复杂感情,也许同日本社会的女性崇拜密不可分。女性既是卑微的、可随意欺凌的和物化的工具,但同时也是圣洁的、凛然不可侵犯的、全知和超验的神性形象。在后一种情境中,男人心甘情愿地把自己送上门去,以变态的爱情和崇拜把自己奉献出来,有时候甚至不顾对方是否需要和是否对自己有意(如《嫌疑人X的献身》中的石神)。

如果说推理小说的主要读者是男性，那么东野圭吾的推理小说则是男性的地狱。《放学后》中小女生难以理解的残忍，《白夜行》《幻夜》中成熟女人令人胆寒的高深莫测，到《圣女的救济》中住家师奶也开始展示出韬略和决绝。就算是内海薰，也是因为她选对了职业，才没有让男读者们彻底绝望。

柯南道尔塑造了侦探的典范，爱伦·坡引领了黑暗美学，阿加莎·克里斯蒂完善了推理的原则，曼弗雷德·李和弗雷德里克·丹奈创立了古典解谜的顶峰，雷蒙德·钱德勒展现了硬汉，劳伦斯·布洛克书写了城市，东野圭吾则探索着女人的内心世界。只是这个世界对于男人来说未免太残酷了点。

（2009）

钢铁侠是共和党人?

《功夫之王》上映的时候,第一排的座位都坐满了,而隔壁的《钢铁侠》上座率只有七八成。漫画英雄的电影成绩往往取决于漫画形象的普及程度,而和超人、蝙蝠侠、蜘蛛侠等超级英雄相比,在中国观众印象里,钢铁侠并不比霍华德·休斯的名头更响亮——《钢铁侠》的原创者、编剧斯坦·李毫不讳言美国航空业巨子霍华德·休斯就是钢铁侠的人物原型。

2004年,马丁·斯科塞斯的《飞行大亨》还原了霍华德·休斯的形象:风流的花花公子、疯狂的野心家、头脑发热的冒险者、技术高超的工程师。在《钢铁侠》里,小罗伯特·唐尼饰演的托尼·斯塔克(钢铁侠)同样具有这样的性格,但电影没有表现的还有霍华德·休斯最重要的气质——极端保守主义。

霍华德·休斯,人称"疯狂休斯",是一个众所周知的反共产主义者。他和共和党的关系相当密切,尼克松的弟弟在南加州做生意开汉堡店的钱都是他赞助的。一度有传言说,"水门事件"是因为尼克松想偷走对手所掌握的政治献金档案，其中大部分记录的是休斯先生的钱。

把休斯的性格平移到《钢铁侠》中的斯塔克身上，我们就会发现他们是如此契合。《钢铁侠》漫画诞生于1963年，那正是越南战争开始的时候，而漫画中的背景也正是"东南亚某小国"，俘虏他的敌人名叫王秋（Wong Chu），他后来对抗的敌人黑寡妇（Black Widow）、红色机甲（Crimson Dynamo）、钛甲人（Titanium Man）等都代表着共产主义。斯塔克信奉一个观念，"和平来源于强大的火力"，自豪于他研发的武器被用来对抗"自由世界的敌人"，而漫画里经常重复的一条故事线就是"共产主义的间谍"跑来破坏斯塔克的工厂，美国政府则质疑斯塔克的爱国心，然后斯塔克以钢铁侠现身，一举为自己正名。就连美国的漫画迷也认为，《钢铁侠》早期的漫画充斥着"可爱的冷战宣传"，"美国政府拥有所有的美妙品质，而对共产主义的描绘则完全是种族歧视般的贬损"。

随着反战浪潮的兴起，《钢铁侠》中的这种极端保守主义思想就显得不合时宜了。上世纪70年代之后，斯塔克的敌人就慢慢变成了黑手党。再也没有比黑手党穿着金属外壳去和军火商打架更糟糕的戏码了，幸运的是，斯坦·李为斯塔克找到一条新的故事线。

斯塔克，钢铁侠，开始酗酒。最惨的时候，他失去了企业，落魄街头，他开始反思军火生意对人类的意义。这可是超级英雄故事套路里从来没有过的，像超人最多也不过是平庸的小记者，蜘蛛侠也无非多跑几份兼职赚房租，钢铁侠则是从云端直接坠入了贫民窟。斯坦·李把斯塔克彻底变成了一个精神分裂者，一会是癫狂的权力恶棍，一会又变成可怜的病人，钢铁侠完全没有传统超级英雄那种阳光的、义务警察甚至居委会大妈式的善良品行。不过这也正是斯塔克/钢铁侠之所以能够立足漫画英雄行列的原因,人们开始淡忘斯塔克的那些极端保守主义行为,而被这种人格分裂、两种人生同时聚集一人的奇妙经历所吸引。

斯坦·李曾说他对于把早期《钢铁侠》漫画设定为反共产主义的立场感到后悔,但对于派拉蒙来说,最棘手的恐怕是如何模糊这一立场。电影《钢铁侠》里,故事背景改换成阿富汗和中东恐怖分子,漫画的许多情节直接删掉,添加了不少幽默元素。但人物的大氛围不可能推翻,斯塔克依然是一个和政府关系密切的强权军火商,他在片中依然说:"我想保护那些被我带来过伤害的人。"有评论指出,电影《钢铁侠》的出台实际上是在为布什政府的"伊拉克泥潭"作辩护。另外有消息说,《钢铁侠》续集的情节大纲甚至都已经出炉,重量级敌人将是漫画中著名的"满大人"(The Mandarin)——相信所有人都能理解这个名字的含义。

戏里的钢铁侠是个不折不扣的右翼保守派,戏外的钢铁侠——小罗伯特·唐尼则又引来了一场自由主义者的声讨。小罗伯特·唐尼接受《纽约时报》采访时对自由主义一通贬斥,说自己不再是自由主义者而是保守派,引发了一片哗然——他父亲老罗伯特·唐尼可是上世纪60年代左翼电影圈里叱咤风云的人物,而小罗伯特·唐尼早几年可是有名的浪荡公子。这个又酗酒又吸毒又滥交、光着屁股开跑车的小子怎么突然一下子就循规蹈矩、回归传统了?

其实,这不就跟斯塔克的人生轨迹一模一样吗?　　　　　(2008)

憨豆和波拉特

如果这个世界上只有两个国家可以拿来开玩笑,那么英国人的选择一定是美国和法国。

2007年,厌倦了伦敦阴雨天气的憨豆先生,一心向往温暖的法国南部,在旅程的最后,他来到戛纳电影节,还放映了自己的电影,当上了导演,引来无数女演员的青睐。

就在此前几个月,憨豆的同乡萨沙·拜伦·科恩伪装成哈萨克斯坦记者波拉特,去了一趟美国。如同10年前憨豆去美国的遭遇一样,他把自己和美国都搞得一塌糊涂,号称文化学习之旅。

憨豆和波拉特,或者叫做罗万·阿特金森和萨沙·拜伦·科恩,这两个英国人眼中的世界呈现出一派荒诞场景,有时候还有点恶心。有人被愚弄了,有人被冒犯了,但更多人乐不可支,美国人和法国人也不例外。

"憨豆"罗万·阿特金森毕业于牛津大学的电子工程学专业,直到现在还一直埋怨:"粉丝们以为我在舞台上逗他们笑,在生活中也应该逗他们笑。"他声称自己最喜欢的还是电子、机械的玩意,唯一的业余爱好居然是飙车。阿特金森拥有各种高档跑车,一大堆阿斯顿·马丁,还有一辆迈凯轮的F1——是的,就是电子游戏《极品飞车6》里的那辆,全球只有64辆,阿特金森的是1997年生产的第61辆。几乎每隔一两年,他出车祸的消息就会上新闻头版。有一度,粉丝们把一辆撞毁了的迈凯轮F1和憨豆的愚蠢身姿PS在了一张图上,顿时谣言四起,大家都以为阿特金森的宝贝终于玩完了。除此之外,阿特金森还给英国的汽车杂志Car写专栏,连远在美国的车迷都交口称赞写得有水准。

至于"波拉特"萨沙·拜伦·科恩,这位一贯装傻瓜的仁兄毕业于剑桥大学,混入娱乐圈之前,正在攻读历史学博士。他在英国成名是扮演Ali G,这是个脾气糟糕、品位很差、一心想成为Rap歌手、冒充牙买加裔黑人的白种伦敦人。他后来还创造了波拉特——一个反犹太主义的哈萨克斯坦电视记者;布鲁诺——一个肤浅的、整天炫耀自己同性恋倾向的时尚设计师。

宗教、种族、性倾向……一切政治不正确的装饰品,科恩都给自己穿戴整齐了。可实际上,这位历史学博士在生活中却是个说话柔和、非常尊重人、有风度的人。最重要的是,他是犹太人,虔诚的教徒,绝不是一个种族主义者。也许是为了假装节目的真实性,科恩在接受采访的时候,依然以虚拟角色的身份出现,Ali G、波拉特、布鲁诺,许多观众和传媒还真的相信这三个是真实存在的人,没来由地勾起怒火。

有一句话说:"Oxford teaches you nothing about everything, Cambridge teaches you everything about nothing"。这两位牛津、剑桥的高材还真玩透了有中化无、无中生有之道。

阿特金森1976年认识了一位好友，是他牛津的同学理查德·科蒂斯。1977年阿特金森在爱丁堡艺术节上崭露头角，科蒂斯在幕后出谋划策。1978年，阿特金森的个人喜剧在伦敦汉普斯特德（Hampstead）剧院公演之后，进入英国广播公司（BBC）的《不是9点钟新闻》节目，写作班底里就有科蒂斯。此后，两人还合作过赫赫有名的情景剧《黑蝰蛇》，阿特金森饰演言辞尖刻、冷嘲热讽的弄臣，完全不是憨豆那副不善言辞的样子。直到1990年，科蒂斯为阿特金森设计了憨豆先生这个角色，正式把阿特金森推向大红大紫的喜剧舞台。科蒂斯笔下还出过《四个婚礼和一个葬礼》《BJ单身日记》《诺丁山》《真爱至上》等当红喜剧，阿特金森也偶有客串。

两个人的合作可谓珠联璧合，在探索英国中产阶级生活方式和趣旨的道路上越走越远，也发扬了英国式自嘲和自傲完美结合的幽默感。

科恩的走红同样离不开他的剑桥同学丹·梅泽尔。这位梅泽尔剑桥法律系毕业后转行做电视。1998年，梅泽尔给4频道的《11点钟》节目写剧本，就找来科恩做主持人，Ali G的生涯就此开始。2003年，美国HBO频道请科恩过去，梅泽尔照例去做幕后主脑，两人把Ali G、波拉特、布鲁诺揉在一起创造了Da Ali G Show节目，一样在美国用蠢问题采访政经名人。比如某一期就请来了前司法部长索恩伯勒、前国家安全顾问斯考克·罗夫特、联合国前秘书长加利等人，和他们讨论"巴基斯坦Rap音乐已经到黄金时期了吗？"——最后，"立法者与和平缔造者看上去都消了火气，坐下来和Ali G一起Rap"。

科恩的所有作品，梅泽尔都要担任编剧、制片等一揽子工作。评论起自己的同学,梅泽尔说:"萨沙很内向,有时候要躲在车里鼓好几次勇气才敢出去做采访,不过当他进入角色之后,他就变成波拉特了。我想他肯定认为自己真的就是波拉特。"

语言隔阂、肢体语言以及拿法国开点玩笑,是2007年3月公映的《憨豆先生的假期》的主要笑料,但评论一致认为威廉·达夫扮演的在戛纳首次公映自己影片的自命不凡的美国艺术片导演才是最出彩的角色。

实际上,文化的不兼容,罗万·阿特金森不是第一次体会到。2003年,《憨豆特工》上映后,有记者采访他:"你不担心约翰尼(片中主角)那些俗气的反法国的言论会疏远我们海峡那边的邻居吗?"罗万·阿特金森回答说:"我最近在报上读到一个神奇的东西,据说有三分之一的法国人希望萨达姆赢得那场战争。我就喜欢法国人这一点,他们对自己看世界的观点是如此的不妥协,这也是他们为什么拥有丰富的喜剧想象力的原因。一般而言,对法国人开点玩笑没有人会在意,法国人自己都不会在意,他们什么都不管,只管过自己的生活。"

至于美国,阿特金森更没有好印象。早在1986年,他去百老汇参演舞台喜剧,《纽约时报》形容他是"百老汇的屠夫",尖酸刻薄地说:"只要英国公众还把他们的爱好继续停留在厕所笑话的程度,那才永远是英格兰。"阿特金森受此刺激,再也不碰百老汇,回英国去好好做他的电视喜剧。1997年的第一集憨豆电影《憨豆的大灾难》里,憨豆去美国搞坏了美国的国宝级名画《惠斯勒的母亲》,这似乎可以视为报复。

在萨沙·拜伦·科恩看来,刺激美国人也是他最乐意干的事。在2006年最火的电影《波拉特:哈萨克斯坦乡巴佬的美国文化学习之旅》中,这位仁兄装扮成哈萨克斯坦电视记者到美国去拍纪录片,正儿八经地采访各色人等,用自己天真烂漫的蠢话来诱使被采访者说出政治极不正确的蠢话。这部刺激到很多美国人的伪纪录片最终却中了头彩,获颁金球奖的时候,这厮还郑重其事地感谢"每一位到现在为止还没有把我告上法庭的美国人"。

美国人愿意自己出钱让英国人来找美国的不痛快。《憨豆先生的假期》由环球公司投资,《波拉特》则由20世纪福克斯公司投资,两部片子都狂扫全球票房。事情就是这样,英国人嘴上痛快,美国人荷包鼓胀,法国人反正崇尚艺术,什么也没有也无所谓,只管颁奖就行了。

(2007)

坏人都是既傻又疯的

这是我第几次说到师奶的话题了？不记得了。

可见这个种族对我们世界的重要性。

师奶推理小说不是师奶写的推理小说，师奶吸血鬼小说也不是师奶变成吸血鬼的小说。挺复杂。

是这么回事。看宫部美雪的《火车》，很棒。坏人还真是隐藏得深，不过其中一个很重要的线索是被师奶挖掘出来的。

话说这个师奶在理发店里做了头发很愉悦地出来，看见事主的房子附近有一年轻靓丽的女子在逡巡，于是不知出于何种原因（这正是师奶的伟大本性所在：不知出于何种原因）就上前去询问："你找谁么？"

女子就很慌张地离开。师奶很奋勇地紧追不放："你是谁？"（这正是师奶的伟大本性之二：不知出于何种原因但就是奋勇地紧追不放）。

虽然女子最后走掉了，但师奶也因此大有收获，她立刻返回理发店，和另一群师奶就此话题消磨了一个下午。

所以，当不抱希望的侦探来到此地时，他走进理发店并留下照片的举动简直就是圣明。师奶向其指出5年前的某个下午（师奶连日期都记得清清楚楚）怎么怎么回事,细节翔实、描述生动,连当事人的心理活动,师奶都准备了好几种推断方案。

坏人从此惶惶不可终日。

我看过很多推理小说,永远都是科学家和苦大仇深的侦探在勤勤恳恳,这些小说家有一个重大缺陷,那就是他们从来没有意识到——只要你在世界上生存,你的一生就至少会遇到一个师奶,你只能期盼你没有做坏事,否则你必被识破。

你的心理活动必被看穿,你的长相必被牢牢记住,你跟一个师奶打过照面,两小时后就会有三千多人知道这件事情,而且她们都非常乐于向侦探提供线索,你完了。

再聊一个和师奶有关的话题。

虽然斯蒂芬妮姐姐把《暮光之城》完全写出了师奶气,而凯瑟琳阿姨又把《暮光之城》完全拍出了师奶气,而且我早就认识到这个世界是我们的,也是师奶的,但归根结底是师奶的,所以师奶们要是认为粗大眉毛就等于美型男,那我也就认了。

不过我还是对吸血鬼的价值观感到很好奇：为什么那个坏吸血鬼一定要追杀女主角呢?

片中的解释是,该名坏吸血鬼有着强烈的狩猎欲（集邮欲?）。好吧,我不了解狩猎欲。不过我想,如果我到朋友家去玩,看见一包薯片我很想吃,然后朋友不想给我吃,然后他就带着这包薯片逃走,他说他爱上了这包薯片,他不吃也不能让我吃,这个我虽然感到遗憾,但难道我就一定要在公路上和他追车,追踪几千里,杀死他,抢到那包薯片吗?一个吸血鬼在街上看到的每一个人类,难道不都是一包包薯片在街上走吗?

后来我想明白了:原来他是坏人,坏人出任何状况都是可以理解的,所以你看,问题就解决了,我真是天才。

我不是坏人,又没有狩猎欲(集邮欲?),所以我决不会为了一包薯片而追杀你们,就算是品客也不会。

另外一个相类似的启示是从《木乃伊3》中得来的。

我很想知道,当秋王(李连杰饰演)从陶瓷壳子里挣脱出来的时候,他怎么确定黄秋生那个角色的屁股是坐在他这边的呢?就凭秋生叔对他说了"主人,我是来保护你的"这句话?他突然从公元前来到21世纪之后又是怎么在一分钟之内度过文化休克期呢?

我觉得坏人之间一定有着一种心灵感应,能够一瞬间就能识别出对方就是我的那杯茶。我可以想象秋王面对秋生叔的那一分钟心里一定经历了这么几个思考过程:

一、我靠,我真的活了。

二、我靠,这条人是谁啊?

三、我靠,民间传说他也信。

四、我靠,又来一个想让我统治世界的疯子。

五、我靠,他是坏人。

你看,这就感应上了。好人就要麻烦得多,他们都不愿意互相之间无条件地相信,因为他们认为自己不是疯子,每个行为都必须有动机。

(2009)

僵尸永远在批判社会

《暮光之城：月蚀》终于公映了。

第一天夜间狂收3000万美元，刷新了午夜票房纪录。这并不令人惊奇，因为之前的午夜票房总冠军是《暮光之城：新月》，收入2630万。

早在2010年6月30日首映的几周前，就有无数粉丝在首映礼的举办地诺基亚剧院门口安营扎寨，等待他们的历史性时刻，他们的帐篷把广场堵得水泄不通。美国全国广播公司（NBC）以"帐篷城市"为题报道这些疯狂"暮光粉"——"这不是卡宾特利亚的海滩，这是洛杉矶下城，他们都是青少年，他们在等着他们的明星出现。"从密歇根开车来的"暮光粉"说："我们走了4天，每天12个小时，开了2500英里。"

如果说有什么非人类的东西在支配着人类的流行文化的话，在当下，一定是吸血鬼。

这个古老的种族不仅没有如同其他古老文化那样沉沦下去，反而在现在焕发青春，成为了青少年文化的一个重要象征。它们在和其他种族，比如狼人以及僵尸的斗争中已经取得了阶段性的胜利。

　　也许你并不知道,对于一个正统的吸血鬼迷来说,和现在的"暮光粉"讨论吸血鬼是一件很别扭的事情。因为自从2008年《暮光之城》第一部公映,数量惊人的"暮光粉"就根据《暮光之城》小说和电影重新诠释了吸血鬼故事的内涵和外延。

　　2009年的圣地亚哥动漫展上,一群正统的,或者说原教旨主义的吸血鬼粉丝,手持标语围攻了《暮光之城》的展位,理由是他们认为《暮光之城》完全破坏了吸血鬼的规则。比如,一个吸血鬼怎么可能暴露在阳光下? 一个正经的吸血鬼怎么会试图把人类引进自己的谱系里来?

　　不过,对于"暮光粉"来说这些都不是问题。通过《暮光之城》,我们可以看到,吸血鬼身上有哪些元素可以吸引现在的青少年。

　　首先是外型。几百年来一直瘦削的吸血鬼在《暮光之城》里变成健美教练一样的体形,这当然让习惯于从吸血鬼身上体验黑暗气息的传统粉丝感到不满。苍白是吸血鬼最重要的肤色标准,《暮光之城》虽然没有改动这一点,却让男主角在阳光下闪耀出钻石一般的光泽,这是很重要的一场煽情戏,全场的小女生都为此尖叫。但传统粉丝们却气得吐血,"闪闪发光的吸血鬼不是正宗吸血鬼",如果吸血鬼都能见阳光,那么从范海辛到绅士联盟、从康斯坦丁到刀锋战士,几百年以来的吸血鬼猎手全都白费了工夫。

　　不过,这却是青春偶像片的首要元素,男主角如果不能是高中橄榄球队的四分卫,至少也要有拉拉队长一样的身材,谁要看一个病恹恹的男人被大衣压得抬不起头呢? 对于青少年观众来说,原则并不重要,最重要的是有型,如果以后的吸血鬼照紫外线灯照出一身小麦色皮肤,也不会让人感到惊奇。

其次是性。1993年的《吸血惊情四百年》、1994年的《夜访吸血鬼》分别捧红了基努·里维斯、薇诺娜·赖德、汤姆·克鲁斯、布拉德·皮特和克里斯汀·邓斯特,这些十多年前的吸血鬼电影有着明显的性镜头,它们的目标对象显然都是成年观众。而实际上,吸血鬼题材本身也的确有着很强的性隐喻。男吸血鬼咬爱人脖子的镜头,往往是吸血鬼电影最乐于表现的,这个行为叫做The Embrace,是指吸血鬼将自己的血送入被吸的人体内,和被吸食人的血液进行融合,这样被吸的人就变成吸血鬼了——这种体液交流代表着吸血鬼的繁殖,其隐喻再明显不过了。

而《暮光之城》里,却把情色意味浓重的吸血鬼处理成了纯爱题材。片中绝无情色镜头,连接吻都没有,只有男女主角心灵之间的沟通。这当然是每个青少年都在憧憬的纯纯的爱情。

第三是禁忌。吸血鬼题材很重要的一点是反社会元素,从德古拉伯爵开始,他们带着很强的反社会、反体制,甚至反基督的特性。邪恶、阴郁,崇拜异端、伤害人类,反对光明和对抗基督体系,是一种很黑暗的非主流文化。不过,《暮光之城》把这些黑暗色彩完全删去,吸血鬼变成了阳光好少年,家人也都善良开朗,从事着艺术性极高的职业,住在品位不俗的别墅里。青少年不需要了解那些禁忌元素,他们更容易被后者这些很酷、很能满足虚荣心和荣誉感的东西所吸引。

有趣的是,另外一些特性在《暮光之城》里则得到了强化。吸血鬼和狼人的家族特性得以大书特书,类似于皇家情仇、豪门恩怨,而吸血鬼对人类的吸引、人类对跨越界限改换身份的憧憬,正是高中女生的众多白日梦之一。《暮光之城》的女主角克里斯滕·斯图尔特说:"到第四集我就会考虑加入吸血鬼家族的事情了,我将是最酷的一个吸血鬼。"

《暮光之城》就仿佛是一个非人类版的灰姑娘故事,作家、导演和漫画迷凯文·史密斯对此有一句评价:"别去做评判了,现在已经是另一代粉丝了!"

因为《暮光之城》的火爆,美国各大电视台纷纷出台吸血鬼题材的电视剧,CW电视台的《吸血鬼日记》、HBO的《真爱如血》都有不错的收视。

但《暮光之城》带动的不仅仅是吸血鬼热潮,还把吸血鬼引入青少年文化当中,建立起一套美学系统。这些元素包括:青春无敌的男女主角,纯美的爱情,种族、人性对立的痛苦,被同龄人所孤立的寂寞,还有靓到爆的打斗镜头和造型。

比起吸血鬼来,其他非人类角色的成绩就要逊色得多了。《暮光之城》里出现的狼人,在其他作品中也屡有提到。可惜的是,它们往往以配角、敌人的形式出现,更近似野兽而不如吸血鬼那么高贵。《暮光之城》中的狼人虽然形象大大改观,但依然是配角,依然无法建立起自己的美学系统。吸血鬼可以有哥特风格,可狼人穿起衣服来还是没有规范。

另一个屡屡出现的非人类角色则是僵尸,这是西方流行文化中最有趣的一个角色。西方的僵尸(Zombie),指因被生物、化学、原子能等感染而失去意识的尸体,它们还能活动,但已经不算人了。香港的翻译叫做丧尸或者活死人,能够更好地和中国文化中的僵尸区分开来。

僵尸题材的作品往往都带着很强烈的孤独感,僵尸就是人类对自身的恐惧。有粉丝认为："僵尸片有吸引力的是其背景的高度现实性，以及'感染/逃脱'模式的终极变奏。"从这些意义上讲，僵尸作品永远都是社会批判题材。

《生化危机》是最负盛名的僵尸题材电子游戏，电影也拍到了第五部，它反映的是生物技术失控之后所造成的危害，不仅蕴含着人类对科技的恐惧，也有着对政府专制和商业阴谋的愤怒。

2002年的英国电影《28天后》中的孤独感则更为强烈，主角在医院中昏迷28天，醒来后却发现全城空无一人，绝大部分人已经感染病毒成为僵尸，主角则寻找幸存者辗转求生。这和2007年的美国电影《我是传奇》在情节上非常类似，但主题上英美文化的诠释却截然不同——《28天后》中一位幸存者有句话说："无论是28天前的正常社会，还是28天后病毒蔓延的社会，我看到的都是人在杀人。"《我是传奇》则真正是"我是传奇"，美国式的英雄故事。

除了社会体制，僵尸题材还能讨论普遍的社会现象。英国电影《僵尸肖恩》反映的是英国青年在失业、家庭关系方面的困境。肖恩老大不小、一事无成，和女朋友已经走到尽头，成天就和猪朋狗友窝在家里打电子游戏度日。这时候，伦敦被僵尸占领了，肖恩和室友们要去营救女友和母亲，被社会遗忘的年轻人要拯救世界。影片不仅笑料百出，也寓意深刻，充盈着对英国年轻人生活方式和社会现实的调侃，正统的英式幽默呼之欲出。

英国电视剧《死亡片场》则讲述电视台的真人秀片场突然冒出一堆僵尸，之前还关在房间里尔虞我诈的选手们现在要面对生死存亡的问题了。僵尸片除了人性冷暖，居然还能讨论媒体的残酷。

当然，僵尸也会提醒人类思考和亲人朋友的关系。同样是英国电影，《狗舍》讲述的是一群男人抛开女友集体去小镇狂欢，却发现镇上所有女人都变成了僵尸，两性战争由此有了真刀真枪的打法。在热播美剧《生活大爆炸》中，谢尔顿和莱纳德订过一个室友条约，其中一条是如果对方变成了僵尸该怎么办，谢尔顿的规则是："即使我变成了僵尸，你也不能杀死我。而你，我则可以。"

人人都可能被感染，使得僵尸题材总是充满了悲情的人性抉择。有趣的是，《僵尸肖恩》片尾却出现了一个搞笑的选择，肖恩把变成了僵尸的好友用铁链锁在后院小屋里，一旦女友不在便去和它一起玩PS2："嗨，坐过去点，别咬到我。"而他们玩的游戏也正是《生化危机》——打僵尸。

自从乔治·罗梅罗的《活死人之夜》之后，僵尸有了行为规范，而蒂姆·波顿多年来不懈的努力则让僵尸有了美学标准。但可惜的是，虽然蒂姆·波顿的服装品牌行销全球，但僵尸始终还是亚文化的一支，无法与如今的吸血鬼题材比肩。

僵尸永远都是B级片和二流恐怖小说的最爱，它永远无法成为《暮光之城》那样让青少年为之尖叫的青春偶像片。僵尸基本还是靠血浆和恶心的造型来作为标志，无法像吸血鬼那样有型有款。僵尸题材一直都在嘲笑、批判社会，所以它也就无法像吸血鬼题材那样成为主流读物。

2009年最火的跟僵尸有关的作品，是电子游戏《植物大战僵尸》，可惜这里面僵尸依然是作为配角和敌人出现，更为玩家喜爱的是那些可爱的植物们。僵尸界最出名的作品要算迈克尔·杰克逊的专辑《战栗》(*Thriller*)，这是人类史上销量最高的唱片，1.04亿张，杰克逊和众多僵尸一同起舞的姿态也成为时代经典。他生前接受采访时曾说："我当时只是想，僵尸如果会跳舞，会跳出什么样的舞步呢？"

僵尸永远无法讨得青少年的欢心，但它们至少有了自己的舞步，这或许可以聊以自慰吧。

（2010）

还有哪位明星没进去过？

2007年12月6日下午5时46分，所有美剧《24》的粉丝都要记住这个历史性的时刻——基夫·萨瑟兰进了监狱。

这位在福克斯的热门电视剧集《24》中扮演超级特工的演员，在剧中肩负着阻击恐怖分子的任务，被粉丝们誉为"打不死的小强"，一贯是送人进监狱的，如今他自己倒因为醉酒驾车先进去了。

实际上，明星们进监狱在如今已经不是新鲜事了，帕里斯·希尔顿进去过，林赛·洛翰也进去过，妮可·里奇、蒂姆·艾伦也进去过。如今的娱乐时代，蹲监反而成了再一次炒作明星花絮的好材料。

基夫·萨瑟兰本来可以推迟到《24》的拍摄间隙去服满他的48天刑期的，但好莱坞的编剧大罢工让拍摄停顿下来，所以萨瑟兰决定不如早去早回。萨瑟兰服刑的格伦代尔市监狱隶属于洛杉矶郡，据称是郡内第三忙的监狱，每个月要关进去500到700人，有48个仓室，每个仓室8英尺宽、10英尺长，两张床，配备有便器、洗脸池和饮水设备。看过美剧《越狱》的观众对这个环境应该一点也不陌生，从官方网站的图片上看,比迈克兄弟住的房间还要稍稍差一些。

萨瑟兰在监狱里可以一个人住一间,但要在洗衣房帮忙,还要负责给8到10个人配送饭菜,这其中包括一个意图谋杀4个人的重刑犯。似乎是为了打消粉丝们的忧虑,监狱的发言人约翰·拜利安(John Balian)声称:"我们不会把等待审讯的杀人犯或强奸犯和危险驾驶的犯人放在一起,他唯一和其他犯人发生接触的机会就是他把餐盘从监室门下面递进去的时候。"

小强的监狱生活第一天是这样度过的:下午就到监狱check in了,然后就是晚饭,奶油汁配鸡肉蘑菇青椒,然后回监室看了一会书——发言人拜利安说他带了几本书,也许想让自己有点事情可以忙。第二天早餐是玉米麦片,中饭是土耳其三明治,然后又是晚饭。监狱的饭食就是这样,每天一次冷食两次热食,除了上述的餐食,就只有一道奶酪通心粉可以选择,帕里斯·希尔顿蹲监狱的时候就抱怨过:"监狱里的饭根本不能吃,恐怖之极!"下午1点到4点之间,萨瑟兰可以有两次接受探访机会,每次15分钟,媒体们不无遗憾地表示,没有任何人来。

看样子,萨瑟兰的第一天监狱生活就这样平淡地度过了,但监狱看守们对他很满意:"他是个模范犯人,第一天就派去洗衣房干活,洗囚犯们的床单和被褥,他没有任何怨言。"发言人拜利安说:"他在这儿待得不愉快,但你可以看得出他很愧疚,并且想为他所做的负责。"

电视迷们对萨瑟兰的入狱充满了好奇,有人开玩笑:"杰克·鲍尔(萨瑟兰所扮演的角色)在下一季就可以说:'总统先生,我喝得太多了,没法去阻止恐怖袭击了。"也有人故作震惊:"难道没有人提醒他们吗?没有任何监狱可以关得住他!"——参见《24》第5季剧情。

但监狱方面并不这么看,拜利安说:"萨瑟兰将一直服完他的48天刑期,除此之外没有任何方法可以让他提前从那儿出来。"

那么,还有哪个明星没有进去过?

林赛·洛翰同样是嗑药加醉酒驾驶,判入狱服刑1天。电视剧《迷失》中的女明星米歇尔·罗德里格兹因为停牌期间驾驶加上不遵守缓刑规定被判入狱6个月。而最新的消息是,电视剧《越狱》的演员莱恩·加里森因犯有酒后驾车及驾车过失杀人罪等被提起诉讼,入狱也是迟早的事。

从梅尔·吉布森到克里斯汀·史莱特,从克里斯·塔克到海利·乔·奥斯蒙特,众多明星都曾有过监狱经历,罪名不外是醉酒驾驶、超速。如果监狱里开个派对,那么从演技派到偶像派,从喜剧演员到童星,一个都不会少。有国外网民很有心地做了一个网站,专门列了入狱名人榜,分门别类,"好莱坞"名单下人才济济,远远比"杀手"名单下多。

好莱坞入狱人才多,洛杉矶郡的监狱自然人满为患。实际上,洛杉矶郡的监狱早就挤满了,希尔顿等女性罪犯服刑不得不转到林恩伍德市去,萨瑟兰则是转到格伦代尔市。如果这样还是人多怎么办?

2005年,米歇尔·罗德里格兹就被判入狱60天,但她只在监狱待了不到一天就被释放;妮可·里奇则更离谱,只在监狱待了82分钟就出狱了,创下了世界纪录。官方的解释是,监狱人太多了,"非暴力女性罪犯"酌情释放。

　　但有些人对此很不满意："凭什么林赛·洛翰醉酒驾驶只关一天，而基夫·萨瑟兰同样的罪名就要关48天？"估计萨瑟兰自己也觉得憋闷，不过他又不会像希尔顿她们那样出来风光亮相，只好闷不吭声去洗床单。但他的粉丝们不肯罢休："谁说司法系统偏向名人？根本不是偏向名人，而是只偏向年轻、漂亮的名人。"

　　这倒怨不得司法系统，而是如今这个时代的价值观都早已不是过去的样子了。

　　萨瑟兰进去的当天，就有人开始打赌："我们来猜猜，他蹲完监狱之后会变得更有钱、更放荡、更愚蠢还是更出名？"

　　如果用这个问题来问帕里斯·希尔顿，答案当然是四者皆是。希尔顿同样因为醉酒驾驶被判入狱45天，但她只待了3个星期就出来了。可怕的是，希尔顿的入狱和出狱成了全球媒体的狂欢节，两个大日子里媒体都守望以待，警方、交通部门和联邦航空局都紧张得不得了，严防狗仔队出乱子。位于林恩伍德市的世纪地区监狱的Google Earth坐标也在网上传得到处都是，人人争相目睹希尔顿蹲监的地方是何样貌。而希尔顿更是因为这段吃牢饭的奇妙经历接受了不少媒体访问，所谓监狱日记也在谋划出版。

　　就在希尔顿服刑的时候，她的好朋友、和她一起合作真人秀的妮可·里奇声称希尔顿不该得到那样的待遇，"但愿这种事不会发生在我身上"。随后她就被判因嗑药、醉酒驾驶入狱4天。里奇的策略是宣布自己已经怀孕，要在入狱前结婚，出狱后要重新开始新生活："我在不顾一切地拼命成为我的孩子将来会尊敬的人。"当然,这又一次引来媒体的一顿猛炒。

同样是漂亮的女明星,早在1982年,索菲亚·罗兰因为她1963年的一笔收入没有报税而服了17天的刑,这在当时成为一大丑闻,她说:"就算杀了我,我也绝不再进监狱了。"媒体和她自己都极力想忘掉这段不愉快的经历,幸运的是这事并没有影响她后来的辉煌事业,最后这事都不大有人提起了。如果放在现在,恐怕又是媒体云集监狱门口,电视台出动直升飞机拍摄,出版商、制片人虚位以待,只盼着明星们能够为娱乐产业再度添砖加瓦。

这就是我们这个八卦时代的最大有趣之处,监狱成了明星们继续走红的踏脚石。

(2007)

欢迎来到可能来过的不可能来过的地方

有一个地方是这样规定的：只有受挑选的人才有资格进入，他们是神圣而正义的，凡进入者必拥有比其他人更强大的能力和更丰富的经历，进入者有资格对其他人的生活作出指导并因此负有拯救他们的责任。大致上是这样。

这个地方，在《纳尼亚年代纪》里叫做纳尼亚大陆，在"哈利·波特"系列里叫做霍格沃兹，在《绿野仙踪》里叫做奥兹国，在《彼得·潘》里叫做梦幻岛（Neverland）……

那是一个你可能去过的不可能去过的地方。

《纳尼亚年代纪》的第一部《狮子、女巫和魔衣橱》在北美上映，票房一路狂收，在英国、法国、西班牙、墨西哥、新西兰各国开画也相继破纪录。纳尼亚的粉丝们额首称庆：这就是原著小说的魅力啊！

2006年3月10日，这部魔幻巨作在中国上映。一个在看"哈利·波特"系列时遇到的问题又开始出现：会不会被"纳粉"鄙视地问到，你看过原著小说了么？

我看过了!原著小说《纳尼亚年代纪》我全部看完了。阅读速度远远高过我所预计,一下午看完了7部,这更加坚定了我确定它为一部优秀的儿童睡前故事集的想法。事实也是如此,作者刘易斯在某一部的前言里无比温婉地写了一段话给一个小女孩,说这将是写给她的——那小女孩就是寄居在刘易斯家里众多小孩中的一个。

二战时期,众多小孩寄居在C.S.刘易斯郊外的大宅子里,终身未育的他萌发了给孩子们写点故事的想法。作为著名的基督教神学作家和宣道者,刘易斯构思了一个情节简单但意境宏大的世界。

《纳尼亚年代纪》的情节简单到令人发指。《狮子、女巫和魔衣橱》里,小孩们来到邪恶的女巫统治下的纳尼亚,于是要去对抗女巫,于是圣诞老人给了他们一把剑,于是捅了女巫一剑,于是女巫死了,于是纳尼亚得救了,跟堪萨斯的多萝西的故事没什么区别。《能言马与小男孩》里,黑暗势力头目最后被惩罚变成了驴子,这让我瞠目了很久。

场面上也不值一提。《狮子、女巫和魔衣橱》只打了一仗,参战人数不超过500人。《能言马和男孩》里的大反派坏王子向他父王说:父王,给我200个凶悍的士兵,我去拿下阿钦兰——阿钦兰是一个国家,而他父王颇为赞赏。其余的小战斗不会超过10个人,而一部里最多3次战斗。即使是陈天桥总裁宣布免费运营的那个糟糕的MMORPG游戏,一次攻城战死亡的玩家数也要比这多上好几倍。

至于复杂系统,也一律欠奉。没有《魔戒》的众多种族设定,没有《龙枪编年史》的三套上位神系统,甚至没有伏地魔的7个法器。对了,"哈利·波特"毫无疑问也是儿童读物,大概定位在14至18岁,而"纳尼亚"则定位在5至14岁。这正好覆盖了我们成年前的幻想,成年后我们就可以开始幻想小泽圆和天宫真奈美了。

我曾经在没有任何铺垫的情况下,向一位广告公司的中层劈头就问了一句:"邓布利多真的死了吗?"这位摇曳多姿的白领就像回答客户提案一样丝毫没有犹豫,凭借其专业素养简明扼要地回答:"是的。是S杀死的。索命咒。"S是指"哈利·波特"中的斯内普教授。而看完了《纳尼亚年代纪》之后,一位媒体从业人员把自己的MSN名字改成了"Welcome To the Lone Islands"——孤独群岛是纳尼亚的国王们向远方航行时找到的遥远边界——他觉得这样传达出了很复杂和很酷的信息。

问题就来了,一群年富力强、底蕴深厚的青年才俊何以对儿童睡前故事集产生了浓厚兴趣?这是一个比林志玲和李宇春同时走红还要难以理解的问题。

首先要指出的是,不管是"纳尼亚"还是"哈利·波特",都足够好看。这种好看不仅仅建立在想象力的竞赛上,还有细节和悬念的编制和纠结。

"哈利·波特"不用多说,"纳尼亚"7部作品同样一如西方魔幻传统那样在情节上互有纠结。比如,《魔法师的外甥》里一个孩子不小心唤醒了女巫,女巫从现代伦敦带到纳尼亚的路灯铁条生长为一座魔路灯,成为了《狮子、女巫和魔衣橱》里孩子们进出纳尼亚的路标;而《狮子、女巫和魔衣橱》里孩子们拼死对抗的邪恶女巫,自然就是当初那个被唤醒的女巫。复杂纠结的细节、线索,不仅使得故事耐人寻味,也使得作者想寄托的宏大主旨有了藏身之所。

2006年1月10日,《纳尼亚年代纪：狮子、女巫和魔衣橱》获得第11届广播影评人协会评论家选择奖的"最佳家庭电影"奖,和"纳尼亚"一同角逐的还有《哈利·波特与火焰杯》、《查理和巧克力工厂》,这都是最优秀的儿童读物改编的。所谓"最佳家庭电影",就是合家欢电影,孩子们和胡子叔叔都会看得很High的电影。对此,C.S.刘易斯早有一句名言总结："只能被孩子喜爱的儿童文学,是不良的儿童文学。"

我毫不怀疑作为神学作家的刘易斯在《纳尼亚年代纪》里的寓意,那里面的狮王阿斯兰就是耶稣。阿斯兰从来都要求纳尼亚的生灵们相信他,他能够以抚摸、拥抱和目光消除你的任何困惑、疲倦和伤痛。阿斯兰总是在危机四伏的时候不知所踪,纳尼亚居民们开始困惑、怀疑甚至内乱,然后坚信阿斯兰的人在一些神迹式的指引下进行不屈不饶的斗争,最终在阿斯兰降临的那一刻得到全面胜利,此前一切险阻都证明为阿斯兰预先设下的考验。《狮子、女巫和魔衣橱》里,阿斯兰为说谎的孩子赎罪而自愿被白女巫杀死,并在不久后重生；《最后一战》里,一群坏人甚至制造了一个假偶像,以阿斯兰的名义对纳尼亚发号施令。

不知道"纳尼亚"小说、电影的家长读者们会不会让自己的孩子来认同这样一种世界观,但不管怎样,那些关于信仰、忠诚、诚实、荣誉、友情、勇气的神圣化、具象化的描述,使得任何人看过之后都不得不思考一下,或者假装思考一下。

《最后一战》中,所有以往纳尼亚的国王们集体亮相,至尊王彼得遗憾地提到苏珊女王的缺席：她已经长大了,她不再相信儿童的世界,她现在只关心唇膏、丝袜和舞会请帖,和所有女人一样,她进入了一个愚蠢的时期,并努力使自己停留在这个时期。

苏珊女王无法进入纳尼亚世界让我们知道,所有奇幻世界都是有准入门槛的,这个门槛无一例外是孩子或者富有童心的成年人。所以,彼得·潘撑破了吊带裤也可以来到美妙的梦幻岛,而道格拉斯·亚当斯的《银河系漫游指南》就只允许穿着肮脏睡衣、搭着一条毛巾的潦倒中年人去错乱的银河系闲逛。这中间的区别其实就是够不够纯洁,纯洁到愿意相信这样一个世界的存在。这就仿佛给了胡子叔叔们一种心理暗示:你们也喜欢"纳尼亚"啊,你们也很纯洁呀。

好了,纯洁了,那么从哪里进入幻想世界呢?比如"纳尼亚",孩子们是从衣橱里进去的。郑渊洁叔叔的《309暗室》也是从衣橱里进去的。可见衣橱在纯洁的人的心目中,代表着一种神秘的转化力量,我猜想这多半是因为他们喜欢隐藏自己。

彼得·潘是飞到梦幻岛的,精灵给他撒上一些粉,他就飞起来了。多萝西被飓风从堪萨斯大草原刮到奥兹国,也是飞,虽然是连房子一起飞。*E.T*里,孩子们最后和E.T一起飞了起来。飞,多么纯洁的力量,不纯洁的人只能去机场,春运还不打折。《黑客帝国》里,虽然操作者塞弗很纯洁地说:"绑好你的安全带,多萝西,和堪萨斯说再见吧",但尼奥进入另一个世界还是靠的插管这么粗俗的手法。成人和儿童的童话的不同可见一斑。

哈利通过撞墙来到九又四分之三站台,爱丽丝钻兔子洞来到梦境,去香港迪士尼乐园要坐地铁欣澳线。不管你以什么方式来到幻想乐园,不管你的幻想乐园是不是满地流着蜜和奶,只要你敢纯洁地痴痴地想,你就可以得到愉悦感,掏出VISA卡的那一刻除外。　　（2005）

文明史就是暴力史

一部好电影的意义并非在于给出一个正确的答案，而是能给予观众多种可能的解读方式。毫无疑问，梅尔·吉布森的《启示》就是这样做的。

从《耶稣受难记》开始，梅尔·吉布森就试图证明非英语电影也是可以赢得高票房的，《启示》也一度传言要入围奥斯卡最佳外语片，但最终只在化妆、音效几个小奖上露头。《启示》显然秉承了史诗英雄梅尔·吉布森的一贯野心，从个人命运中透析群体命运，有大场面、有大悲剧、有心灵鸡汤、也有警世恒言。你也可以把《启示》看做一部古代版的《虎胆龙威》（*Die hard*），纯粹的好莱坞动作片，孤胆英雄天赋异禀以一敌众，当爱成为信仰必将势不可挡。当然，它也足够血腥，当作Cult片来看也并无不可，动作绝不花哨、打斗全部"硬撼"，斩人头、挖人心、披肝沥胆，无所不用其极。

《启示》还未公映，就有玛雅人组织"我们是玛雅人"发表评论说："《启示》可能又是一次商业性的尝试，不过是将一个失落帝国的文化和人民摆在柜台上供人选购罢了。然而很多时候，他们并不知道人们真正需要什么。"但有人也感到高兴，2006年11月2日，总部设在洛杉矶的拉丁商会授予吉布森"主席梦想家大奖"，以表彰他所表现出的"眼光和勇气"——"这部影片的出现使我们对所有与我们文化有关的东西感到无比自豪。"也有考据派审慎质疑，玛雅文明研究专家斯蒂芬·拉夫格伦和加利福尼亚大学的扎查利·赫卢比就发现《启示》在尊重历史事实方面至少存在12处"硬伤"。

不管怎样，各路人马都能够从这部电影中读到自己想要的或者能够感到激动和愤怒的东西。《每日综艺》评论说："片在主题上拥有内在的壮观、冲突和社会兴趣。"我们到底可以读到什么样的社会兴趣？

《启示》的剧情从一场玛雅人部落猎杀野猪的戏展开，追与逃的速度感、捕猎机关的强大威力和死亡挣扎的血腥与残酷都摆在眼前。我们可以看到，这一个玛雅森林部落，使用的大部分是原始工具，尤其是将锋利石块和木棒相结合而成的石斧。斧子颇受美洲原住民的青睐，印第安战斧成为力量和勇气的标志，在很多后期印第安背景电影中，比如《最后的莫希干人》，原住民们普遍使用金属工具，不过也大多是斧子，这可能与他们的森林环境有关。

但在后来的戏里，一个外来的强大部落开始了对这个弱小森林部落的屠戮。这时候，工具的式样不再重要，材质起到了关键作用。我们可以看到，外来的部落携带配有刀鞘的刀具，这显然是金属材质的。玛雅人拥有精美绝伦的青铜制造工艺，制造一把锋利的青铜刀不成问题。问题是，你如何手持一把石斧和锋利刀具对峙？这简直就是在问萨达姆对美制BGM-109巡航导弹有何看法。

一些侵略者穿戴着类似兽骨制造的服饰,一块一块的骨牌串联起来,中国人看了可能会兴奋地联想到麻将,不过对于玛雅人来讲,可能更意味着权势和地位。从另一个角度来讲,这未尝不是一种护具,T.N.杜普伊在《武器和战争的演变》一书中谈到:"是金属武器的使用导致了护身甲具制造业的兴盛发达。"侵略者的金属刀具有多么锋利,我们在男主角"豹爪"的父亲被杀死一场戏里可以领会——轻轻一划,父亲的脖子慢慢渗出血来,死后兀自跪在地上。

被石斧指着还能一搏,但被刀子架在脖子上谁都不敢乱动了,于是"豹爪"和残余的族人都被抓了俘虏。由此,你也可以想到发明金属工具的人真是个天才,他不仅可以杀死猎物还可以俘虏人类,极大地解放了生产力,奴隶制度至此可以挂牌成立。

后面的科技史就更精彩了。"豹爪"们侥幸躲过了活人献祭,却陷入一场《终极标靶》式的杀戮游戏当中。那就玩命逃吧,可是猎杀者使用了投枪、弓箭和投石器,这对于逃跑者来说简直是一场灾难。虽然他们的投枪看上去和两千多年前的《荷马史诗》里的差不多,但是投石装置显然比大卫杀死歌利亚时使用的那个要强大得多了。幸运的是,轮到我们的主角上场时,他灵机一动发明了S形跑位战术逃出生天——这难道是玛雅历史上第一个跑出S形的人?

如果说《启示》讲的就是科技推动社会变迁,梅尔·吉布森肯定不乐意。那到底是什么导致了这么巨大的社会动荡呢?

如果,科技决定一切,那最后只有外星人来做终结者了。可是蒂姆·波顿在他的电影《火星人玩转地球》里也表现出,火星科技真的是打败一切，但听到乡村民谣之后也只好爆头而死。Lomo可以跟单反135一拼，胆机拥趸不逊色于数码玩家，可见Hi-Fi和Low-Fi的博弈都不是绝对的，《启示》也是这样。

"豹爪"逃进森林之后，利用天时地利和土办法解决掉许多凶残的追兵，但唯一不能解决的是一个族群的命运。这个命运在他们被绑进入侵者的城市时就已经决定了。

初进大城市，"豹爪"们的恐慌更甚于如今的外来打工者。他们看到，这里有的人满身珠宝、坐享富贵，有的人街头行乞、衣食无着，更有人在行窃——私有财产在这个社会里已经形成制度。同样，俘虏来的女人被卖为奴隶，而俘虏"豹爪"们的入侵者根本就是以俘虏换钱的职业杀戮者——职业军队也已经形成。同样，"豹爪"们也看不明白为什么有大批的奴隶开掘矿山、烧炼石灰，仅仅是用来给上层阶级粉刷建筑；而"豹爪"们则是被用来祭祀祈神。宗教、意识形态、社会阶层、财产制度在这个以城市为代表的玛雅人群落里已经完善地形成。

从原始社会来到奴隶制社会，"豹爪"们只用了一天时间，他们的价值观、社会观念已经完全崩溃，剩下的只是本能。和追兵作了一番生死追逐之后，"豹爪"走投无路地逃到了海边。这时候，更加令人崩溃的事情发生了。海边是一排大帆船，高举十字架的传教士和全副武装的火枪手坐在小舢板上正向这块大陆驶来。

霎时间，正处于食物链和社会形态高端的玛雅城市部落又掉落到了被猎杀的境地。无论科技还是社会形态，欧洲入侵者都远远高于玛雅人。毫无疑问，我们可以说奴隶制社会比原始社会先进，封建社会又

99

比奴隶制社会先进,但在这其中起到最终推动作用的是生产力和制度发达所释放出来的暴力。玛雅城市部落对森林部落的屠戮如此,欧洲对整个玛雅人的屠戮也是如此,这仿佛可以用吴思的元规则来总结:"暴力最强者说了算"。但最终,暴力无论向外释放、形成侵略,还是对内释放、变为暴政,最终都将毁灭所有的一切。

梅尔·吉布森接受采访的时候说:"暴力来自暴政者,暴力本来就是历史的循环。《启示》是一部政治电影,你可以把它跟现在的美国联系起来。"

文明如何崩毁的?不过就是暴力操纵者最终毁于暴力,说起来既血腥又无趣。

(2007)

全球化的海盗世界观

《加勒比海盗3：世界的尽头》前半部分完全可以当做公路片来看。

所有的人都忙着赶路，跑来跑去找他们的东西。开始他们去找杰克·麻雀，从加勒比海开去了北极。同时，啸风又从新加坡赶来，洋洋得意地把他们抓了个正着。但杰克·麻雀不会屈服的，于是又带着这一大帮人去找达维·琼斯决斗——那个长着头足类动物触须的怪物。就在他们行驶在征途上的时候，达维·琼斯和东印度公司（其实东印度公司从来没有去过加勒比，在加勒比的应该叫做西印度公司才对，可是西印度公司又是荷兰的）就像公路巡警一样悄无声息地出现了。然后就开打。如果你忍受了一个半小时的公路片剧情，那你一定对这场大战有期待了。

接下来发生了什么？什么也没发生！万众瞩目的女神卡吕普索变成了一堆螃蟹跳进了海里，这个嚼槟榔嚼黑了牙的女神就搞了一个漩涡来蒙事儿，可悲的是，她的漩涡除了把她的老情人害死了之外没别的用处。

公路片里也可以看到鬼怪吗？当然可以。昆汀·塔伦蒂诺编剧的

《杀出个黎明》不就弄了一堆僵尸嘛，还挺刺激。你只要开辆破车上66号公路转一圈，连链锯杀人狂都会出来给你鼓掌。

所幸的是，这部电影还算奉献了一些新意给我们。那就是谈判，或者说交易。由伊莉莎白·斯旺小姐在第一集里发端的这种情节模式，把第三集的后半部分变成了商战戏。第一集的时候，杰克还发不准这个单词的音，现在他可算是纯熟地掌握了这个技巧，他几乎变成了一个战略家或者职业买手。他和他找得到的所有人谈判，甚至包括东印度公司的人和那个看上去非常恶心的海鲜。其他人也没闲着，铁匠尤其出色，他谈好了三笔交易，但一笔也没成功。

问题就出来了。所有人，包括电影里的角色们自己都应该知道，他们谈判得来的结果维持不了五分钟就会有某一方单方面违约，大家都会被出卖，最后还是得打上一架才能解决问题。那为什么大家还乐此不疲呢？

原因是这样的。以东印度公司为代表的跨国资本主义逐渐建立起了全球霸权，加勒比海是他们全球战略中的一部分，这里将会大量开发甘蔗田，以其廉价的劳动力成为朗姆酒生产的原料基地。事实上，你翻翻历史就知道，他们真的成功了。

在这样的全球化浪潮之下，海盗们还能有什么作为呢？打打杀杀的个人力量是没有意义的，滚石乐队的基斯·理查兹扮演的老海盗最明白这一点。老派海盗的时光已经过去了，他凶巴巴的样子只能用来吓吓他的儿子杰克·麻雀，接下来他就只能坐在一边弹弹吉他，缅怀过去的好时光。既然谈判是唯一可以融入全球化潮流的工具，那就谈判吧，好在他们只谈了两个多小时，如果算上被剪掉的周润发的新加坡回合谈判，时间还要更长。

基于一部全球化的商业阴谋，这部电影自然混杂了不少含混的政治潜台词。伊莉莎白小姐在海盗的会议室里发表了一番慷慨激昂的演讲，她想教会这些海盗什么是真正的自由。这样的喊话，威廉·华莱士也表演过，不过那是真正的生产者和掠夺者的对抗。而这次，伊莉莎白小姐作为阶级的背叛者给我们带来的是相反的故事，掠夺者对管理者的斗争。毫无疑问，英国皇家海军和东印度公司被塑造成了可笑的娘娘腔，他们代表着先进的但是道德上破产的生产方式。电影毫不犹豫地把道德赌注押在了海盗一边，任何事情都可以不计较，只要自由，那么海盗们就是对的。

我当然并不介意在犯罪片里看到坏人拿枪瞄准好人，不过这种价值判断让伊莉莎白小姐来下定义实在让我感到有些别扭——虽然从情节上来讲，她再不赶快做点什么就快要没戏份了。之前，杰克·麻雀担当这一角色就做得很不错，他不停地摇晃上身，加上他的黑眼圈，实在消解了不少片中的血腥味。

看片子的时候，我一直在想，一部迪士尼的暑期档合家欢电影应该如何为自己模糊的道德判断收场呢？铁匠先生之前在镇子里为了市民奋勇抵抗海盗入侵，现在他以海盗为职业了应该怎么做呢？去抢那个镇子？片子结束的时候，我发觉我的担心是多余的，迪士尼让铁匠去从事物流运输行业，不仅规避道德风险，还暗合了第一产业向第三产业过渡的国际大趋势。

（2007）

对《色，戒》的诠释与过度诠释

这两个月以来，凡是会写字的人都在忙一件事情：写《色，戒》的影评。

如果说，《太阳照常升起》热映的时候，很多人还充盈着想夸但又不知从何夸起的郁闷感，那么现在在《色，戒》这里，这种郁闷终于可以释怀了。这是中文影评再次繁荣的时候，这是展示自己修养和领悟能力的关键时刻。

从骂，到不知道该怎么骂，到不知道该怎么夸，到如今喷薄而出、各展身手、八仙过海式的夸，我们的中文影评终于走出了一条螺旋上升的演化之路。

《色，戒》在台湾的试映会结束当天，李安从国外给弟弟李岗打电话。李岗说"台湾观众的反应是说不上来"，李安很着急，"美国观众的反应也是说不上来，但是台湾观众的反应怎么会是说不上来？"而首映前，李安则坦承自己心情复杂不安："但我在戏院看到观众看得投入、感动，走出戏院低着头在想，若有所思，我就知道我把心掏出来，家乡观众可以感受到。"

其实这是一部不难懂的片子。看性的观众和看人性的观众一样多，揣摩男人心态的女人和揣摩女人心态的男人同坐一室，悲天悯人的观众和"不悲天悯人"的张爱玲互款心曲，就算你只关心"打真军"，也有种种繁多的猛料供你寻觅。

最容易理解的是史海钩沉路线，王佳芝之于郑苹如之于张爱玲，易先生之于丁默邨之于胡兰成，从霞飞路76号到抗战孤岛，从特务机密到汪伪政权，可供爬梳的资料实在太多，颇有些让人忙不过来。洋洋洒洒的评论就如同听歌剧前的那一纸简介，不仅为观众提供了故事背景，也掀起了全民学历史的新高潮，几乎可以作为新一期《百家讲坛》的好题材了。

只是索隐寻幽到了最后，却不免成了八卦的高端版。据李安的弟弟李岗说，李安取"易默成"这个角色名，是因为易先生个性黑暗却怕黑，故有个黑字偏旁的"默"，而"成"则是考虑平仄合韵。这个解释显然不能满足钩沉八卦者的好奇心，所以"默"影射汪伪特务头目"丁默邨"之"默"，"成"则来自于张爱玲剪不断理还乱的"胡兰成"之"成"。是又如何，不是又如何？八卦心态兹一满足，这便不再是困扰钩沉者心旌的重点了。

数量更多的评论者则紧锣密鼓地围绕着性与情色展开话题。所谓"从肉身和汗水中直写灵魂"，见色而明情、阅性而知人性。从"女人都渴望被撕破旗袍"写到"情欲之中，人最显其本性"，从"两个荒芜的生命在彼此身上找到依托"看出"交缠的情欲洞见本性"，最终到"入喉后仍余留一丝苦涩"，乃至于"爱就是不问值不值得"。至于"进入女人心的路通过……"一句，更成为兼具方法论和哲学思辨的隽永名句，处处

105

得以引用。可惜了辜老先生的原话，也可惜了张爱玲在原著中的批判，如今反倒成就了女性性心理的文本解读，可见知性女人总是要比知性男人多一些的。

与钩沉派、知性派鼎足而三的，便是唏嘘流。唏嘘流的妙处便在于无处不可唏嘘，所谓时代是一个苍凉的手势，生命是一袭华美的袍子。王佳芝之畸恋，唏嘘不已；易先生的挣扎，唏嘘不已；时代洪流与国家命运，唏嘘不已；个人的脆弱和爱情的易碎，唏嘘不已；乃至钻戒和女人的情感之旅、麻将和偷情的辩证关系，照样唏嘘不已。上好一个故事，被肢解开来，被解读者各取所需，倾注情感，见偶然，不见必然，写就一派自我满足和警句式的情感鸡汤。

在《色，戒》的台北首映式上，马英九热泪盈眶，据说是因为想起了八年抗战和保钓运动，后来被评论为表演过度。同时在场的"新闻局长"谢志伟无动于衷，则又被评论为对艺术麻木。

如果真要说，《色，戒》展示了个人命运在大背景下的无助的话，那么《色，戒》的诠释风潮本身就可以很好地应合这个命题——当对一件作品的评论到了一种抽象高度的时候，个人命运真的很无助。"埋伏"的时候，你夸它是可耻的；"太阳"的时候，你骂它是可耻的；"色戒"的时候，你不说话都是可耻的。

好在普通观众还不用被逼着表态。《色，戒》首映当晚，在大台北地区的票房是新台币398万元，超过7年前《卧虎藏龙》的首映票房。有评论不无遗憾："台湾观众……即使说不上来，仍然一片叫好，虽然多数人和'新闻局长'一样，重点在男女主角的三点上。"

而香港观众似乎也和台湾观众一样不大懂艺术。《色，戒》在香港上映19天就拿下3006万港元的票房，超过1992年上映的《本能》和1991年的《玉蒲团之偷情宝鉴》成为有史以来最高票房的三级片。而香港媒体则无一例外地关心起"打真军"的话题，远赴河北偷拍正在《赤壁》剧组的梁朝伟，也只为了证明伟仔"打真军"之后有多么大的心灵创伤。

很多时候我想不明白，究竟是大众的"下流化"导致了评论者不断地拔高自己思维层面，还是评论者坚持高端阐释逼得大众逃离到下三路？不管怎样，我们看到的就是这样一种两端背离的怪异场景。

台北首映式完毕，李安带着一众主演去鼎泰丰吃小笼包子，有网友评论倒不如去点水楼吃"张爱玲宴"来得应景。媒体和评论在电影风潮中的狂欢，却正如点水楼推出的"张爱玲宴"，不过是文化掮客们选择、包装了一件文化商品，并开始了无节制的推广。正如城市改造要把街道从居民手里夺走，评论者们最终也要把电影从观众手里夺走，肆意解读、赋予无数发人深省的思辨，成为观众再也不愿涉足的东西，最后演变为一小群人自娱自乐的玩意。

对于观众，更轻松的欣赏方式不过是滤掉所有评论，如果你对张爱玲曾经深爱胡兰成、胡兰成曾经伤害张爱玲之类的事情也都不感兴趣，那就去看你自己看到的。看完之后你也许还可以喊声"Bravo，李安！"

其实所有洋洋洒洒的解读往往都不如一句话评论触及灵魂，比如有一位同志看了《色，戒》就赞叹道："梁朝伟真是好戏之人，连某器官都会演戏！"

（2007）

中国山寨电视台

联发科如果成立一家电视台,蔡明介一定会这样设计他的电视节目:海选、投票、评委、冠名、贴片广告、滚动轰炸式播出、外邀明星、自产明星、煽情、大特写、电话连线、真情告白、现场神秘嘉宾、豪华布景、韩国的化服道……所有这一切流行元素全部由各个模块组负责,节目中心根据需要分别向各个模块组采购,组合在一起就成了一个新节目。集约化、模式化的生产,效率极高、组合方便、功能强大,观众需要什么就直接添加什么模块,观众没有表明的需要也一并满足了。

这真是一个伟大的构想。中国的电视台还没有做到这一步,不过已经在努力迈进。中国的电视节目,从广义上讲,会让所有山寨机厂商汗颜——他们还在低劣模仿iPhone的时候,中国电视观众都已经看腻了中国版的《飞黄腾达》(The Apprentice)、中国版的《美国偶像》(American Idol)、中国版的《舞动奇迹》(Strictly Come Dancing),如今中国版的《美国超模大赛》(America's Next Top Model)已经火过,而中国版的《丑女贝蒂》(Ugly Betty)正冉冉升起。

第一场,陈洁、黄加阳;第二场,浦滨;第三场,周宇。《赢在中国》的几场比赛,场场有人PK自己,人人都认为自己最差、应该得到惩罚。以竞争白热化为最大看点的真人秀节目,居然有人PK自己,如果唐纳德·特朗普看见了一定暴跳如雷。

这就是中国特色。游戏很简单,选手们都看得分明,谁也不确定炫耀自我能力会不会招来反感,而相互赞扬、拍拍肩膀、热泪盈眶总是最安全的。这种中国式生存哲学让我们的商业竞技真人秀就变成了道德展示真人秀,飙能力变成了飙演技,拼文武双全变成了拼德艺双馨。

演播厅里很中国,实战场上同样也很中国。《飞黄腾达》里,唐纳德·特朗普让选手们去卖三明治,而选手们也就老老实实研究定价策略、推销手段。而《赢在中国》让选手们去卖红酒,选手们最常用的办法就是指着镜头:"看那儿,我们在比赛,买一瓶吧,帮帮我们好吗?"

职场竞技类真人秀不管怎么办,至少有一点精神是应该得到公认的:节目是表演,但交易必须是公平的。《飞黄腾达》里受邀而来的现场观众们看了一场迈克尔·J.福克斯等明星们对垒的冰球赛,拍出3万多美金买走一辆敞篷跑车,他们兴致勃勃地参加了一场娱乐活动,从中得到了乐趣。而中国的现场观众们则是怀着帮人一把的心态去给选手们的比赛加分。

湖南卫视的《变形计》推出之后,似乎给中国的真人秀节目又打开了一扇新的门。但我们同样可以找到类似的国外范本。

美国广播公司(ABC)的Wife Swap(换妻)节目从2003年一直播到现在,这个节目让两个完全不同的家庭对换妻子,为期两周,以此体验不同阶层的共处。随后，福克斯（FOX）开始跟风，推出了Trading Spouses（交换配偶），同样将两个家庭中某位家庭成员互换，有时是妻子、有时是丈夫，时长一星期。

严格来讲，在选取对象、设置天然的矛盾和冲突、运用悬念、情节铺垫等电视手法上，《变形计》都不比国外版本逊色。但唯一的问题是，《变形计》似乎过于想往社会意义上靠了。让主持人来做毫无必要的陈述，让结局符合中国人的大团圆心态，让当事人小毛病不断，但大冲突绝对没有，大家都互相体谅地做完节目。

Trading Spouses着力于表现冲突，但它限定在家庭和个人的范畴之内；而《变形计》放弃家庭细节，避免了低俗化的指责，但在社会面上选择题材却又无法表现得过细。这或许不是《变形计》一个栏目所能解决的问题。

毫无疑问，《超级女声》是最成功的电视选秀节目。自湖南卫视成功登顶之后，东方卫视的《加油！好男儿》、山东卫视的《天使任务》等选秀节目都或多或少沾了一些光。

大众选秀、电视热潮、衍生产品发售，一向是选秀节目的生命链。《超级女声》们效仿的《美国偶像》在福克斯播出的收视率最高峰可达19%，观众人数2250万，第一、二届的冠军凯莉·克拉克森（Kelly Clarkson）和鲁本·斯塔德（Ruben Studdard）首支单曲都成为单曲销售冠军，首张专辑轻易拿下Billboard冠军。而在中国，这条选秀产业链却仅仅成就了电视台、牛奶厂和移动通讯商。

《超级女声》及其现象不能不说是极具中国特色的社会热潮，毫不夸张地说，它和呼拉圈一样是集体癫狂效应，在媒体、社会学家等争相发言的放大下，被幻化为人气等于效益的等式。

凯莉·克拉克森和鲁本·斯塔德的成功并不是他们的成功，而是《美国偶像》背后细致功夫的成功。指责粉丝们薄情寡义完全是怪错了对象，看看我们的产业，从唱片到影视，哪个不是乱中求存的主儿？

同样，相比原版《舞动奇迹》对舞蹈的推广，《舞林大会》似乎有点无力。英国广播公司（BBC）继交谊舞栏目《来跳舞吧》（Come Dancing）获得成功后，推出了第二个系列《舞动奇迹》（Strictly Come Dancing），都大受欢迎。英国文化协会网站上的报道指出，这个节目激发了人们的跳舞热情，整个英国都染上了"跳舞热"，使人们离开沙发，加入当地的跳舞俱乐部——"位于伊普斯威奇的Lait跳舞俱乐部称，自从BBC的节目播出以来，他们的会员人数增加了两倍"。而我们的《舞林大会》恐怕会让更多的观众陷在沙发上。

（2008）

男人的脸,社会的镜子

威廉和凯特大婚,英国广播公司(BBC)的收视人数为1870万人次,而全球范围的电视观众人数则超过20亿。媒体无一例外地渲染皇家婚礼的神秘、奢华和高贵,威廉的各种性格、生活细节和习惯都成为了民众啧啧赞叹的谈资。威廉这样一个完全不具备普遍意义的男人,在电视等大众媒体手里,却变成了可供品评的男人形象。

无论王子和公主是否从此过着幸福的生活,我们的生活还是得继续。在我们的生活中,无论是电视剧、广告还是流行歌曲都塑造过太多的男人形象。他们虽然不是威廉,也不一定都光彩照人,但他们才是最符合我们想象和现实的男人。

谁还记得中国最早的电视广告?

从李默然的三九胃泰、沱牌曲酒到东方齐洛瓦的冰箱以及燕舞收录机,当年播出的时候无一不让人觉得震撼。有趣的是,他们都是以男人为广告主体。李默然版的三九胃泰开了名人广告的先河,这是另一个话题,而沱牌曲酒、东方齐洛瓦等广告却都是以普通男人为主角。

在一片黑背景下，一个赤裸上身、肌肉强健的男人缓缓起身，捧起一只土碗畅饮一空，背景声随之而起，"悠悠岁月久，滴滴沱牌情"。高对比度和强光照射的红黑纯色色块形成构图，这使得沱牌曲酒的广告即使现在看来也有颇有些前卫。太阳神口服液的广告"当太阳升起的时候"同样使用了赤裸上身的强悍男人，而且是一群。

其实影迷们应该能一眼看出来，这些广告的审美趣味是和当年流行的《一个和八个》、《黄土地》、《红高粱》等电影的风格一脉相承的。在第五代导演的审美趣味中，男人的雄性特征被着重突出，肌肉、体格、汗水和粗砺的面部线条在极端风格的画面中无一例外地被塑造得雕塑感十足，苍凉而悲壮。

另一支有趣的广告是东方齐洛瓦：一个沙漠中跋涉的男人发现了一台冰箱，垂死之际畅饮了大量冰冻饮料，因而获得新生，继续踏上征程。回头之时，"每当我看到天边的绿洲，就会想起东方——齐洛瓦。"

这个男人的形象非常有趣，野战背心和破碎的军装裤，一头蓬松的乱发还扎着一条红色的额带。如果你想象一下中国远征军，大概就是这个形象。而当时的中国电影也正是中国西部片的活跃期，《大漠紫禁令》、《血祭黄沙镇》、《海市蜃楼》等热门影片中有着无数这样的硬汉形象——周里京当时正红，在多部电影中扮演杀手、侠客、特警等角色，让众多女影迷为之疯狂。

齐洛瓦广告的导演李耕（也就是那个著名的配角演员）曾透露过这么一个有意思的花絮，广告里的男人是从冰箱的冷冻室里拿出饮料的，这在多年后被很多观众指摘，其原因是李耕当年也买不起冰箱，也不知道饮料是不能放冷冻室的。

物质匮乏年代的人们,总是想象男人需要有粗砺的外表和强健的身体,唯其如此才能成为一个顶天立地、扛得住的男人,这是那个时代的审美标准。

然而,时代很快就变了。

《渴望》热播的时候,人们讨论更多的是刘慧芳,而不是王沪生。这一时期民众的注意力在女人身上,中国女人应该拥有什么样的品质成为焦点。在万梓良、姜文主演的动作片《狭路英豪》中,万梓良在遇见两个花枝招展的女人之后有这么一句台词:"十万大军下广东啊,这两个是工兵。"在他挤眉弄眼的表情和意味深长的语调背后,揭露出的是这样一个现实:物质匮乏年代已经宣告结束,而男人则不再被需要,因为女人可以自主地得到她们想要的东西。

所以,才会有王沪生这样的"小白脸"形象进入大众视野。

这一时期流行的男人形象不再需要强悍的体魄,甚至体质上还会有些问题,比如《过把瘾》中的方言,身体孱弱到最后得了绝症,这放到现在会非常"韩剧"。他们也不需要有杀手豪侠这样的职业特征,比如《北京人在纽约》中的王启明是大提琴手,这到了现在也是颇具文艺范儿的。他们无一例外被女人"欺负",唯一可以保护自己的是独特的个性和一张利嘴。

在广告中,我们也还记得大宝那个著名的"嘿,还真对得起这张脸"。脸,成为男人的炫耀资本,这在之前是绝无仅有的价值观。

在春晚的小品里,潘长江、郭冬临、巩汉林三位分别扮演着中国由北向南三个地理纬度上的男人，但他们一律是内外交困、捉襟见肘、怕老婆的男人形象，令人不忍目睹。

值得注意的是，郭冬临出演了多年的汰渍洗衣粉广告，这个广告到现在居然还在不断翻新。在家居日化产品中，一般规律是由女人（家庭妇女）为主角，郭冬临何以能在洗洗涮涮的女性天地中一枝独秀？

答案就是，妇女之友。

妇女之友是新时期对男人的新要求。

而在此之前，我们有过一次"新好男人"的审美风潮。大体上有，上车时帮你拉开车门、突然送你玫瑰花、和你吃饭时按掉工作电话、说话时微笑着望着你的眼睛，等等，完全意淫的细节。以现在的眼光看起来，"新好男人"应该是一些事业不乏有成、同时又闲得蛋疼以至于有大量的时间可供消磨的男人标本。他们都是熟男，彬彬有礼、头面清爽、有家庭观念又不乏风流体质，以赵文瑄、方中信、马景涛等演员所塑造的众多形象最为流行（当然，后一位现在已经成为另一种网络文化的代言人）。

在"新好男人"的鼎盛时期，流行音乐为我们奉献了很多例子。李宗盛、陈升、张洪量等音乐人谱写了大量的"新好男人"的诗篇，这其中展露出来的男人的情感模式包括苦闷和压抑、激情和责任、孽缘和错爱、失去和得到、一厢情愿和两难割舍——他们都很苦逼，有一些比另一些更苦逼。

那么，妇女之友的标准又变成什么样呢？

他们很快乐。

汰渍洗衣粉广告把洗衣服变成了《开心辞典》。郭冬临给一群苦闷的中年妇女带来了解决顽渍的处理办法,他的快乐情绪感染到所有人,大家最后都开心地跳起了舞。再看电视节目,女性们都闷闷不乐,为了保湿、去角质、补充胶原蛋白而愁眉不展,这时候小P老师、牛尔老师、Kevin老师轮流出现,以专业的知识为苦闷女性答疑解惑,大家都很开心。

他们很专业。

在传统上属于女性领域的话语权已经被妇女之友占有了,从家务、美容、化妆、时尚无不如此。他们具有男性的冷静逻辑,他们天生记得住那么多专业化学名词,同时又有女性化的情绪化表达,可以自然柔软地循循善诱。

春晚至今还没有出现妇女之友的形象,完全没有反映当下的现实,殊为可惜。

通俗文化是最直接反应现实风潮的样本,有什么样的影视形象、有什么样的流行歌曲、有什么样的广告,就意味着我们当下的社会形态和心理需求。

白酒广告中大多是家庭团聚和朋友情义,"喝杯青酒交个朋友"、"结婚喜庆来一炮",这里的男人都是情义汉子和家庭栋梁。啤酒广告就着重突出派对性和男女关系,冰纯嘉士伯Chill的广告中,女人出差、男人流泪,转过头男人却是立刻开派对庆祝解放。而珠江纯生则直接把泳池艳遇作为自己的卖点。洋酒广告里的男人无一例外是自我感觉良好的成功人士,他们要么聚在一起品评走过眼前的女人,要么在冰山上钓鱼。

"他好我也好"把男人形象直接猥琐掉，但"男人就要对自己狠一点"又开始自我硬化。

白景琦、李云龙、乔致庸等电视剧中的男人形象，塑造的是内心儿童化、外在成人化的反向的Kidult形象，而陆涛、向南、周晋等形象则正好相反，是内心成人化、外在儿童化的正向的Kidult样本。

以F4为开端的花样男对女人的吸引力还在继续，而草食男的安全感又让女人心动，男女关系从未如此复杂，也从未如此单纯。

李宗盛等老一辈人依然在中年，中生代的陈奕迅、林海峰也在唱中年，但农夫等年轻组合也开始中年——"十九转眼变咗廿九，发线开始向后、准备三十出头……收到新朋友嘅喜讯，转个头，收到旧朋友嘅死讯，人生无常从来唔系几信"（《粒粒皆辛苦》）。

现在的男人，成熟得早、衰老得晚，还没长大就已经老了，而三十岁的状况又会延续很长，也难怪男科医院的广告会成为最普及的男性符号。

（2011）

影视里的国家机构势力图

詹姆斯·杜汉2005年7月20日去世,科幻连续剧《星际迷航》中的"企业号"再也没有了首席工程师。作为一个铁杆科幻迷,詹姆斯的遗愿是能在死后举行太空葬礼,而美国国家航空航天局(NASA)立刻表示一定会完成他的心愿,把他的骨灰撒在浩瀚的宇宙星空。

这不是NASA第一次在电影圈里施加影响力了,从汤姆·汉克斯在《阿波罗13号》里喊出那句著名的"休斯顿,我们有麻烦了",到《绝世天劫》里NASA征召石油工人布鲁斯·威利斯去拯救地球,几乎所有的科幻电影都少不了NASA的影子。再加上美国联邦调查局(FBI)、纽约警察局(NYPD)、军情六处(MI6)以及臭名昭著的美国中央情报局(CIA),我们几乎看到一幅国家机构在影视作品中的活动势力图。

作为高科技力量的代表,NASA霸占了绝大多数科幻影视作品。蒂姆·罗宾斯主演的《火星任务》甚至是由NASA全程参与咨询,片中登陆火星的太空梭外观与内部场景都根据NASA准备未来登陆火星的理论设计。这些作品中,NASA一般都以正面形象出现,最直言不讳的要数

《火山爆发》。皮尔斯·布鲁斯南被困在崩塌的山洞里,灵机一动开启了NASA的一种数据仪器,意外地向外界发出信号。收到信号的朋友直截了当地跳了起来,高呼:"Thank you!NASA!Thank you!NASA!"

当然,并不是所有影视作品都买NASA的账。在《后天》上映之时,NASA就曾对下属所有科学家、工作人员发出过一纸禁令,任何人都不许接受与这部影片相关的采访或作出任何评论,"任何新闻媒体欲讨论有关气候变化的科幻电影及科学事实,只能同与宇航局无关的个人或组织联络"。罗兰·艾默里奇对政府的环保政策指桑骂槐,当然别指望NASA有什么好脸。

国家机构往往遵循着越强大越邪恶的原则。这方面比较突出的是军方。在电影里,军方是一个面目模糊而且形象堪忧的组织,大多数时候它都在拿人体做实验或者热衷于研制大规模杀伤性武器,对付任何事件的唯一念头就是军管。它们偶尔也会鼓起勇气和外星人对抗,但一般都被揍得落花流水。所以很容易让人对它们失去信心,斯皮尔伯格对《世界大战》的构想是:"我们再也不需要一个将军来对着地图指手画脚,我们要拍的是普通平民的故事。"

但强大而邪恶的国家机构往往被比它弱小的机构甚至个人所击败,这符合了大多数普通人的心理愿景。比如,政治惊险片《紧急总动员》(*The Siege*)中,布鲁斯·威利斯将军就被小警察丹泽尔·华盛顿逮捕了,化解了军方的极端主义行为。FBI以及整个政府里的幕后势力,最后不都是被一个小小的X部门揭穿了黑幕(《X档案》)。

国家机构间同样有着各种各样的歧视性行为——不管NYPD这个

单词念出来有多么铿锵有力,但在洛杉矶,约翰·麦克莱恩就只能被人呵斥:"滚一边去! 这儿不是纽约! "(《虎胆龙威》)。但这种歧视最后往往转化为解决问题的力量。吕克·贝松在《出租车》系列里告诉我们,马赛警察和巴黎警察原来是世仇,这一矛盾被出租车司机丹尼利用,一举破坏了日本黑帮的阴谋。

《无人地带》中庸碌无为的联合国(UN),《波恩》系列中的CIA,让朱迪·福斯特备受性别歧视的FBI,007的MI6,福尔摩斯一般的犯罪现场调查小组(CSI),充满江湖气、正邪摇摆的警察机动部队(PTU),有着太多的机构等待着我们去探索。

随着时代的变迁,即使是同一个机构的表现力也大为迥异。在如今,说起东京警视厅,观众想起的是超短裙制服诱惑的《女警·快车·逮捕你》,哪里还有那个老实憨厚、拿衣架做武器的搜查一课刑警片山义太郎的影子。

(2005)

一个人和一座城市的诀别

他在这个城市里游荡了一世，一直租住在旅馆里。

他坚持用旅馆前台转接的那种老式电话，1992年的时候他很不情愿地学会了使用座机的呼叫转移功能，但还是经常忘了设置或者忘了改回来。2005年，他的名片上出现了手机号码，他递给人名片的时候通常会这么补充一句："你可以打我的手机联系我，如果我早上记得开机，而且电话响的时候我正好没有按错键挂掉的话。"

他对这个城市里的街道和地铁线路了如指掌，因为他一直坚持步行或者搭地铁，如果有人要请他打车或者送一辆车给他，他的拒绝理由多半是："我怎么往返是我的事"或者"我又用不上"。

他大部分的夜晚都消耗在拳击比赛和大卫·莱特曼的夜间秀上，他好像很喜欢大卫·莱特曼的那些闷笑话，实际上他的岁数比莱特曼小不了多少。他吃的东西不复杂，用一只手就可以数出他去过的餐厅数量，其中两家必然是晨星餐厅和火焰餐厅，如果算得上嗜好，那就只有味道浓烈的爱尔兰菜。

恶趣味

他没什么朋友,但仅有的几个一定是过硬的交情。他们很少联系,见面也很少说什么话,他喝咖啡,他朋友喝酒,然后各自离开。他有过一次婚姻,有两个孩子,没什么联系。和他最亲密的是他现在的女朋友,以及一个跟着他忙前忙后的黑人小孩,他从不说什么感谢他们的话,但他知道这两人就是他的精神归宿。

很明显,这是一个很老派的人,一个老顽固。和他的幽默感一样,没什么花招,但他的一言一行直接钉到你的心里。

马修·斯卡德,前警察,没有执照的私家侦探,匿名戒酒协会的忠实参与者,生活在纽约。

从1976年的《父之罪》开始,劳伦斯·布洛克就让马修·斯卡德带着我们体验纽约。我之所以这么说,是因为我绝不认为马修·斯卡德系列是单纯的侦探小说,尽管它拿下了最显赫的侦探小说奖项。马修的魅力不在于密室、诡计、逻辑、推理等,而在于这个落魄而坚强的老男人日日夜夜晃荡在纽约的阴暗街头,让我们看到"八百万"纽约人在这个妖兽都市里的生活——看着他们高兴、愤怒、惆怅、忧郁,看着他们相遇、离别、隔绝、重逢,看着他们生,看着他们死。

再没有什么比得过这样真实的生命历程。布洛克让书中的每一个人物、每一栋建筑、每一条街道都真实得可怕,只用寥寥数语,便让每一个纽约人嘴角带着嘲讽的微笑出现你面前——他们对这座城市的喜爱和仇恨一样强烈,纠结在一起。人和城市,每一个纹理都细密地编织在一起,让读者永远不愿相信这只是虚构的侦探小说。

但现在,布洛克要让马修离开了,早在1998年的《每个人都死了》

里就露出了这样的苗头。和书名一样,能死的都死了,一个疯子几乎毁了马修所有的朋友们。我不知道是不是布洛克疯了,但看上去他似乎有点厌倦纽约了,开始清理马修的人际关系了。

在这个城市里生活了一辈子,像马修这样的老顽固还能剩下什么?布洛克最后决定对马修唯一的亲人、妻子埃莱娜下手(他们于1997年结婚)。2001年的《死亡的渴望》是马修·斯卡德系列很重要的一本,在这本书里布洛克开始改变写法,第一次使用凶手和马修双重视角的写法,第一次有了抓不到凶手的结尾,凶手居然逃出了"大苹果",奔向"幸福的西海岸"。

布洛克在挑战读者,即使有了凶手视角,读者依然很难猜到凶手是谁,但我却宁愿放弃我的智力来换得马修在纽约继续游荡下去。没有马修的纽约和没有纽约的马修,都是没有生命的空壳。

2005年,《繁花将尽》。我相信所有读者的心情正如书名一样悲伤,阅读最后一本马修·斯卡德的感觉就如同看着马修和纽约诀别。凶手视角的描写越来越细腻,布洛克的新写法笔力更加老辣。马修遇上了大劲敌,一个在虚构里要毁掉他的家庭,另一个在现实里则要让他向读者谢幕,这个落魄的老男人耗尽了生命挣扎求存。全书结尾的时候,马修的死亡体验其实是读者的死亡体验,多年以来逐一死去的朋友们逐一浮现,这是这29年来马修·斯卡德在纽约的生活,这也是读者看着他在纽约街头晃荡的29年,然后眼睁睁地看着他和这座城市说再见。

"或许我们是在眺望过去,或望向未来。或者,我有时想着,我们是在眺望着不确定的现在。"

(2009)

123

大自然是脾气最坏的导演

再没有一种动物比人类对观赏自己种族的死亡更有兴趣。这种奇怪的趣味，导致人类干脆制作了一种展示人类批量死亡的电影类型——灾难片。灾难片满足了感官刺激和心理优势，但人们也许不会想到，灾难片永远是虚构的，灾难却是真实的。

无论是海难、空难、地震、火山爆发还是病毒、细菌肆虐，人们都习惯用"灾难"来称呼这些事件。美国红十字会（ARC）曾详细给"灾难"下过定义："飓风、暴风雨、洪水、潮流、海啸、地震、瘟疫、饥荒……等一系列给人类带来痛苦、或造成灾民急需援助才能满足需求的状况。"但在灾难片中，我们可以得到更为具体的描述。

灾难片，特别是好莱坞灾难片中（如无特指，均指好莱坞灾难片），灾难必定有着以下几种特征：一、一个极度危险、本应理性避免但最终没有被理性避免的危险源，比如火山、地层变动、生物实验等；二、一小撮对危险源有着强烈好奇心和探索欲，却因为愚昧、自大或者利欲熏心而实施短视行为的人类群体，在好莱坞灾难片中一般是政府、军方或大型公司；三、一大群因缺乏求生技能和科学常识而无辜受害的群众，他们的表现主要是开始不以为然，而后惊慌逃窜；四、一个先知式的人物，科学家、热衷阅读科学书籍的中学生或者技术高超、胆大心细的专业人士——警察、消防队员、医生、钻井工人或者别的什么；五、围绕先知人物的若干个卫星式人物，包括忠心耿耿、有着强烈幽默感并因此丧命的同伴，英雄所见略同的不同职业者，亲情浓郁或者有着隔阂的家人，他们的作用是为先知人物的疯狂行为提供解释；六、动物，比如鸟类、小型啮齿类动物或者人类宠物，它们充当了噩梦开始前的征兆、危急中的启示、困顿中的人类情感寄托和结束后的生命乐章。

《侏罗纪公园》里，对科学力量的过度自信导致灾难的发生；《后天》中狂妄自大的副总统是不尊重大自然的极好写照；《崩坝》里，整个城市的居民中没几个人把建筑师戴维的崩坝警告当回事；《活火熔城》中熔岩横流的洛杉矶城，消防队长汤米·李·琼斯充当了救世主的角色；《地心抢险记》中的抢险队成员为了完成任务，把生存机会留给了他人，甘愿孤身留在地心的熔岩上；《火山爆发》里，主人公完全置观众的焦急于不顾，无论如何都要救出自己的宠物狗。即使是惯于偏离主流叙事的黑暗导演蒂姆·波顿，在《火星人玩转地球》中也必然设置了一个坚决不信任火星人的小青年，并在最后用乡村音乐保卫了地球。

把以上六个元素贯穿在一起，我们就可以发现，灾难片的逻辑脉络大致是这样：危险源原本和人类相安无事，但短视人群破坏了这种平衡，先知人物发出警示，但人类置若罔闻，于是危险来临，大批无辜群众受害,先知人物再度出现,以人格魅力、个人技能再加上一点点运气拯救了人类,人类重建世界,并从灾难中得到了教训。

这是一种启示录性质的寓言或者预言结构,蕴含着强烈的道德自责感、末世情怀,目的就是使灾难片成为教化的工具,为此不惜将因果关系简单化。所以我们经常看到总是在那儿挖啊挖、刨啊刨乐此不疲终于大祸临头的人,有时候真恨不得冲进银幕去给他两耳光。灾难片的寓言将人类和自然规律对立起来,把人类的愚蠢和罪恶脸谱化,警诫和恐吓目前还在犯错误的人类。从古至今,从罪恶的所多玛城到沉没的亚特兰蒂斯,无不如此。

如果人类真能从寓言中汲取教训,那这个世界也就不存在寓言了。尽管,灾难会给人类带来一种"创伤后成长"——从灾难中受益,变得更为理性、谨慎、乐观和积极;但人类更乐于的是自我崇拜,而且善于将过去发生的灾难和当下的行为从空间和时间上割裂开来。

这就是为什么我们看到《侏罗纪公园1》里人类控制自然规律的企图遭遇惨重失败之后,仍然还会有恐龙在《侏罗纪公园2》、《侏罗纪公园3》里肆虐,仍然还会有人乐此不疲地从事这种风险极大的危险行为。好莱坞片商拍续集淘金的惯例,实际上也揭示出人类的一个永恒心态,将灾难归结为技术性的失败——失败嘛不就是某个地方没做好嘛,这次技术上处理好一点就不会发生了嘛。

毕竟,现在已经是一个科技狂欢的时代,虽然科技伦理研究逐渐成为一门显学,但对于绝大多数人而言,还沉浸在科技文明的眩晕当中。如果没有对制造技术的洋洋自得,怎会有《泰坦尼克号》在冰海的沉没；如果没有一次又一次的核弹试验,怎会有辐射变异的《哥斯拉》摧毁纽约；如果没有大肆采伐破坏热带雨林,又怎会有达斯汀·霍夫曼在《危险地带》里拯救被病毒侵害的人类。即使到了技术高度发达的未来社会,技术也有着它不可预料的后果。无数科幻灾难片中呈现的掌握先进科技、具有巨大破坏力的异己力量,如机器人、生物人、外星人等,无一例外地成为人类的毁灭者,而人类可以与之对抗的却往往是最原始、最不科学的情感、哲学和直觉。所以,在科技发达到可以混淆虚拟和现实世界的《黑客帝国》里,尼奥手里真正持有的武器其实只有东方玄学；《我,机器人》里那个坚持使用古董物品的警察也只能靠微妙的感情来破坏冰冷的机器系统；最具讽刺意味的是《傀儡主人》,人类所有科技都失效的情况下,击退外星人的居然是人类早就想除之而后快的感冒病毒。

在一个科技失控的时代里,人类已经空前膨胀到不知道自己为何物了。人类应当明白的是,科技终究不能解决任何问题,应该明白这个世界上还有一些界限是无论科技多么发达都不可以逾越的。不然就如《后天》中表现的那样,冲天巨浪涌进纽约,自由女神像被淹没,浩瀚汪洋中的纽约城被速冻成茫茫冰原,而躲在纽约市图书馆里的人们只能靠烧书来获取一点点热量苟延残喘——在自然面前,人类引以为傲的智慧总是渺小到不值一提。

正如看了鬼片之后,没人会从此笃信灵异世界一样；灾难片,在大部人眼中,也只是一次云霄飞车式的娱乐体验。灾难片的主要作用在于用紧张刺激的情节起伏去释放压力、放松心情,在短短的两个小时里,试图去认真品味灾难的意义与因果,从而反思人类命运,会被认为是脑子进水。灾难片的表现力所必需的真实感在现在越来越异化为一种破坏美学。以好莱坞的主流灾难片为例,大量表现的是宏大背景下人类的挣扎求生,精良的制作、强烈的感官刺激让观众在电影院里一边坐稳了椅子、一边为剧中人的遭遇心动过速。只有批量的人类死亡、大规模的物品破坏,最后才是观众最期待也最津津乐道的部分。

《后天》的导演罗兰德·艾默里奇说:"拍摄《后天》不仅仅是喜欢(灾难片)这么简单,全球气候变化的威胁是唯一一个大得能够迫使世界上所有国家的人停止战争,联合起来一起拯救星球的问题。你必须让这部电影尽可能有娱乐性,但我还是想要竖起一面警告的旗帜。"银幕上的人类因为不环保而在严寒死亡线上挣扎,观众们却坐在电影院里被过度开放的冷气冻得要命。谁会关心空调的1摄氏度和地球的关系,那和我看电影有什么关系?

(2005)

中国电影观众比中国电影更愚蠢

我觉得，中国电影现在的奇怪现象，并非由于"中国电影无视观众的需求"，而正是因为中国电影严重契合了中国观众的需求。中国现阶段之所以会出现这么多愚蠢的电影，正是因为有了这么多愚蠢的观众。

2004年我曾写过一些东西，来论证这样一个观点：张艺谋有权利拍烂片，而观众有权利选择看不看烂片。这个道理很浅显，张艺谋用的是他投资人的钱，没有用我们的钱——他们打算先花掉一笔钱，做出一个产品，把它销售掉，然后才赚到我们的钱，这是很合理的。拍不拍，取决于张艺谋和他的投资人，看不看，取决于我们每一个观众。

那一年的状况大家都知道，票房创出新高了，每个人都去看，每个人都在骂，每个人都想骂出花儿来，好让自己显得比张艺谋要聪明。我要说的是，不，你比张艺谋愚蠢多了。他们的生意成功了，产品卖得不错，而你自己要去买票，你怪谁？

这么浅显的道理在中国电影观众那里却行不通，因为这是一群愚蠢的观众。之前的就不说了，从2004年到现在，6年过去了，每年都有大量的愚蠢电影上市，2010年尤甚，它们一部比一部愚蠢，可是一部比一部卖得好，票房纪录不断刷新，中国电影几乎都可以成立一个银行来放贷了，因为有大量的愚蠢的观众排着队去送钱。

你也许要说，可我并不知道电影好不好看啊？是啊，你不知道，所以你每一部都看。在电影院里笑得前仰后合，差点把爆米花都打翻了，然后你出来对你的朋友说：太难看了，我被骗了。然后第二年你再重复一遍。为什么？因为你愚蠢。

你也许要说，我又不了解电影操作的内幕，不懂得判断。是啊，你也不知道微波炉工作的内幕，你为什么不把头伸进去叮一分钟呢？你看过一个导演的10部作品，你依然不知道他可以拍出什么，你看过一个演员的10种角色，你依然不知道他可以演什么。为什么？因为你愚蠢。

你也许要说，都是媒体炒作，媒体是坏人。是啊，这个世界都是坏人，就只有你一个人下巴上围着小毛巾、张着嘴等着别人来告诉你什么是好的什么是坏的。你每天看当地都市报的娱乐版，每晚看电视台的娱乐新闻，你看了几十年，你还是不知道到底什么是真的什么是假的。为什么？因为你愚蠢。

你也许要说，中国电影又不分级，类型又不明显，很多电影我是看了之后才知道不适合我嘛。是啊，所以你看"喜羊羊"的时候准备震撼一把，你看"三枪"的时候准备深邃一把，你和情人去看《孔子》，陪领导去看《阿凡达》。你认为动画片就是给儿童看的，真人电影就是给成人看的。你一定要把头扎在牛粪里才能感知到牛粪是热的。为什么？因为你愚蠢。

有些基本常识是很多中国电影观众根本不具备的——你现在是不是下巴上围着小毛巾、正张着嘴等着我告诉你哪些是基本常识?

电影导演失手或者故意拍烂电影,是完全可能的事情。怪异的是,为什么他们可以一直这样拍下去? 那就是因为你,愚蠢的电影观众。你愚蠢地把钱投向这些愚蠢的电影,让他们的生意可以不但继续,而且越赚越大。如果随便糊弄点烂片就可以赚到大把的钱,那谁还会呕心沥血去做。你告诉我,如果是你,你会吗?

我们没办法决定自己出生在什么地方,我们没办法决定我们的市长是谁,我们没办法决定水价油价是否上调,我们没办法决定个人所得税下限是多少,我们没办法决定自己的房子会不会被拆迁,我们为数不多的可以自己决定的事情就包括这样一件 : 要不要买票进场。

如果你放弃这个权利,如果你觉得几十块钱无所谓,如果你觉得买票就是为了看场烂片然后出来骂,那你就不要抱怨中国电影有多愚蠢,因为他们赚到了你的钱,你比他们更愚蠢。

用脚投票,这是一项最简单的权利。但即使是在看电影这样最简单的事情上,我们中的很多人依然无法理性地做出自主的选择,或许他们不在乎。

(2010)

中国各朝代娱乐资源的市场分析报告

　　正说不受欢迎,戏说又要遭骂,另类则让人一头雾水,现在已经不是可以用简单的仁义礼智信就可以评价历史人物的时代了。在多元化价值观的推动下,向历史要娱乐题材也成为了见仁见智的多重选择。

清——娱乐八卦的历史

　　毫无疑问,清朝是给中国文化娱乐产业带来最多灵感和收获的朝代。

　　从努尔哈赤在关外的第一声响箭到溥仪在新社会的默默死去,每一个帝王、太后、贝勒、格格、大臣、将领、商贾、士人都成为可资咀嚼的典故和逸闻,它也因此被称为"如同娱乐圈一样八卦的清朝历史"。

　　以清朝为背景的电视剧拥有一个专有名词"清宫戏",人们戏称为"辫子戏",它们的数量一度多到任何一个时段在任何一个电视频道上都可以看见穿马蹄袖补服的清朝官吏,最后有关部门不得不出台政策来限制清朝的"电视复兴"。

　　其实,早在上世纪80年代就已经出现了很著名的清朝题材影视作品。香港导演李翰祥执导了电影《火烧圆明园》、《垂帘听政》，内地演员刘晓庆大红大紫，香港演员梁家辉则拿下了金像奖影帝——也正因为这部电影，他随后几年内不幸被封杀，不得不在铜锣湾摆路边摊过活。当时还默默无闻的张铁林饰演恭亲王奕訢，很多年后，他在"清宫戏"的热潮中一举成名，成为清朝皇帝的最佳扮演者。

1987年，意大利导演贝托鲁尼的《末代皇帝》则更具有国际影响，虽然主要角色由尊龙、陈冲、英若诚、雷汉等华裔或中国演员饰演，但因为英法意三国合拍的性质，基本上不能算作中国的影视作品。

近几年，《康熙王朝》、《雍正王朝》、《乾隆王朝》等大部头电视剧的热播则代表这类清宫戏的再次兴起，导演胡玫认为这归功于她的"新历史主义"。在这类"清宫戏"里，政治权谋斗争是主要的戏剧冲突，这类清宫戏往往着力于展示历史人物的多面性，也因此带来"为历史人物翻案"的争议。

前些年热播的电视剧《太平天国》便是一个例子。有文化批评者认为，该电视剧的"历史叙事离开了创作者的本意，成为丧失了深度风格自身包含诸多解构意义和阐释价值的折中主义的拼凑文本碎片"。

也有一类清宫戏抛开历史视角不谈，专心营造自己的小天地。比如，2004年起从香港开始席卷整个中国的《金枝欲孽》，便被视为用清朝背景讲述"现代办公室政治"的典范。包括《孝庄秘史》三部曲在内的这类电视剧，以女性视角来展示"后宫斗争"，它们基本上一句话可以概括——"做女人难，做皇太后更难"，它们和之前那类男人们喜欢的清宫戏有着天然的性别界限。

剩下的清宫戏则完全是戏说了。郑少秋的《戏说乾隆》在名称上就开门见山地表明了态度，《还珠格格》三部曲则完全是花季少女的爱情白日梦。值得一提的是，《康熙微服私访记》、《铁齿铜牙纪晓岚》系列以及《宰相刘罗锅》，它们的角色设定非常相声化，情节发展符合通俗演义的规律，有智力游戏也有道德判断，既插科打诨又时有箴言，非常符合中国民众的娱乐心态，成为了民俗文化的集合体。

在这样的需求下，虽然和珅也许比陈冠希还要帅，但显然王刚的样貌更让观众高兴，也就顾不得那么多了。

明——阴郁黑暗的人性

《曾国藩家书》、《红顶商人胡雪岩》等书籍在上世纪90年代一度掀起清史的出版热潮，但在21世纪，则是明朝历史的天下。黄仁宇的《万历十五年》成为中国稍微有点文化的人必看的书籍，吴思的《潜规则》、《血酬定律》同样以历史书籍定位而成为畅销书。

和历史学者偏爱明朝中期不同，明末才是电视剧导演们的最爱。吴子牛执导的电视剧《大明天下》描写明末东林党人、朱姓皇族与魏忠贤阉党之间的政治斗争，陈家林执导的《江山风雨情》同样取材于这个时代，王刚在其中扮演太监王承恩，演绎得颇为用力。

明末既有黑暗的特务统治，又有袁崇焕、熊廷弼等悲剧人物，既有崇祯这样内心复杂的帝王，又有李自成这样的草根传奇，甚至还有冲冠一怒为红颜的逸闻，可谓汇聚了戏剧表现的众多元素，无论是探讨人性、研究成败还是纯为娱乐，都是不可多得的题材库。

绝大部分电视观众并不像黄仁宇那样能把《明实录》倒背如流，他们还是喜欢打打闹闹的电视剧。刘威等主演的电视剧《英雄》讲的是锦衣卫的故事，李亚鹏主演的《天下第一》也是锦衣卫，黄圣依在其中饰演日本武士的女儿"柳生雪姬"。这样有点扯淡的故事，投合了阴谋和爱情的永恒主题，也自有一块天地。

如果说，2003年年初的《施琅大将军》引发了关于主流历史观的讨论；那么，现在热炒的《红楼梦》重拍则完全属于商业运作。虽然《红楼梦》托生于明朝，但实际上它没有任何朝代的意味，完全成了一个架空的文化世界，是中国导演们最难描摹、最容易动辄得咎的文化想象。有报纸评论说，花一亿元重拍《红楼梦》是涸泽而渔的豪赌游戏，"（观众）没有选择，只好在清宫戏、古装戏、打斗戏轮番轰炸之后，依旧要打起精神，看同样满脸脂粉浑身罗绮的贾宝玉在桌子椅子间扭来扭去……国产电视连续剧的狼藉名声，将堪比那些投资上亿的国产大片"。

元——动乱的过渡背景

2004年央视的电视剧收视率冠军《成吉思汗》，让元朝这个短暂的朝代终于可以在娱乐史上扬眉吐气。此前，元朝一直都只是为娱乐作品提供过渡场景。

这也怪不得娱乐产业的偏心，虽然元朝有着忽必烈和马可·波罗的美妙对话，天才般的耶律楚材，但元朝的花边材料毕竟太少了，15位皇帝大多在位短暂，留下的只是一头一尾、纷繁动乱的故事背景。

135

在这个背景板前上演的故事,只成就了老百姓非常熟悉的评书《大明英烈传》和2002年任达华、刘青云主演的同名电视剧。甚至连武侠小说也是如此,金庸的射雕三部曲自不必说,另一个大家——被广泛誉为"汉统"的梁羽生先生,更是专门绕开元朝,终其创作生涯也未写一部元朝的作品。

以至于有人说元朝对于电视剧的唯一贡献在于,忽必烈在"神风"面前折戟沉沙,几百年后才会有了"日剧"这个浪潮。

宋——侠客们的草根时代

和明清以官员为主的故事结构不同的是,宋朝给娱乐作品带来的是草根气息。

台湾版、香港版、老年版、少年版……各种版本的"包青天"影视作品中,最出彩的不是开封府尹,而是那一堆头衔混乱的七侠五义。如果要说到演义小说《七侠五义》和台湾版的同名电视剧,那更是大五义、小五义、大七侠、小七侠、辽东六老、山西二绝、云南三老、天地二老、春秋四老……乱成一锅粥。

李雪健的"撅屁股版"宋江让央视轰轰烈烈的电视剧《水浒传》引发了当年的争议热潮,却也不失为优秀的电视剧之一。不幸的是,"水浒手法"成了央视拍电视剧的法宝,自此以后的《笑傲江湖》等武侠电视剧无一幸免地成了农民起义。

2005年,《大宋提刑官》的收视率一度超过《新闻联播》。虽然有欧阳震华的香港无线版《洗冤录》珠玉在前,但何冰饰演的宋慈还是让悬疑剧中透出一些朴素的人性关怀。

宋朝似乎也是一个出侠客的好时代。军人建立的文官制度最后堕落成羸弱的朝代，难怪大侠们大多选择在这个时代来拯救黎民苍生。金庸的大侠们大多生活在宋朝，甚至在电视剧《书剑情侠柳三变》里，林志颖代言的柳永不仅要"杨柳岸晓风残月"，还要胸怀书剑浪迹天涯。

唐——奢华的美学样本

唐朝是奢华的朝代，似乎电视剧导演们也因此都在美学上下工夫了。这个时代背景的作品中，不再有让编剧们挠头的人物评价和历史观问题，倒是美术设计和化妆师煞费苦心。

1993年，刘威、林芳兵主演的《唐明皇》几乎就是爱情故事；2003年，唐国强主演的《大唐歌飞》再次演绎唐明皇，更加是个爱情故事。1995年的电视剧《武则天》轰动全国，但最引人注目的还是刘晓庆的化妆效果，化妆师毛戈平因此一举成名。2006年，刘晓庆在《日月临空》中再次演武则天，还是化妆的卖点最引人注目。

除此之外，似乎唯有《大明宫词》可以用台词和布景打出一片天地。对台词的唯美主义追求，被一些人认为是历史剧的一种新意，而又让另外一些人感到难以接受。

把"戏说"做到底，更会让很多人感到不满。电视剧《隋唐英雄传》中，罗成与秦叔宝成了情敌，唐太宗变成时尚美男，不仅评书艺术家田连元发出愤怒的声音，连普通观众也觉得有点扯淡。

献身娱乐事业的唐朝人似乎只有三位：唐太宗、唐玄宗、武则天。抛开他们，似乎只能做成古怪离奇的影视作品。如果你要把《十面埋伏》也算作唐朝背景，当然也并无不可，但它并不比飞天遁地的《西游记》更有时代特色。

汉——文化输出的发源地

1997年，央视投拍的电视剧《三国演义》全国收视率最高达到46.7%，这意味着一天之中，中国至少有4.67亿人观看了这部电视剧。这是一个疯狂的数字，不仅仅代表着那个时代的娱乐特征，也代表着历史题材电视剧制作的最高水平。《三国演义》的情节编制、人物表演等迄今没有遭受过指责，文白夹杂的对白到现在还被誉为最贴切的处理手法，相比现在那些动辄被挑毛病的电视剧，它要优秀得多也幸运得多。

吴宇森的《赤壁》则是最近、最大的一部三国题材历史剧，他说："《三国演义》这本书最能反映中国人的智慧，而《赤壁》是其中最精彩的一节。"周润发、梁朝伟、渡边谦等豪华阵容让这部戏还没开拍就新闻不断，最后出来的结果怎样，谁也不知道，但至少林志玲会是腿最长的一位小乔。

前不久的《昭君出塞》被质疑改编离奇，而2005年的开年大戏《汉武大帝》更是被挑出众多细节毛病，诸如后人典故前人用、司马迁留胡子等。最有趣的还是日本式化妆的问题，主创人员的解释是日本的服饰妆容是我国汉代流传过去的。电影《夜宴》同样也被人指责日本式美术设计，那是五代十国的背景。可能从此以后，我们的汉唐背景影视作品都会采用日本式化妆了。

秦——宏大叙事的练兵场

秦朝可悲在只有三代帝王就寿终正寝,无法产生更多的故事。但即使这样,秦朝还是一个产生"大题材"的朝代。陈凯歌、张艺谋、周晓文分别用《刺秦》、《英雄》、《秦颂》表达自己的历史观和人性观,在那些恢宏的大场面和复杂而纠结的人物当中,展现的是母题式的终极关怀。

相比之下,电视剧唯一可以通俗利用的似乎就是吕不韦和嬴政的关系,所以张铁林、宁静主演的电视连续剧《吕不韦传奇》基本上成了爱情与江山的平衡。

至于电影《神话》和香港电视剧《寻秦记》,那基本上与秦朝无关,项少龙阴差阳错生了个儿子叫做项羽,观众不过是当搞笑片来看而已。

（2006）

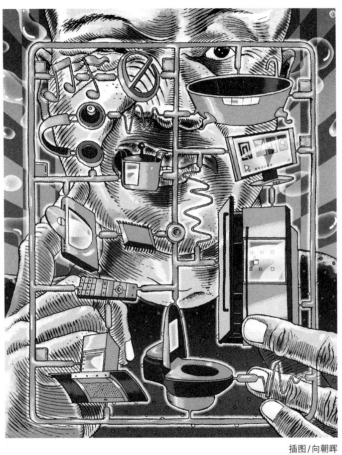

插图/向朝晖

强迫症

可怜的强迫症患者被吓得瑟瑟发抖。

他们把文件夹恶狠狠地掼在桌子上，之后却不得不摸出一张宽 6.35 厘米、长 9 厘米的卡片念道：

"你有权排序，如果你放弃这个权利，你所看到、听到的一切就会视作你自愿接受不规则的前提。如果你坚持排序，你将自行承受因过于整齐所导致的后果，后果包括但不仅限于：浪费时间和精力、丧失娱乐和非娱乐效果、被社会厌弃、降低别人对你的社会评价等。你有权选择付费服务，如果你不愿意付费，我们将会为你提供免费服务，但会以极不规则的附加产品作为免费的交换条件。如果你愿意排序，你也可以在任何时间终止排序。"

微软的I'm小红花

有没有发现你MSN名单上朋友们的名字前面加了*naf、*sierra、*unicef、*help等符号？这只能说明你朋友的MSN版本比你高，比你更懂科技，比你更了解国际资讯，而且他们更关心慈善。

这是微软从2007年3月1日启动的一项名为"I'm Initiative"的慈善活动，你可以在你的Windows Live Messenger的显示名称前加上一串特殊代码，以表示你支持此活动中的某个慈善组织（目前已知的代码超过15种，代表不同的15个组织），所属代码被越多人使用，则该机构得到的捐款越多，但所有参加此活动的慈善组织在此活动的第一年至少都会获得10万美元保底捐款。当然，钱由微软出。

这个活动仅限于Windows Live Messenger8.1版本的用户，如果你的版本低，你看见的就只是一串带星号的字符，如果你的版本是8.1，那么那一串字符将化作你名字前面一个漂亮的"I'm"小图标。你来做慈善，胸前别上骄傲的小红花，微软负责给钱，而慈善组织则得到了实惠，在学雷锋的3月份，人人皆大欢喜。

这当然不是微软第一次"学雷锋、树新风"，2007年1月17日微软也启动过一个与联合国难民署的合作计划。用户每次使用微软的Live Search搜索服务，微软都会给ninemillion.org的教育和体育项目捐助一笔款项——ninemillion.org是联合国难民署领导下的一个救助全球900万难民儿童的机构。

　　微软出钱，微软出力，微软还要负责宣传，这样自带干粮给别人拼命的行为当然让联合国方面极为欣赏。联合国难民署公关主管尼克·范普拉格（Nick Van Praag）说："关注度的提升有助于为世界范围内成千上万的难民和流离失所的人们找到一个持久的解决方案，微软通过MSN的网络服务来为ninemillion.org发言，最大可能地吸引了消费者关注，我们希望这会获得捐助和支持，给难民儿童带来希望。"

　　国内互联网服务商也曾有过类似举动。2006年11月，淘宝启动了一个名为"魔豆宝宝爱心工程"的爱心义卖捐款活动，凡加入活动的网店每成交一笔交易就向由中国红十字会管理的爱心账户自动捐款一分钱。显然，这个活动的选择面不大，而且捐的还是卖家自己的钱，跟微软的豪迈自然没法比，不过也算是有心之举了。

　　如今的慈善活动似乎都明白傻了吧叽地砸钱已经不太能引起人们的叹服了——说不定还会有负面效应，聪明的办法是让人人参与进来，让大家来决定砸多少钱、砸给谁，这似乎和平民选秀活动使用的是一个逻辑。

　　中国MSN用户并没有列入微软此次活动的统计范围之内，不过这并不妨碍MSNer们煞有介事地集体展示爱心和价值观。到底应该为孩子提供理想的环境呢，还是与艾滋病抗争，是参与解决多发性硬化症呢，还是寻找乳腺癌的治愈方法？其实，阻止全球变暖或者解决全世界的饥荒也都是大命题哦。平时不过在格子间里敲敲键盘的小白领，一瞬间被拉到了烽火连天、哀鸿遍野的广阔天地，还真有些激荡胸臆、心绪难平。

有人坚决反对名字前加*red+u，"干吗要给美国红十字协会提供捐助，那是他们美国人自己的事"。有人说话也因此有了底气："作为一个阻止全球变暖的人，我……"在我目力所及的中国用户里，大多选择的是国际范围的慈善机构，这颇有些致力于财富再分配的意味。使用最多的是*unicef，这是联合国儿童基金会；其次是*help和*9mil，这分别是防止全球温室效应恶化的机构和联合国的难民儿童救助机构；接下来是*sierra，这是一个致力于探索、保护我们这个星球的美国机构，听上去比较抽象，不过也挺适合拿不定主意的人。选择*komen的三位都是女士，这是美国的苏珊科曼乳腺癌基金会。选择*oxfam有两位，都是广东的朋友，而这是香港乐施会。有两位朋友选择了*naf，准备去和艾滋病作抗争；有一位是*acs，想帮助癌症研究计划——看来艾滋病的影响力要比癌症更大。

做人还真是为难呢。虽然只是装装样子，挑选挑选，但也会被别人窥见自己的价值观，更何况要表示自己认真地使用了表决权，那就更涉及地缘政治、普世价值、优化资源配置等复杂现实因素。想想微软也是挺阴险的——你以为慈善是那么好做的，不信你来试试看。

最重要的是,你要玩这个全民投票的慈善游戏,首要前提是,必须用Windows Live Messenger8.1,你能忍受一个一个的朋友都挂着小红花,而自己还不知所谓?赶紧下载去吧。

微软也不是给钱撑傻的。

（2007）

不靠谱的世界杯之旅

德国时间2006年6月20日中午,德国科隆是红白色的天下。科隆大教堂前的广场上,铺天盖地的全是英格兰球迷,他们不仅在观光,也在等待着晚上和瑞典的对决。

英格兰球迷面对任何一个镜头都非常兴奋,哪怕是家用小数码相机,他们也要对着镜头吼出三狮军团的气势。一位亚洲面孔站在一旁,默默地看着英格兰的疯狂,显然有些不适应这种狂欢式的表达。这位大叔转过身来发现了我,劈头就是一句中文:"他们是英国人,是吧?"

没法推测他是怎样嗅出同胞的气味的,但的确,他和我一样,都是德国世界杯之旅的中国人,尽管这其中很多人还分不清英格兰和瑞典的区别。

在世界杯开幕前一个月,分配给中国赛区的世界杯门票就已经送达北京。此外,一些其他途径流入的球票也到达中国人民的手中,比如,我手中这张巴西对澳大利亚的球票上便印着马耳他足协的字样。你可以想象在这张球票上凝聚了多少个国家人民的辛勤劳动,也因此,它的价值便远远不止球票上印的这区区60欧元。

据说,揭幕战的球票已经炒到了人民币两万元以上,再加上旅途费用,所有旅行社的世界杯线路报价不会低于3万元,高的可以达到5万元。

那么,这场昂贵的球赛会怎样去看呢?毫无疑问,对于大多数中国人来说,去一次德国光看一场球赛显然是不值的。所以,世界杯之旅安排的是奔命式的城市观景闪电战。我们的行程是法兰克福、慕尼黑、奥格斯堡、罗腾堡、海德堡、林堡、科布伦茨、科隆、波恩,最后从法兰克福返回北京。6天里跑这么多城市,最多的一天要出现在4个城市里,早上7点起床,晚上12点过睡下,每天至少有3个小时以上消耗在空调大巴里。但至少,我们还只是在像河北省那么大的一个德国里跑,而那位大叔告诉我,他们参加的是欧洲5国11天游,这基本上和欧洲高速公路考察团没有什么区别了。

我比较幸运,巴西对澳大利亚的比赛在慕尼黑安联球场,这正好是旅程中的景点,所以劳顿较少。而同团的另一批团员则被分配到巴拉圭对特立尼达和多巴哥的比赛,那是在凯泽斯劳滕,一个距离科隆300多公里的小城市。除了一个德甲俱乐部以外,无甚出名,当然不会列入旅行社的行程。所以,这些可怜的人要抓紧时间在科隆大教堂"茄子"、"咔嚓"之后,坐三四个小时的车去看两支已经被淘汰的可怜的球队的比赛,然后再坐三四个小时的车回来睡觉,等他们睡下,已经是凌晨3点了。为了躲开球赛散场时的拥堵,他们选择了提前退场,而巴拉圭人则选择了在第86分钟再入一球,2:0的比赛他们等于只看了一半。

所以,最后团员们的激情都发泄到了购物上,这就展示出中国的魅力来了，我的一个重要乐趣就是分辨哪些东西不是"Made in China"。所有旅游纪念品，小摆设、小徽章之类，全都在隐秘处印着Made in China，包括科隆大教堂的模型、宝马博物馆的车模。至于纺织品，球衣、球迷围巾、旗帜之类，更不用看了。世界杯的吉祥物小狮子，大大的标签Made in China，大的要29欧元，小如巴掌的要3欧元左右；阿迪达斯的专卖店，团队之星是球大的40欧元，小的10欧元。有人计算了一下，北京赛特商城也有卖小狮子的，大概300多元，这样算来，在德国买Made in China的小狮子还要便宜一点。于是，世界杯之旅的最后一天成为了玩具贩子之旅，所有人都提着一口袋一口袋的小狮子和团队之星，没有人去盘算这些毛绒玩具是怎样从广东、浙江的小工厂辗转来到德国又返回了祖国怀抱。

还是回到球赛上来，德国拿出来恐吓全世界票贩子的高科技武器并没有多大作用。所谓内置芯片的实名制球票，球场入口的管理人员丝毫没有兴趣仔细查验，"嘀"了之后就是一句："Enjoy the game"——我显然没有长着一张马耳他人的脸。想来也是，任何主办国都不会拒绝来自巴黎、罗马、里约热内卢、墨西哥城、布宜诺斯艾利斯、东京或者北京的钱。

这成就了像巴西球迷那样的艰苦奋斗。坐我后面的一位巴西大叔整场比赛不停地拢着手向场里的队员喊叫、布置战术，他显然比场上的罗胖子更投入。他说，巴西队到哪里他就会到哪里，为此他攒了4年的钱。这显然有着情绪的夸张，但也展示出巴西人的看球方式。在慕尼黑地铁里拥挤的全是黄色的9号，他们没有钱参加旅行团坐大巴；德国政府在街头设立的免费球迷中心,裹着一张毯子就躺在地上的是巴西球迷、墨西哥球迷;更多的他们根本不需要睡觉,彻夜狂欢,拥抱每一个陌生人,把自己手里的酒瓶硬塞进每一个陌生人的嘴里。

是的,这才是看球。不过,我们需要那么做吗?我们的球员同样也坐着豪华大巴在德国观光、翩然过市,我们还有必要那么做吗?难道我们吃尽苦头去了德国就是为了让别人微笑着问一声:"Korea?Japan?"

(2006)

全社会都在大片化

为什么大片成了必须要看的东西？

因为在半年的宣传期、一个月的上映期里，你躲到哪里都逃不掉它的轰炸，最后你不得不买票进场——朋友们都看了，再不看都没法沟通了。我不在乎好不好看，我不在乎百十来块钱，我只在乎有没有被社会遗忘。

为什么广告要说自己是卢浮宫入选品牌？

很多人认这个啊。别管卢浮宫搞不搞认证，有了国际想象，消费起来就觉得特别有面子。

为什么每个城市都要禁摩？

因为摩托车很低档，不符合国际化大都市的形象。出租车不都在换奔驰，电动自行车也不许上路，小排量汽车一直都在受到歧视嘛。因为国际化就是"大"化，越大越高档就越国际化。

为什么每个城市都是什么什么"之都"？

创意之都，北京、上海、广州、深圳都在抢；动漫之都，杭州、长沙、武汉、苏州、无锡、常州都在大力推进。中国有182座城市要建"国际化大都市"，争抢几个"之都"也就不足为奇了。

为什么人人都想买汽车？

坐地铁的人被上海大众的广告侮辱了——"挤地铁，就不用穿正装了吧？毕竟，你还没有买POLO劲取。"有人很想不通："POLO又不是什么顶级豪华车，凭什么自我感觉良好？"那顶级豪华车就可以自我感觉良好了？买了车总比没买车的感觉好吧，优质生活先从买车开始。

为什么每个企业都想进500强？

2000多万家中小企业是美国经济中最具活力的部分，它们代表了99%的雇主，雇佣了52%的工人，雇佣了61%的领取失业救济的工人，雇佣了38%的高技术行业的工人，提供了所有的新工作岗位，提供了51%的私营企业产值，代表了96%的出口商，获得了联邦政府合同额的35%。虽然我们崇拜美国的经济实力，但是我们更崇拜美国的大企业。做大做强，国际化、集团化，打造"航母"，那才是我们最喜欢的。

为什么大学都要合并？

因为要集中优质资源，创建国际一流大学，不能进"211"也要进"958"。首先当然要合并，至少在校学生数、专业、面积谁都不敢小觑。你的学校只有一百多个专业，你都不好意思跟人打招呼。

为什么每个城市都有一个大学城？

因为大学城面积够大、地势够平、建筑够新、学生够多，看起来也就够气派。没有地方就到公交车都不通的郊区去征农田，地势有起伏就整个铲掉它，全部铺上水泥路，校园里都要能跑六车道的。

强迫症

为什么楼盘都要说自己是最智能、最环保、最亲水、最……?

虽然我们知道那些都是形容词,只是用来形容,当不得真,但我们还是喜欢。因为我们一直盼望着能在被问起住址的时候挺直了腰板,"塞纳河"、"维也纳"、"香榭丽舍"加上"花园"、"广场"等后缀的交叉组合都好。只要有那么一个符号,一脱口就能形成震撼力。

我为什么要去看大片? 那你告诉我,你为什么要住"罗马假日"?

(2006)

只有搜索狂才能生存

这是第一起因网络搜索爆料而走红的新闻事件，在当年还不太流行人肉搜索的时候，如何梳理和搜寻网络资料成为这一事件给我们最重要的启示。

从2005年开始，一位被称作"毒药"的博客在网络上走红，成为时尚、神秘的代名词。而2006年，一位ID为"倦舞"的博客则孜孜不倦地通过搜索引擎挖掘"毒药"背后的种种信息，试图以此找出那些神秘面纱背后的真相，他似乎成功了。

"倦舞"在博客上写下："我们可以用搜索引擎把零散的信息拼凑起来，可以说，一不小心，我就知道你就是一条狗了。"你可以想象，无论如何，这代表的不仅仅是"倦舞"个人的成就感，也代表着一个由搜索工具肇始的伪隐私时代的开启。

鉴于这是一篇介绍网络信息整理的文章，所以在这里不再冗长地介绍当事人的背景了，有兴趣的人可以根据以下提到的信息点去搜索，切实地体验一下网络信息整理的乐趣。

关于"毒药",我们之前得到的信息是这样的：神秘的红色贵族家世背景,伦敦中央圣马丁学院就读,独特的品位和艺术化的生活方式,等等。他个性化的文字和图片定期地发布在自己的博客上,吸引了大批的粉丝；他的每篇博客都可以引来数千的回复量,最近的总点击量已经超过600万。要知道这可不是明星博客,而是一个不知名,甚至现在还不知真实背景的陌生人的博客。有人总结了四点：有色、有财、有势、有才。

从2006年2月开始,一个叫做"基于Google的'毒药'验尸报告"的MSN空间开始以详尽的网络信息整理和严密的逻辑推理试图证明"毒药"的光辉不过是虚幻的设计效果。

有色,这没有太大的争议,"毒药"的照片证明了他还是颇有资本的,"毒药验尸报告"主要从其他三个方面入手。"毒药"本人对自己身世只有模糊的介绍,有种种消息流传说他是叶剑英或者许世友的后裔。而"报告"中的查找思路是这样的：

从"毒药"的注册ID"whan_z"查找到"毒药"最早发迹的某论坛,此论坛上该ID的注册信息上表明了用户姓名,虽然论坛用户一般都不会傻傻地用自己的真实姓名注册,但"毒药"博客上自己公布的已经抹去了部分姓名拼音的签证照片则提供了侧面的帮助,这两者结合起来可以推断"毒药"的真实姓名应为"郑××",至少是真实姓名的拼音。

"毒药"说自己曾住在北京市景山前街14号,因此查找出此地曾居住过一位名叫"郑位三"的革命干部,并于1975年去世,两年后家人搬出。时间恰与"毒药"自己说的家道中落的时间一致。再使用"郑位三

+儿子"关键词,可以查找到郑位三两位儿子的信息。筛除一位,重点查找身为北京某公司副总经理的另一位,得到一个留学网站上留学申请时用的收入证明的范文。巧的是这个范文虽然最前面把申请人和其父的名字都用×××代替了,但文中的人名却没有隐去,而落款也正是北京某公司。

"毒药"的签证照片表明,他的签证有效日期是2004年11月8日至2007年10月31日,根据中英政府间协议,英国签发的对中国公民的留学签证有效期是3年,可见"毒药"的上一个签证必定在2004年11月8日之后不久失效,这个日期减去3年,得知上一个签证大致在2001年年底左右签发。这之后应该是"毒药"第一次去英国的日期,又恰与这个证明文件落款时间相符。

"报告"因此推断,"毒药"的身世并非传说中那样。

可怕的是,这篇收入证明上还详细列明了当事人合法年收入,这似乎又让"毒药"在英国的挥金如土陷入一个尴尬境地:要么你在骗人,要么……

接下来是"毒药"就读的伦敦中央圣马丁学院。由于早前已经知道,"毒药"的朋友Ray最早去的是纽卡斯尔,所以从两人相识这点,猜测"毒药"在纽卡斯尔生活了相当长的时间。从"毒药"一位朋友的留言当中发现"毒药"住在娱乐城"大门"(The Gate)的附近,而这个The Gate则通过纽卡斯尔市政府网站下载的高清晰的市区地图找到了位置。"毒药"一篇博里说过步行到唐人街去吃饭,而在地图上也可以看到唐人街和The Gate同在一个街区、非常近。"毒药"还曾发布过一张在电话亭里的照片，"报告"中有留学生指认这个著名的电话亭就在纽卡斯尔大学法学院（Newcastle Law School）门口，背景左右两边的建筑分别被确认为温莎公寓和法学院。"报告"再从纽卡斯尔大学网站上找到温莎公寓的外观照片，对比"毒药"的照片，认定位于同一位置。最后，"报告"更动用Google卫星地图再度确认了这个电话亭，甚至再现了当时"毒药"拍照的位置。而使用Photoshop的阅期功能，得知这张照片拍摄于2005年12月25日17：14：33，证明"毒药"至少此时还在纽卡斯尔。另外一份证据则来自另一位网民，他从英国著名黄页www.192.com查出"毒药"与朋友合住在纽卡斯尔。"报告"认为，"毒药"其实身在纽卡斯尔，而不是他宣称的伦敦。

至此，"报告"以"正像雪崩一样"来总结毒药信息整理的结果。

"报告"的主要制作和整理人"倦舞"接受《新周刊》采访时，这样解释这个报告的来龙去脉：

"第一个space，project-poison，创建于2月14日，但是第二天傍晚就被微软中国关了，当时我还发信问了微软，微软的答复称'内容违反了MSN Spaces行为准则'。再做一个MSN space会不会再次被关？考虑再三，最后还是在MSN开了第二个space，这就是现在的project-poison-b，时间是2月16日。为了避免再次被关，我把标题从'毒药验尸报告'改成现在的'基于Google的毒药验尸报告'，彻底放弃爆独家内幕的那种方式，而改走'Google'这条路来完成'软着陆'。打个比方，假如你知道某人名字叫张三，我不是直接告诉大家他名字叫张三，而是采用Google这种谁都可以使用的工具找出某人说自己名字叫张三的帖子。这样就避免了违反微软MSN space用户条款中关于'隐私'方面的规定。事实证明，这一手段不但成功地规避了微软MSN space用户条款的限制，而且这种客观性的手法取得了更大的成功。"

联想到微软的微妙态度和"报告"的成功，可以发现一个问题：究竟什么界定为隐私？

明星的居家生活、私人派对、感情波折，被认为是隐私，自然有长焦镜头、偷拍机、公路追车去试图接近。大众的饭局、唱K、拍拖、分手，被认为是隐私，如果有人来听壁角，自然可以怒斥乃至于报官。但，如果他只是用Google不停地搜呢？只是以搜出来你自己的流露出来的信息加以推理呢？

显然，这种以公众工具整理信息的手法，与黑客等入侵性的技术手段又有所不同，它只是利用了你自己发布的种种信息加以整理，完全没有窃取的概念。你小心翼翼地保护着自己的隐私，但你在其他地方透露出来的种种信息却只能让人们越来越接近你的隐私。你可以不在任何网站上透露你的个人情况，但只要有你一个名字，就可以在搜索工具里查出你从出生到现在的很多状况——因为你可以不将个人资料上网，但越来越多的机构却将它们的资料上网，你无法保证你的一生不在任何一个机构里留下痕迹。

在搜索工具主宰的这个世界里，我们只能说，你依然有隐私，但你却不能确定哪些东西什么时候还叫做隐私。隐私仿佛成为了一个伪命题。

"倦舞"认为"你需要别人查到你，比如找工作的时候，你需要你未来的雇主足不出户查到你创下的成就。你也需要别人查不到你，比如,像我这样干坏事的时候,你就不希望别人知道你是谁。所以,最牛B的人,我觉得是善于'利用'Google的人"。

他坚持只用E-mail交流,不透露年龄、性别、所在地域和从事的行业。我们只知道他思维细致、逻辑严密、有坚强的毅力(他可以逐句去读"毒药"和朋友的博里的所有内容包括留言)、大于大学生的年纪(他认为"毒药粉丝们"如果大于这个年纪,心态就不会这么痴迷),而且3千字的采访回答中没有一个错别字。他在博客里说:"你们其实最想要的,并不是你们感兴趣的某种信息,而是怎么得到这些信息的途径。"

小心翼翼的他,也许在某一天也会成为别人的搜索关键词。

（2006）

中国人为什么不耐烦？

我们喜欢插队。我们当一米黄线不存在。我们抢出租车。我们在交通灯变黄的时候加速冲过去。我们为了节省五分钟去翻越马路中间的栏杆。我们由亲戚带着走VIP通道进去，因为排队要半小时。我们在机场大闹值班柜台。我们在电话里对着客服人员吼："马上给我搞定! 马上!"我们急急忙忙旅游，急急忙忙拍照，急急忙忙离去。我们走后门。我们送钱。

我们很急。我们很不耐烦。

可是，我们同时又是世界上最耐心的人。我们以前排队炒股，头天晚上就排队买认购证。现在我们排队买房，提前三天就全家轮班开始排。我们喜欢买促销减价货，排一上午队也在所不惜。人越多的餐厅，我们越喜欢，我们宁肯坐在门口塑料凳子上吃两个小时的瓜子。我们就是感冒也要去挂专家号，提前一个月就开始排。现在，我们还喜欢排9个小时的队去世博会看立体电影。

我们似乎又很有耐心。

这就是中国。传统心态和现代境遇扭合在一起，我们焦躁不安却又心安理得。

19世纪末,美国传教士亚瑟·亨·史密斯曾写过一本书《中国人的性格》,他专门用了一个章节来写"漠视时间"。

"对中国人来说,盎格鲁—撒克逊人经常性的急躁不仅是不可理解的,而且完全是非理智的。很显然,中国人不喜欢我们的人格中所具有的这一品性,正如我们也不喜欢他们缺乏诚实一样。无论如何,要让一个中国人感到行动迅速敏捷的重要性,那是很困难的。"

史密斯把他观察到的中国人的缓慢行为归结为:"中国人的历史是属于大洪水之前的。它可追溯到太初时代,尔后则是混浊、舒缓、漫长的大河,其间不仅有挺拔的大树,也有枯朽的草木。除了较缺乏时间观念的民族之外,没有人会去编写或阅读这样的历史。"

最有趣的是,史密斯认为中国人漠视时间正表现在他们的勤劳之中,他们不停地劳作,实际上是在不停地浪费时间,他们一点也不担心做无用功或者返工。

史密斯说的当然有道理,实际上很多中国人也觉察到自己身上的这些缺陷。此书近年的再版序言中,厦门大学教授周宁写道,辜鸿铭论述"中国人的精神"其实是把史密斯的书作为潜在的对话者,林语堂著《吾国吾民》也是在煞费苦心地回应此书,而鲁迅则一直遗憾没有人翻译这本书,用以"自省、分析,明白哪几点说的对,变革、挣扎,自做工夫,却不求别人的原谅和称赞,来证明究竟怎样的是中国人"。

几十年后,史密斯所说的"盎格鲁—撒克逊人经常性的急躁"就变成了中国人的"经常性急躁"。自"五四"运动起,启蒙者们对泥泞的现状恨之越深，对改变现状的速度也就期之越烈。要在短时间内走完西方上百年的历程，难免显得冒进急躁，方法也往往激烈、粗暴。

又是一个外国人发现了中国人的急躁。杜威曾说："这场运动的感情成分多于思想成分。它还伴随有夸张、混乱以及智慧与荒谬的杂合。这一切都不可避免地使这场运动在开始阶段具有急功近利的特征。"当然，近年来我们重新发现胡适，似乎为杜威的观察提供了一些例证，我们似乎又在"返工"。

"一万年太久，只争朝夕"，到了新中国成立后的第二个十年间，中国人的时间观再次提速。大跃进和大干快上，成为时代的关键词。众所周知，欲速则不达，不但没有快起来，反而导致了全面停滞。

时钟的指针来到改革开放后，"把耽误的时间抢回来"变成了全民族的心声。到了当下，环境更加复杂，现代、后现代的语境交织，工业化、电子化、网络化的社会成形，资源紧缺引发争夺，分配不平衡带来倾轧，速度带来烦躁，便利加重烦躁，时代的心态就是再也不愿意等。

什么时候我们丧失了慢的能力？

中国人的时间观，自近代以降历经三次提速，已经停不下来了。我们需要的是时刻看着钟表，计划自己的人生。一步到位，名利双收，嫁入豪门，一夜暴富，35岁退休……

《连线》曾经刊登过一篇文章《让我们抓狂的33件东西》，列举了33件现代生活中让我们无法忍受最终崩溃的事物。

排在第一位的是航空旅行，作者对航空延误和堵塞的愤怒之情溢于言表："去年（2007年）有超过1/4航班停在停机坪上，在夏季高峰

161

时期,这个数字几乎达到30%。如果你在网上订票的话,你也许可以选择准点的航班。可是,现在还有谁不是在网上订票的吗?"

的确,在候机厅里突然被告知必须继续枯坐两个小时,是非常让人恼火的事情,更不要说那些在机舱里连膝盖都不能伸直的可怜人了。

此外,还有信用卡、顾客服务、医疗记录、复印机、打印机、道路、电话会议……这些东西都被列入了"抓狂物件"。

等一下,难道这些东西发明出来不是为了让人类生活得更便捷吗?它们不是可以减少重复的劳动,从而使事情变得更简单吗?为什么它们反而让人们更加不耐烦了呢?

我们发明东西,显然是为了更方便,是为了解决烦躁。比如,你再也不用抄写文件500份了,因为我们有了复印机。但是,高科技复印机的操作已经复杂到了办公室里没几个人能搞得懂的程度。于是我们专门指定一个人来学习这门技术,可是他不在的时候,其他的人就完全抓狂。甚至这个专门人才也抓狂了,他疯狂地打了一通电话把复印机公司的人痛骂一通,最后另外一些专门人才上门来帮我们把墨盒换掉,把挤成折扇一样的纸拉出来。

这就是这个高科技时代的伟大之处。我们发明了很多东西来试图解决烦躁症,但实际上却只是发明了另外一些烦躁症。

发明排号机的人,一定没有中午去银行里拿过号。当你满怀希望地按下按钮,吐出来的纸条却冷冰冰地告诉你,前面还有32个人,而这32个人把所有的坐椅都坐满了,同样冷冰冰地望着你这个白痴。

发明电话等待音乐的人,一定是失聪的。他担心人们听10分钟的嘟嘟声会疯掉，就好心地让人们听10分钟的洒水车音乐。实际上，没人会听10分钟的嘟嘟声，大家都会挂掉，而耐心听完10分钟的洒水车居然还没有人接听，接着洒水车又从头开始了，这时候才真的要疯了。

发明服务性微笑和公关式语言的人，一定是面瘫和口吃。他肯定觉得服务人员的微笑和滴水不漏的回答会有助于缓解客户的情绪，但事实却是，当你迫切需要解决一件事情的时候，你希望看到的是客服人员和你一样着急，而不是对你慢条斯理地露出八颗牙齿："我们正在跟进。"

跟进！谁发明的这个词？

生活越现代化，烦躁情绪就越重。

电话不普及的时候，没人介意几个月收一封信。但手机随身的时代，几十分钟内不回短信的人就会被讽为没有机德。

只有公车坐的年代，等上半小时也不以为奇。如今打的，随时都要提醒司机抄近道，超车。

以前我们用电话线拨号上网，56K的网速，很慢，可是并没有人觉得烦躁，因为条件如此，大家如此。论坛上发帖，有的标题就是"大图杀猫"、"小猫慎入"，提醒网友注意网速，成为一种文化现象。如今，带宽以M来衡量，数十M已不稀奇，但网页打开稍有迟疑，我们第一反应就是点刷新键，有时候恨不得砸电脑。

这是时代加重的烦躁症，既然可以快，就绝不能慢。有了比较，就有了烦躁。

抛开时代，还有哪些条件会引发你的烦躁？

重复。单调。复杂。呆板。逼仄。拖延和消耗。超出理解范围。失去控制,而不知所措。

但最重要的是,不公平。

你可以不在银行里排在第33位。只要你是VIP,你就可以施施然直接走到柜台前,把那32个可怜虫抛在脑后。难道就不可以给非VIP的人提供舒适的基本服务吗?可以,我们的基本服务就是在铁椅子上坐两个小时。

你可以不在医院里看病排一上午挂一个号。只要你认识医院里任何一个员工,从院长、主治医生到行政人员,他们就可以直接带你走到专家诊断室里。难道就没有普通人看病的便利吗?有的,就这么几家医院,你看哪儿人少你就去哪儿吧。

你可以不在春运排通宵队买火车票——你可以去订机票。难道就没有底层人民承受得起的回家方式吗?当然有,你可以在火车站广场上买黄牛票,多付一个月薪水而已,你付得起。

你可以不排队买房,反正涨起来,你卖了也没有住的地方。你可以不急着结婚,反正你还没有买房。

人们的烦躁症,来自社会结构的不稳定。因为你总在担心,如果这个机会不抓住,你就被社会抛离了;如果你现在乖乖排队,那么就一定有人会插你的位。所以我们一定急躁,我们不顾规则——实际上也没有什么规则,抓到手的才是硬通货,排队等待的永远都只是愿景。

我们就像在超市收银台前的购物者,推着购物车在几条长龙之间踯躅,无论排队还是不排队都是两难。插位加塞挤来挤去,一分钟也不愿意等,焦躁不安。

而且,我们总觉得别人排的队比我们的快。 （2010）

节日黑帮

一过节事情就来了。

眼下全球人民都在筹备一个巨大的生日趴踢，为一个从来没有到场的人，可能也永远不到场的人（后一点我无法确定）。

所以，这个生趴的主题要怎么定呢？

"嘿，请带走我的信用卡并刷爆它因为我感到快乐！"心理治疗后恢复期派对？"24+25+26到底会拆分成几个素数？"——全球数学家联合会议？

或者，"我都没有找你要糖我都没有找你要粉红色的兔子我都没有要找你火鸡南瓜饼甚至随便什么的……"——傲娇者同盟高层论坛？

这些玩意总让我想起"伟大先知扎昆的第二次降临"教派，他们是多么高雅、尊贵、从容啊，他们拒绝接受任何无情的大笑声浪，因为他们和他们的先知只剩下八分钟了！

随便吧。总之事情就是这样，我们就来读一篇搞怪的东西庆祝节日吧。

"别轻举妄动，我们只要钱"，当背后那个冷酷的声音响起的时候，我正在本市最大的Mall里闲逛。

强迫症

那是12月24日的下午，一个全世界人民都High到不知所谓的温暖日子。之前我的朋友语重心长地告诫我，一年中有两个日子，你必须要把卡刷爆才敢回家，一个是2月14日，一个是12月24日。我听从了他的劝告，可我没想到在商场里也会被打劫。

我试探着看了看周围，一些戴着红帽子的人不怀好意地看着我，50米开外坐在收银台里面的那个家伙假装不知道这儿发生的一切，却挺直了身子听着这边的动静。冷酷的声音继续说："往前走，走到收银台那儿，把你的卡递给她。"

"我想你们找错了人了，我不如你们想象中那么有钱。"

冷酷的声音轻蔑地笑了一声："少来这套，乖乖把你的钱交出来吧，我们彼此都可以有快乐的一天。"

"我真的没什么钱，前些天一伙穿黑衣服、提南瓜灯的人才打劫过我。你知道，再过几天，那些在广场上放倒数彩灯的人的钱也是必须要给的。"

"什么？倒数的那帮人现在就开始伸手了？"

"我有什么办法？你难道没看见他们已经开始布置2009的数字符号了？嗯，你们不是一伙的？"

冷酷的声音有点犹豫："从某种意义上讲，我们是一伙的，但我们又不完全是一伙的。你对我们了解多少？"

作为一个长期的受害人，我还是有一些了解的。这伙人以红、绿、白三色为标准色，以尖顶绒球帽子和红色外套为制服，白色假胡须只有部分人佩戴，不清楚其是否具有等级含义。他们的精神领袖是一个白胡子老头，据说在芬兰遥控着这一切，而另一些证据则表明他住在小亚细亚、北极、丹麦、瑞典、挪威、冰岛或者格陵兰岛，连中情局也不知道他的确切藏身之处。一年里的大多数时候，他们看上去和普通人没什么两样，但12月24、25、26日这三天是他们的大日子，他们会从商场、餐馆、酒吧、广场、学校、街头等等所有你想得到的地方集体冒出来，让全世界陷入一片红色毛绒的恐慌当中。这是一帮最冷酷的凶徒，和之前我提到的那些穿黑衣服、提南瓜灯的人以及过几天将会出现的、喜欢在广场从10数到0的狂热者相比，他们都是最职业的、最有组织的。我战战兢兢地说完我的了解，又补充了一句："我不想冒犯你，只是希望你能理解我的状况，我前些天甚至还被一帮喜欢吃火鸡的人威胁过。"

"这我倒没有想到，那伙人现在也坐大了？那我们要更快才行。说吧，你愿意付出多少？"

我觉得我开始掌握主动了："我可不可以只买一些卡片？"

冷酷的声音顿时愤怒起来："卡片？你就只买卡片？你知不知道我们每年要砍伐750万棵针叶类乔木？这些树你都可以买回去放在你庸俗不堪的客厅里，而现在你就只买几张卡片？一棵树可以制造4000张卡片，剩下3900多张我卖给谁？"

我自己也觉得有点过分了："那，我买点装饰品，像冬青环或者槲寄生枝条什么的？"

冷酷的声音有点不耐烦了："老兄，你我知根知底，不要浪费彼此的时间。你在这层楼算你运气好，要是在楼上，1888元一位的套餐会让你哭都哭不出来。你坐在那张一点都不舒服的椅子里，让服务员一小勺一小勺为你们分菜，直到所有的菜都凉到和室温一样。"

他的话也对。"那我有什么选择？"

"你应该选择一些有品质的。你想想看，两千多年前的今天，三位东方圣人送的什么礼物？"

"乳香？没药？"

"错了，这两样已经不再流行了，但黄金依然可以在周大福那里买到。我想你女友一定会欣赏你的选择。"

"我已经买过了，上个月我们过生日。"

"那香水呢？我们有各种香型，保证让今天晚上成为你最难忘的一个夜晚。"

"今天已经让我很难忘了。对不起，香水我要留到2月份买，那也不远了。"

冷酷的声音已经变得有些绝望了："你难道就不想看场电影或者歌舞剧，我知道你平时看了会吐，但在今天你宁愿相信那真的是合家欢喜剧。我们还有彩条、喷雾、花环、塑料球和五角星、姜饼、糖棍、福娃……哦，对不起，福娃是另一伙人的。这些你难道都不愿意买一点吗？"

我最终屈服了，买了一些不知道是什么的东西。随着我签下自己的名字，冷酷的声音也变得温柔起来："我想我们合作得很愉快，你知道这是我们都逃不掉的规律。好了，我们明年再见。"

冷酷的声音消失了，我只看见收银台里的那个家伙摆出一副仪式性的微笑："祝您圣诞快乐！您需要办一张贵宾卡吗？消费800元就可以获得积分……"

我心烦意乱地挥了挥手："算了。"

（2006）

慢跑政治学

马英九当选台湾地区领导人后,担心再到大街上慢跑会有扰民和维安上的顾虑,因此决定今后尽量以游泳来健身。马英九的每次慢跑几乎都引来众多粉丝陪跑,更要沿路握手答谢,场面不能说不壮观。

不跑步,就游泳。早上7点不到,马英九就到住家附近的台湾警察专科学校去游泳,同样围观者众。如果警专又变成了参观马英九的景点,那么就只好动用特勤中心温水游泳池了。台湾媒体不无嘲弄地说,特勤中心温水游泳池是之前特意为陈水扁量身定做的,斥资新台币1.6亿元,结果陈水扁很少使用,如今只好由"运动健将"马英九来使用了。

马英九慢跑已经很多年了,据说是早年在美国读书时养成的习惯。但在选战中,一向有着无数女粉丝的"马阵营"有意无意地发现慢跑是一项突出马英九亲民、健康品质的优势,开始借此搞起了宣传攻势。马英九提出过"慢跑哲学"——"不要输在起跑线上,要了解自己的长处","不半途退出,中途不休息,成绩不退步"。马英九慢跑探望祖母的坟,数十年如一日,这也为他的人品宣传加了不少分。

而马英九这个日常习惯也成为媒体对他观察和猜测的重点。此前"特别费案"二审宣判的当天，媒体拍到身穿黄色T恤的马英九照常跑步，神情轻松，以此证明他以平常心对待。台湾选举投票日当天，马英九照样如常跑步。然后台湾媒体最热的话题就是，5月20日就职典礼那天，忙于就职的马英九，还会不会早上起来跑步？

法国总统萨科齐显然很高兴在就职典礼当天上演一次"慢跑秀"。

不仅萨科齐的慢跑照成为2007年媒体最抢眼的亮点，他就任后最抢眼的一批照片就是穿着慢跑装跑上爱丽舍宫的台阶。此后，他还去过布雷冈松堡总统行宫两次，慢跑时频频和当地人握手。

据说，萨科齐之前并没表现出什么运动天赋。自从2006年年底，他和前妻塞西莉亚重归于好之后，他突然一下子就开始慢跑了。当时萨科齐还是财政部长，去华盛顿参加国际货币基金组织的年会，就围着华盛顿的一家Mall跑得不亦乐乎。当时的法国驻美国大使让-大卫·莱维特就有点看不惯，他的女发言人说："大使很忙，有很多其他的事情要做，他更喜欢的是智力上的跑步。"

萨科齐的慢跑不管怎么说都带着浓厚的表演性，穿着他最喜欢的"NYPD"的T恤、锐步慢跑鞋，声称自己通过锻炼可以每天工作17个小时。

法国舆论立刻对萨式慢跑进行了史无前例的炮轰。最大的左翼报纸《解放报》声色俱厉地质疑："慢跑是右翼行为吗？"法国运动杂志《VO2》遥相呼应："慢跑当然是自我表现欲和个人主义价值观的表现，而这种价值观通常都是归属于右翼的。"法国著名哲学家、知识界的领袖芬克尔克劳特在接受法国电视二台访问时说："西方文明诞生于散步者,散步是一种灵感和精神上的活动。慢跑则完全是身体控制,慢跑者就是在宣布:我是控制者。对冥想和思考一点帮助都没有。"媒体评论家施莱德曼则表示:"应该对不断追逐萨科齐慢跑的媒体倾向保持警惕,因为这完全有可能被萨科齐用来当作塑造自己形象、'催眠'大众的工具。"表演欲旺盛的小丑、亲美的个人主义者、右翼阴谋策划者……萨科齐就这样被钉上了慢跑历史的"耻辱柱"。

对于老欧洲来说,慢跑的确可能算是一件不"体面"的事情。在这件事上,英国媒体除了惯常性地拿海峡对岸的邻居开开玩笑之外,对于其观点倒是在某种程度上表示认同。《泰晤士报》称:"法国人希望萨科齐多学学兰波,而不是兰博。"前者为法国诗人,后者为好莱坞大片《第一滴血》的主角,由史泰龙饰演。而英国一位媒体评论家对法国人的反应甚有感触:"正经的保守派不会想着去慢跑,那是粗俗的运动,无非就是表明自己可以和马搏斗。"

萨科齐慢跑遭骂之后,《华盛顿邮报》警告说:"你必须认识到,在法国,慢跑是一个笑话。"但在美国,慢跑却是很时髦的运动。慢跑在上世纪80年代由美国人发扬光大,目前美国也是慢跑人口最多的国家,从卡特、老布什、克林顿到现在的小布什,总统们都是慢跑迷。当然,小布什是这些慢跑总统中遭遇口水最多的。

"布什笑话"早就已经是一个专有名词,关于"布什慢跑"的笑话更是一抓一大把。这些笑话大多以这种方式开头:"有一天,布什正在跑步……"、"有一天,布什刚跑完步……",或者"有一天,布什和他的好朋友切尼正在跑步……"、"劳拉问布什:你今天为什么不跑步……",

内容自然就是拿布什的智力开涮。布什在2001年9月11日的表现后来被大量讨论，最重要的一个细节就是，那天早上他出去跑了4英里。后来有人组织了"跑步反对布什"运动，就组织了一大帮人从宾夕法尼亚大道跑到白宫，用布什最喜欢的运动来恶心他。如果说，在法国，是慢跑拖累了萨科齐，那么在美国，就应该是布什拖累了慢跑。

慢跑成为美国人讨论政治人物必须涉及的一个方面。奥巴马和希拉里竞选总统时同样逃不开慢跑话题。奥巴马要求他的秘书在日程表上留出每天一个小时的运动时间，记者们要求公布这一个小时到底用来干什么。希拉里同样面对这样的提问，发言人说："我不能提供更多的细节，不过我肯定她在加强锻炼。"希拉里的竞选团队发现这件事情很重要，于是迅速给记者们补发邮件："希拉里有散步的习惯。只要身在查巴克（纽约地名，希拉里家的所在地），她每天都会在路上运动运动。"共和党候选人米特·罗姆尼曾经推出过他的竞选广告，他跑上山顶、跑过森林，他的跑鞋踩在泥土上的特写，他的呼吸深沉而均匀，略带汗水的头发搭在额头上，配音是："他有着翻转华盛顿的精力和阅历。"

《纽约时报》专栏作家盖尔·柯林斯写过这么一篇文章《给我一个不慢跑的总统，谢谢》，她说："布什政府给我们上的最重要一课就是，当总统不应该有超强的体魄。从理论上讲，一个总统的体力只要能爬上国会的台阶就够了。我们要尽量避免那种跑了20英里还有精力在中东制造一场混乱的总统。"

（2008）

人类所有的发明都是为了说谎

不说谎会死啊？我们经常这样质问人，但遗憾的是，答案是肯定的。说谎是人类生存机制的一部分，而且是最重要的那部分，不说谎，人类就无法繁衍下去。

想想看，人类的开端不就是源于说谎吗？实验话剧《人类》的第一幕，出场角色有四位，男人、女人、上帝、蛇——嗨，去看看原著吧，只有一位说了谎。

后来人类就学乖了，既然谎言是必然，那么我们就把它发展为一门技巧。语言、文字、文学、戏剧、表演、演讲、广告、新闻、电视、营销手段、商业形态、生活方式、保险推销员、地产经纪、理发师、主持人、电影导演、你的老板和你的另一半……无一不是人类发明出来，用来运作谎言的精妙手段。

我们来看看谎言界的翘楚们都是谁。

费墨老师早在2003年就指出，手机是现代社会最糟糕的产物之一，"还是农业社会好呀！那个时候交通通讯都不发达。上京赶考，几年不回,回来的时候,你说什么都是成立的!"实际上,手机并不能让人接近真相,相反,为了让手机帮助我们说谎,我们倒是动了不少脑筋。

最开始,不少人学会了在开机状态下拔掉电池来制造"不在服务区"的假象。后来,山寨手机开发出了可以自由进入"不在服务区"状态的功能,并且这一功能可以对任意号码进行指定。彩铃业务兴起的时候,供应商们发明了原样录制"不在服务区"语音的彩铃,同样具有指定功能,被指定的号码打进来听到的永远是"不在服务区",其实你的手机正在响,而他听到的是彩铃。

强大的山寨手机还开发出令人叹为观止的背景音功能,你可以在接电话的时候选择背景音,从医院的嘈杂过道到街上的车来车往应有尽有,这样你就再也不会忙于解释为何你那边安安静静了。

用过 iPhone 的人一定会对没有删除单个通话纪录的功能大为苦恼,用过索爱手机的人则又对手机自动记录短信发送记录烦恼不已,这都是欧美设计师们完全不理解用户需要的结果。不过不要紧,好在现在都是智能手机的天下,大量的应用软件被发明出来就是为了解决这些问题,帮你更好地圆谎。

QQ 最伟大的发明是"隐身"功能,这样你就可以对不想说话的人视若无睹,而你用 MSN 就只能一直"挺"在网上。当然,后来 MSN 终于发现了这一点,于是它增加了一个选项"显示为脱机",光是这个名字就很能耐人寻味。美国人认为:是的,我没有说谎,我只是让它"显示为脱机"。而中国人则完全是另一种逻辑:我这里根本不存在说谎这个概念,我是隐身的,你明白吗?

除了电子产品,我们还发明了些什么来说谎呢?

房地产业已经发明了一整套语言系统来为各种上不了台面的东西粉饰一新。每一个快速消费品的广告都在证明自己创造了某种流行,你不顺从就会被抛弃。日用化学品行业则不断地证明魔幻是可以成为现实的,不管你有多少鱼尾纹。电视业发明了剪辑、编排、情境、实景再现,即使是真人秀,也有可能出现群众演员,眼泪、欢笑也有可能定量投放。营销业负责的是把一些不明所以的液体卖给你,让你觉得你真是赚到了。公关行业,它们是拾遗补缺、从头至尾的忠实护卫。

奥斯卡·王尔德说,世界上第一个骗子就是没去狩猎却到处吹嘘自己一个人撂倒猛犸的原始人。不过王尔德是骗你的,没有哪个原始人会傻成这样,否则他以后就真的要去单挑猛犸了。说谎需要很高明的技巧。

国内的例子,我只好拿娱乐圈说事。这几个月以来,大家都在热炒几位女明星的八卦。如果可以称做谎言的话,这些只能算是很低档的谎言,不值一驳。任何头脑清醒的说谎者都必须明白,谎言是一个逻辑游戏,你必须遵从普遍的逻辑规律。我们来看看高级的谎言是怎样操作的。

当年,克林顿曾说:"根据我在1998年1月17日的证词中对性关系定义的理解,这些相处没有构成性关系。"

有没有发现这里面的妙处?因为我们对某项定义的理解不同,所以你不能指责我当时是在说谎,其实我当时是很真诚的。这是说谎的一种高级阶段,如果伴以真诚的惊讶表情,有时候是可以过关的。可惜克林顿很不幸,也许是他当时表情使用不正确。

1994年,小布什竞选德州州长的时候,被人指责曾使用毒品,他是这么回答的："我可能有过这样的行为,也可能没有。"

这是说谎的另一个高级阶段,就是说出可能性,但不确认,其实就是什么也没说。这也比较符合小布什的一贯思维方式,最后布什赢了。

这种"什么也没说"的说谎方式还有一种升级版,俗称"说晕你效应"。

"正如我们知道的,有一些我们都知道的事情。我们知道一些我们知道的事情,我们还知道一些我们不知道的事情。那就是说,我们知道有些事情我们不知道,但也还有一些事情,我们并不知道我们不知道。这些我们不知道的事情,我们不知道。"这是 2002 年 2 月 12 日,拉姆斯菲尔德在新闻发布会上的名言,听不晕你算你前庭功能强大。

后来,美国作家哈特·西利把拉姆斯菲尔德的种种发言汇编成诗集《唐纳德·拉姆斯菲尔德的存在主义诗歌》。

谎言是可以成为艺术的。奥斯卡·王尔德来作结:文学就是谎言。

在 2009 年的电影《压榨》里,一对正遭遇中年危机、婚姻困境的夫妇正被聒噪的邻居缠得焦头烂额。面对热情过头的邀请,这对夫妇一直好脾气地、委婉地说不错不错我们有空一定去,但最终妻子在日复一日的邀请中爆发了,她用了数量巨大的排比句表达了她的真实想法,即:我们都很讨厌你,你是我们见过最不知趣的邻居,我们永远不想参加你的聚会。然后发生了什么? 这位邻居倒在她家门口草坪上挂掉了,心脏病。

这个故事告诉我们,说谎是有很重大的社会意义的。

有很多谎言的目的不在于欺骗,而在于礼仪。日本人和英国人在这一点上应该分列排行榜的冠亚军。如果你不能读懂日本人的委婉说法就等于拒绝,那就没法在日本社会混下去了。不过,日本人太委婉了有时候也挺麻烦。2007年加州大火,圣地亚哥给日本横滨来了封信,大意说因为救火事务繁忙,如果稍后举行的两市友谊庆典有所照顾不周的话请见谅。日本人"委婉"了,立刻取消行程,于是美国人张着嘴在太平洋对岸等着,不知道发生了什么。

一位意大利记者在英国的遭遇则可以为亚军背书。这位有点被英国化了的意大利人老是为不知谁的车占了自己的车位而烦恼,终于有一天他忍无可忍,准备写张纸条贴在那辆车的挡风玻璃上,开头是这样的:"尊敬的先生,请恕我冒昧地提醒……"写到这儿的时候,他觉醒了,一个意大利人应该怎样表达自己的愤怒?他应该用钥匙把那辆车的漆刮花。

除开这些礼仪性的谎言和善意的"白色谎言",谎言的作用还在于寻求合作、维护自尊、满足虚荣、达成目的或者不愿达成目的。

中国人在这方面不遑多让。比如为尊者讳耻、为贤者讳过、为亲者讳疾,比如"我们已经向上级汇报了"、"正在研究决定"、"已经得到初步改善",你我同为中国人,当然知道这其中的含义。

看到这里,相信你也理解了这篇文章的本意。人类发明语言是为了沟通,目的就是为了融入团体,说谎就是为了更好的合作。谎言是人类的生存机制,是演化动力,是人类所有智慧和想象力的集中爆发,人类不可能离开谎言,人类所有的发明都是为了说谎。

只有这篇文章是真的。你信吗?

（2010）

177

人类文化毁于汽车

当一个原始人从光滑的山坡上急速滑下，一种对速度的恐惧和向往一定占据了他蒙昧的心灵。这种源自人类肾上腺的原始冲动在1886年终于得到了实现，那年的1月29日，第一部汽车诞生。

虽然第一部汽车的速度可以让所有人万念俱灰，但一百多年以来，汽车一直不懈地树立自己的价值观。从速度追求到审美情趣，汽车悄悄建立起自己的文化体系，不知不觉侵蚀着人类旧有的观念。

直到最后，我们终于发现，原来：汽车并不是人类的文化，人类才是汽车的文化。

卢米埃尔兄弟最早的几部电影中就有一部《火车进站》，这种对交通工具神奇力量的崇拜反映人类对于在额定时间内转换空间的向往。然而，火车始终是一种轨道内的运动装置，它的价值体现在转移物体的数量，而不是速度。直到最后，汽车出现在电影里。

到底最早是哪部汽车出现在哪部电影里，已经不可考。但正如好莱坞影星威尔·史密斯所说的："惊险片中如果没有车战场景，上座率就不会很高。"这从早期的默片中就可以看到。当警察们气喘吁吁地赶到时,抢劫银行的歹徒们已乘坐汽车消失在街角,只剩下惊慌失措的银行经理。在这里,胜利与失败的关键在于速度,人类对速度的原始崇拜永远不会消失,看到歹徒们在狭窄的街道上飙车,观众的肾上腺素也攀升到了顶峰。引诱人类压抑许久的原始欲望,汽车在其中起到了相当坏的作用。

汽车的另一个招数是迷惑人们的视线。《薰衣草山上的暴徒》中,匪徒用几辆一模一样的汽车骗过了警察,把金块顺利地偷走;《黑衣人》中,威尔·史密斯被满大街一模一样的出租车蒙住,外星人轻松逃脱。看着人类在一模一样的物件面前手足无措,银幕前的人类笑了:他们得意于别人的失败,却没有想到自己内心深处的不安。对于人类来说,想和他人一模一样隐身于人群当中太难了,而对于汽车,那就是天性。伪装,作为人类的又一劣根性暴露无遗。

当然,电影中最刺激的还是汽车的毁坏。不管是斯皮尔伯格让霸王龙一脚踩瘪一辆崭新的跑车,《纽约大劫案》中一声爆炸让数辆汽车飞上半空,还是《后天》让自然力量席卷整个街道,似乎汽车都是最终的受害者。看着一辆辆汽车变成一堆废铁,在玻璃四溅的同时,观众也似乎得到了某种满足。鲁迅说,悲剧就是把有价值的东西毁灭给人看。而汽车这种非常有价值的东西毁灭的时候,我们得到的却是类似宏大叙事式的心灵感受。我们一点都不悲哀,仿佛还有点快意。人类对物品使用价值的理解已经到了一个变异的程度。

有人说,汽车文明展现着人类对智慧、速度、力量和美感的不懈追

179

求。的确是这样，可汽车并不满足这一点，它想做的是构建一个完美的价值体系。时至今日，汽车已经成为电影娱乐的重要元素，金属机器带来的不仅仅是速度，还有方方面面的价值观。

《偷天换日》的主角并不是美女查理兹·赛隆，而是Mini Cooper；配角也不是帅哥爱德华·诺顿，而是另一辆Mini Cooper。这款号称世界上最性感的车霸占了所有的资源，让人不得不正视它已经不再是人类工具这一现实。当影院的首映式上，观众开来的Mini Cooper一字排开的时候，一种审美标准就此建立。

007系列电影中，无论是福特、阿斯顿马丁还是宝马，它所要表现的都是一种暴力的象征符号。后座中央的9mm机关枪、车门外隐藏的导弹、输出功率460马力的V12发动机、不低于305.9公里的时速，不无揭示着这台暴力机器的肆无忌惮。然而当这种暴力机器愤怒的时候，我们得到的却是一种美感。暴力美学大师吴宇森应该哀叹，其实他所有的工作都顶不上一个汽车设计师。

无论《霹雳火》中的警匪追车，《的士速递》中的警车连环撞，还是《头文字D》中的街头赛车，汽车所扮演的角色都是一个修宪者。它修改我们的审美情趣，最终告诉我们：来吧，毁灭吧，这才是你们真正需要的，这不正是你们人类的原始欲望吗？

有好几首歌都是通过汽车广告走红的。格莱美得主R.凯利那首"I believe I can fly"的中国市场开拓者，肯定是别克凯越；而老大叔周华健如果要感谢谁给他一个再度流行的机会，也一定是丰田花冠。当大街小巷都开始吟唱这些优雅的曲调的时候，似乎没有人想到不是每个人都可以 believe I can fly,也不是每个人都可以"我们都期待"。

再也没有什么比今天的汽车广告更像一个人类分类学专家了,它能在短短30秒时间内,甄别一个人的阶层——只需要看他观看各种汽车广告时瞳孔的放大程度就可以了。如今的汽车已经成为一种奢侈消费品,它永远在你头顶上空三尺的地方倨傲地注视着你。很多时候,它是一种梦想;另一些时候,你把一个梦想变成现实,然后你的头顶出现另一个更大更贵的银灰色梦想。

许多年以前,当福特T型车从流水线上开下来的时候,它们可不是这样势利。那时,它们的广告口号是:"让每个美国家庭都买得起车!"当然,你知道,它们很快就反悔了,而对于一个工业产品,要增添附加值显然要比唱红一首歌容易得多。于是,我们在广告里看到的是脑满肠肥的汽车、志得意满的汽车、桀骜不驯的汽车、放荡不羁的汽车、谨小慎微的汽车,而我们则按部就班地各自选好位置落座,任由它们把我们分类整齐,乖得如同别着号码牌的囚犯。人之为囚徒的困境,其实从人类自以为得意地坐在第一辆汽车上画地为牢的时候就开始了,广告不过是一个急功近利的吹鼓手而已。

北京灵狮广告有限公司的媒体计划总监吴涵松在谈到奥迪的广告策略时,有这样一段描述:"奥迪素以引领时代著称,集突破性的领先科技与收放自如的操控体验,经典优雅的外观设计与豪华舒适的内在空间,备受社会成功人士的认同。在广告界,奥迪的创意也备受瞩目,从A6、A4到A8,每个创意既有不同的清晰的概念定位,又带给受众优雅的审美品位和动人的视觉体验。"这段耐人寻味的话里包含了两个

强迫症

推断：一、社会成功人士认同突破性的领先科技与收放自如的操控体验，即技术崇拜；二、社会成功人士认同优雅的审美品位和动人的视觉体验，即审美崇拜。

审美崇拜固然是士大夫阶层由来已久的传统，但技术向来是草根从事的粗鄙营生，何时又成为了上层社会的崇拜对象？细细想来，会觉得不无深意。在细分化和科技化越来越强烈的这个工业时代，使用方法也成为一种技术，单是坐进A6的驾驶座，眼前所有的仪表和按钮就足以让一个产业工人晕厥，尽管这辆车也许就在他的手下出产。如今的技术定义，早已不是敲补维修，而是使用技能，这正是上层社会的拿手好戏。当汽车漂亮地甩尾掉头，我们产生的是对驾驶者踩刹车、转方向舵这一系列动作的完美性的技术崇拜；当阿斯顿马丁在1.6秒内飙上200码，我们惊叹的是对12个气缸内四个冲程疯狂往复的技术崇拜。当然，作为一个上层人士，如果你还会打开前盖听听发动机声音、踩几脚油门试试怠速是否正常，这自然又会给你的品位加上几分。放心，即使让衣服沾上机油，那也是一种技术的象征。

所以，我们在汽车广告中看见的技术，自然不会提到如何维修一辆A6，因为那是专业人士——其实就是专业维修人士——的工作；而你，是专业使用人士。

不同阶层终于被汽车不动神色地分割开了。各种概念目露凶光地把人群分类细化，制造汽车的、欣赏汽车的、渴望汽车的、购买汽车的、享受汽车的……人们为了挤入上一个阶层而拼命，撕咬，挣扎。

（2004）

谁对世界文明有贡献？

某位国内大牛在某个场合说过一句话："过去200年里，中国对世界文明没有一点贡献。"当时那个场合里就静了，无人应声。

"过去200年里，中国对世界文明没有一点贡献。"这句话无比正确，它精炼地概括了一个事实，然后用残忍的手法描述出来。

回过头来，我虽然觉得这句话无比正确，但其后却隐藏着三个我非常不喜欢的预设前提：

一、它预设"贡献"是以西方文明为标准的。这个话题不用我多说了，诸多大牛们都论述过了。过去200年里，世界文明根本就是西方文明，中国当然不会有"贡献"。如果这样类推，可以导出：过去很多千年里，西方（除去某个时段内的希腊和罗马）对世界文明没有任何贡献；过去、现在或者未来，非洲对世界文明都没有贡献；爱斯基摩人永远不会对世界文明有贡献；等等等等。这种论调当然很拙劣，也很卑劣，很有种族歧视的味道。

二、它预设"贡献"是一种道德义务。为什么你们感到羞耻，因为你们

200年来对世界文明没有一点贡献，你们只是在消耗粮食。这句话把"贡献"预设为一种道德义务，正是利用了人类的道德羞耻感，把听者引入一个构筑好的陷阱，进而怀疑自身存在的必要性。没有贡献，你还有在这个世界上存活下去的意义么？所以，你们陷入困境、被殖民甚至从此消失，也是为了世界文明更好发展的必要吧。好吧，我承认，我再一次阴谋论了。

三、它预设"贡献"只是正向的。只有成功可以称做"贡献"，而失败不可以称做"贡献"，这个逻辑很功利，也很隐蔽，不容易被发现。比如，中国近30年来的成功（我们姑且称为成功），可以称做"贡献"，很多国家因此开展学习和研究。而中国过去200年的失败，当然没有一点"贡献"，因为没人关心一个死得很难看的人。不过，这不就是典型的成功学理论么？我没有研究过中国的失败史是否被多少国家借鉴过，我相信不在少数，但在这个预设前提之下，这一切都不可以被归结为"贡献"。问题是，继续按照这个预设推论下去，结论就会很简单粗暴：成功者必然是极少数，失败者必然是大多数，而"贡献"只来自成功者，那么只好鼓励成功者拼命地攫取和灭绝失败者好了。正如我们平时总拿成功学来开玩笑——读成功学课程的未必成功，教成功学课程的必然成功。可是那些读成功学课程的失败者经常会被那些导师们拿来做课堂例子啊，也正是他们的钱财才维持了这个产业的运转啊，如果没有他们垫背，你又怎么可能成功？

其实我们都在说正确的废话，但我们有时候大力激赏的言论其实就是我们自己口头上反对的。话说回来，可不可以有那么一些国家真的就对世界文明一点"贡献"也没有呢？为什么一定要有"贡献"呢？　　　　（2008）

金钱、谎言、占线率：选秀投票的科技战

如果一个魔术师在台上表演，而台下一位自作聪明的观众不停地絮叨：接下来他就该变出那只兔子了……那再没有比这位魔术师更郁闷的了。

美国"超女"《美国偶像》（American Idol）就是这位魔术师。

福克斯电视台的《美国偶像》如今播到第5季，选手们过关斩将，西蒙·科维尔（Simon Cowell）等评委继续牙尖嘴利，而总决赛的广告费定为130万美元半分钟，仅次于奥斯卡颁奖直播。就在这一派高潮迭起的欢乐气氛当中，有个很不知趣的观众在一旁絮叨。

美国一个名为DialIdol.com的网站公然预测选手们的胜率，其根据是"使用Modem拨号为各位选手投票，通过对忙音信号强度的记录分析，很容易就可以得出一个民众为各位选手投票强度的分布图"。《美国偶像》的规则决定了评委只是不停地恶毒挑剔，而向下竖起大拇指的却是每周一次在家里看电视打电话投票的观众。如果一个选手的人气高，打电话投他票的观众多，他的占线率自然就高。想想看，

185

DialIdol.com的理论也有几分道理。

所以,魔术师生气了。DialIdol.com曾被《美国偶像》的版权公司Fremantle Media的律师"威胁"被迫关站,不过之后网站又重新登场,在首页加了一句话:"DialIdol.com与FOX TV、《美国偶像》以及Fremantle Media North America Inc.均毫无关系"。

事实上,观众或者网民更关心的还是,这个聒噪的拆台者到底有没有特异功能。

在"11进10"比赛前,DialIdol.com庄严宣布:艾略特·亚敏(Elliott Yamin)将被现场淘汰,因为他的"忙音强度"只有13.165%。2006年3月23日早晨的比赛结果是,卡文·科维斯(Kevin Covais)被淘汰,艾略特·亚敏安然无恙。"10进9"比赛前,DialIdol.com又公布了"忙音强度表",艾司·扬(Ace Young)以12.177%排在最后,但比赛结果是丽莎·塔克(Lisa Tucker)出局,而艾司·扬一直熬到4月19日"7进6"才被淘汰。这下子,"忙音强度迷"们大失所望,《美国偶像》暗自偷笑。

可是别急,接下来还有"9进8"、"8进7"……呢。

"9进8",曼迪莎的"忙音强度"为20.577%排在最末,4月5日的比赛结果,她被淘汰。"8进7",巴基·卡温顿(Bucky Covington)以38.492%殿后,4月12日他out。而DialIdol.com公布的"忙音强度表"上一直遥遥领先的泰勒·希克斯(Taylor Hicks),也在比赛中一路过关,看样子入三甲指日可待。这两期DialIdol.com的神勇表现,让"忙音强度迷"们又鼓起了信心,有人开始怀疑前两次的测不准是因为《美国偶像》的暗箱操作。

既然你在玩魔术，就没办法阻止别人说你故弄玄虚。联想到我们的选秀投票制度，《美国偶像》真是有点小儿科。我们的选秀投票使用的是短信，这当然迎合了东亚人民对手机增值业务的狂热，但像"超女"那样规定每部手机可以投15票，第一时间却让人意识到金钱正以15倍的速度流失。

举办了26届的百花奖一直采用信函投票，长期被诟病为无悬念。现在，2006年度的百花奖第一次采用短信投票决出提名，"手机短信投票方式在唯一性、排他性方面都有提高……从本届开始结束颁奖无悬念的历史"。我此刻最盼望的是，出现一个DialIdol.com.cn，公布"短信强度表"，来开创我们的娱乐无悬念历史。

"DialIdol是科学的吗？"在DialIdol.com网站上的Q&A中，它自己给自己提问。答案是："不，绝不，DialIdol是不科学的，它只是为了娱乐而已。因为DialIdol的预测基于测算忙音，而不是实际的选票。"

那科学的呢？

"科学的投票比DialIdol能做到的多太多了，而且不单单只是好玩而已。科学的民意测验会确定可以成文的投票数量，也会把更多不同的因素列入考虑范畴。它们包括：地域、年龄、性别、体重、人口、种族、财政状况等等。一次科学的投票只会从那些更有意义的结果中提炼而出，而它们来自勇于反抗'绝大多数'的人的口中。"

你看，原来选秀投票不仅仅跟娱乐有关，它还涉及政治正确。

(2006)

为什么是"压洲"？

日本人非常不快乐，27%的人承认不快乐，5%的人说自己根本活得很惨；韩国电影《交换温柔》里，"汉江奇迹"的生活节奏让韩国城市人始终缠绕着一种暴躁和暴躁的莫名其妙；黄子华表演"栋笃笑"时描述清晨的地铁上班族，"香港人的精神，就是没精神"，香港人在台下前仰后合；台湾都市人生活在几米所描绘的那种繁忙、压力与希望、梦想交织当中；中国大陆的城市人则在焦虑房子、教育、医疗……

如今的亚洲，似乎变成了"压洲"。每个亚洲人都向往香榭丽舍大街的露天咖啡座、托斯卡纳的艳丽阳光，每个亚洲人都期望生活可以慢下来，但亚洲慢不下来，亚洲还嫌自己的速度不够快。

西方资本向亚洲转移，同时也转移了压力。亚洲要成为全世界的加工厂，亚洲要养活世界上最多的人口，亚洲要让欧洲和北美有兴趣跟你玩，亚洲要迅速崛起，亚洲要发出自己的声音，亚洲要让未来的某一个世纪成为亚洲的世纪，还要让这个时刻尽快到来。而这一切，都让亚洲以最低下的劳动成本来换取向顶级生活爬升。当这一堆迫切要求分解到亚洲的每一个组成部分的时候,亚洲的每一个部分还要时刻提防其他部分对它们的威胁,小心翼翼地看守着自己的碗,伸长脖子看着别人的锅。所以,先有亚洲四小龙的腾飞,然后有亚洲四小龙的压力;先有中国大陆的广大市场,然后有印度软件的飞速发展。总归都是亚洲。

有着全球"住房价格最昂贵的城市"之称的东京,市民的住宅因面积最小、人口最挤而被日本人自嘲为"兔子窝",2003年新建住宅的人均住房建筑面积为37平方米左右。而在中国大陆,想拥有这样的兔子窝,需要付出年薪的15倍。当一个人不吃不喝15年才能独立购买到一个狭小的容身之所,你怎么敢说你能体会他这15年来所承受的压力?

早在2004年,中国社会科学院就有两项调查数据表明,中国2亿城市人住房的"精神压力"和"资金压力"都达到一个β临界点。高房价导致5大城市家庭债务比率奇高,北京为122%,上海为155%,都远远超过美国;其他城市青岛、杭州、深圳(85%)大有赶超美国之势。

我们的压力当然比美国人大。

1853年,马克思提出"亚洲式的社会"和"亚细亚生产方式",虽然在如今的亚洲已经大部分被现代工商业文明和全球化所摧毁,但这些旧社会经济架构所遗存的传统家庭观念和价值观依然使得亚洲和西方有着截然的不同。

中日韩东亚三国有着更为接近的家庭结构。孝顺长辈和传宗接代成为东亚三国家庭里向上和向下两条伦理主线的通俗解释,上有老、下有小成了成年人最大的压力源泉。中国的"二十四孝"目的在于让人们遗忘下一代,只向上负责;而今村昌平的《楢山节考》中展现的

"弃老",则描画了日本社会放弃上一代,只向下负责的习俗。这种种看来并不人道的行为,却正反映出面临双重压力的亚洲人逃避压力的无奈之举。

如今的中国,则还有着421的中国式家庭的特殊性。倒金字塔的家庭结构让421中的1成了现在最受宠爱、未来责任最重的底座,无论这种压力来自物质还是精神,他们都必将孤独地承担。

亚洲的道德观还有着比西方更为细致和感性的划分,从每一个"社会分解为许多模样相同而互不联系的原子"(马克思语)的家庭,到社会整体价值观,它无处不在。每一个家庭角色都要担负相应的社会角色,每一个社会角色都有着相应的道德评价,这其中有着有时模棱两可、有时泾渭分明的红线。亚洲人的每一个个人行为,必定都会从道德角度成为家庭行为,甚至社会行为。这一点无论是农业落后地区,还是高度工业化的地区,都是如此。中国的农妇选择喝农药自杀,日本的财阀喜欢跳楼自杀谢罪,从个人的失败衍生到荣誉感、人生意义和对家庭的责任感、对社会的责任感,背负如此大的命题,自然压力巨大。

现代社会的生存重压和传统的古老价值观,亚洲的压力无处纾解。

德国精神治疗专家麦克·蒂兹说:"我们似乎创造了这样一个社会,人人都拼命地表现,期望获得成功,达不到这些标准心里便不痛快,便产生耻辱感。"

是的,社会如此,世界如此。

最高最快最强成为所有亚洲城市的口号。台湾城市的压力来自失去标杆荣誉的失落,中国大陆城市的压力来自如何尽快成为标杆,香港的压力来自己经成为了标杆，而有人窥觊已久。

无论中国、日本、韩国、印度乃至东南亚各国，资源短缺、人口众多都是亚洲大同小异的压力基础。背负最重的包袱、要走最长的路、正跑着最快的速度、但是还要完成最高的目标，让亚洲成为一辆飞速前进而没有刹车的汽车，可想而知司机和乘客的压力。

毫无疑问，亚洲人的第一压力永远来自生存，无论是想生存下去，还是想生存得更好。但生存本身就是一个证明自己的有力证据。城市的压力来自如何在城市竞争中生存下去或生存得更好，来证明自己；而城市人的压力则是如何在这个急切盼望成为标杆并不惜抛下一些人的城市里生存下去或生存得更好，来证明自己。

这并不可怕，可怕的是，这种社会价值观是无法逆转的。无论怎样，你必须证明自己，功利价值观的计算器已经开动，你的人生将被统计。

所有城市人都觉得自己睡不够。所有职员都认为薪水不够多。所有老板都认为下属在偷自己的钱。所有的招聘广告都要注明一个必要条件"要有承受巨大压力的能力"。

每个人都在压力之下，每个人都在心怀怨恨，但每个城市都有自己的解压妙方。

香港人选择"栋笃笑"式的自我嘲讽。黄子华在台上说："负资产就等于冚家铲（全家死）"，台下的"负资产"们笑得开怀。

上海人选择全盘接受现实。高强度工作、高消费生活、高质量生活，都是现代文明的连环套，接受一部分就必须接受所有，一旦上车就不许下车。既然如此，不如接受夜店和写字楼的联系、冷气房间和日夜加班的联系。

北京人选择侃。任何话题、任何地点，即使是出租车司机也能跟你侃上一小时的国计民生。那一刻，富豪生活成为平民口中的谈资、明星派头变成百姓口中的娱乐，生活的压力似乎也得到缓解。

成都人选择泡茶馆。茶馆的悠然天地，自然可以忘却世间的烦恼。有茶馆的楹联便是："为名忙，为利忙，忙里偷闲，且喝几杯茶去；劳心苦，劳力苦，苦中作乐，再倒一碗酒来。"

一些人选择电视，把所有的闲暇时间交给肥皂剧和综艺节目，不再思考、不再焦虑，思考和焦虑的变成了肥皂剧编剧和节目制作人。一些人选择自我放逐，到丽江、到西藏去感受原始气息、舒缓压力。

丽江人、西藏人没有压力？有的，只是你们不知道。

（2006）

误读所带来的甜蜜效应

"对于欧美人来说，Lenovo 听起来就像意大利甜点的名字！"公关大师阿尔·里斯曾这么评价。对于商家比如联想来说，可能这种误读是他们最不愿意看到的。但对于消费者来说，有很多误读在不经意间带给我们愉悦感。

一度以来，我们认为可以真正展示金钱权力的场所从餐馆转移到了高尔夫球场。也许为了与国际化接轨吧，反正国人突然意识到拿着9号杆聊些买卖会比拿着筷子更有派。最后，不管你有没有买卖要谈，你都必须去果岭上晒晒太阳，连高尔夫练习场也挤满了穿着POLO衬衫的全家大小。

这样的误读带给我们幻觉，仿佛一个打通阶层隔阂的通道向我们敞开了。18洞的果岭，平日只要600块，整个城市里腰肌劳损的小白领都可以去一试身手，办公室格子间都挤满了脖子晒伤的人——他们总是忘记抹SPF30的防晒霜。

想想看，到底是谁在一开始给高尔夫树立高贵的面纱，最后又是谁撕下这层面纱,把各阶层人民都领进去"共享荣华富贵"?当然还是商业,不过我们不埋怨它,我们还会感谢它:我们终于也可以高尚生活了。

有些误读让我们愤怒。快餐店卖冷饮,里面要加冰,我们愤怒了:这不是冰卖出了冷饮的价钱吗?家具店还要消费者自己运货、自己组装,我们愤怒了:这简直是店大欺客!如果有人劝我们不去消费,那我们会回答他们:不,我们要消费,我们买下你的东西,然后开始愤怒。

商业天生就是骗人的,消费者天生就是被骗的。误读带给我们所需要的被骗妄想,我们因此可以理直气壮地怀疑一切,我们是受害者,你们是坏人。

误读当然也会有幸福感。所有的消费信息都在言之凿凿地告诉我们,购买此件商品就拥有了一种幸福的生活。我们购买了,然后居然真的体会到了这种幸福生活。开宝马530Li的当然比开东风雪铁龙C2的体会到更多的商务气息,用iPod显然会比用爱国者的更愿意佩戴在运动外套的外面。广告所规划的那种生活,我们明知道是假的,但只要通过消费,它就真的可以把我们运送到那个精彩空间去。

有时候,广告并没有许诺我们那样的生活,但我们意外得到了,我们也能乐在其中。廉价快餐店并不介意你把它变成优雅慢餐店,高尔夫球场经理们才不关心你的杆是买的还是租的。商业给了我们一个世界,我们自己动手创造一个世界,殊途同归,都在奔向幸福的幻觉。广告和商业不会提醒我们:你不一定能到达终点。我们当然也不会提醒自己,误读带给我们愉悦感,而实际上真实的一面根本就是我们不愿意看到的,我们消费的就是误读的幻觉。

实际上是我们——消费者,在和商业宣传一起联手制造误读。消费者纵容误读,消费者在主动或被动地制造误读。我们相信我们是不专业的,因为他们会给我们提供专业意见,就像我们常常会遇到以下问答:

"NC-XFZ2588芯片是什么意思?"

"它是NC-XFZ2508的升级版,在功能上提升了很多。当然,价格上也要贵很多。不过你也可以选NC-XFZ2568,它在价格上比2588便宜,但功能又比2508好。"

这样你就明白NC-XFZ2588芯片是什么了吗? 不,你没有明白,你只是由衷地觉得:天啊,商家是多么体贴人意啊。然后,你放下钱,拿着你的2508或者2568或者2588回家。

第二天,你的邻居来你家参观,你自豪地对他们说:"是的,那就是NC-XFZ2568,它在价格上比2588便宜,但在功能又比2508好。"

（2007）

我世代的100个细节

打折卡比银行卡多

银行卡的意义在于证明你赚钱，打折卡的意义在于证明你玩钱，我们的生活不要结果，只要玩。

不用皮革钱包，只用帆布钱包

皮革钱包就意味着很久才换一个，意味着颜色晦暗单一，意味着钱包比里面的钱还贵，意味着不能随着心情换用，这决不能容忍。

服装店老板会给你发短信告诉你新货信息

谁还去百货公司、Mall、大卖场买衣服？每个人必须有自己独特的服装取向，自己所钟爱的服装小店。

长期喝一个品牌的饮料

百事可乐、可口可乐、碧悠酸奶、午后红茶、胡萝卜汁，什么都好，选准一个，一直喝下去，直到看见这款饮料就想起你。

有一辆很少骑但很贵的单车

小轮、可折叠，Hasan、Airwalk 或者大衡都行，只用于在办公室里骑，最多晚饭后在街道上骑500米去买蛋糕。

至少拥有一个双肩背包

不装东西，只为了背着。

为接到正装出席的请柬而苦恼

没有西装，即使有，也往往只挂在衣柜里占地方，最正的衣服是长袖T恤。

可以没有电视机，但一定要有微波炉

电视基本不看，但微波炉除了解决吃的问题，还有神奇用途：冬天洗热水脸，湿毛巾"叮"一分钟，搞定。

如果戴眼镜，一定是扁平黑框的

早就不是金丝眼镜的天下了。黑胶框眼镜不仅可以是近视镜片，也可以是平光镜片，甚至没有镜片只戴框。

永远对自己的发型不满意

发型不是身份，不是装饰，是娱乐。娱乐，就没有够，不满意就改，改了还是不满意。

对于日本菜，要么非常喜欢，要么非常讨厌

喜欢和讨厌都可以出自同一个理由：清淡、漂亮、仪式感、哈日；或者没有理由，就是喜欢，就是讨厌，没有中间派。

所有电器都不看说明书

写说明书的人都是白痴，看说明书比自己摆弄还麻烦。

在任何表面上都可以睡着,除了床

地铁和电影院容易睡着,沙发和办公桌经常睡着,开会和写报告肯定睡着,但上床之后总会跳起来打游戏、看碟。

生日礼物一定有安全套

性不是性,是娱乐,是玩笑,是揶揄。收到安全套,却并不急不可耐地用出去。

不喝红酒

除了味道酸,还有气质酸,所以我们不选红酒,宁肯喝伏特加,红星小二也是不错的选择。

去24小时便利店的时候比超级市场多

我们经常晚上出来买东西,超级市场在哪里?

经常骂宜家,经常去宜家

宜家有太多理由让我们不爽,但那里东西的颜色和形状总是深得我心。

尽量使用自助办理业务

不想排队,不想被人叫号,不想浪费时间,不想隔着玻璃扯嗓子说话,不想看人的嘴脸。

饿了就吃,饿了才吃

吃饭是为了活着,活着不是为了吃饭,不管饿不饿都准点吃饭是可耻的,基本上只有下午茶是准时的。

使用最多的称呼是同学

称呼断层的一代,只有同学才能有效地拉近陌生人的距离,进可攻退可守。

路过有镜面反射的地方一定会关注一下自己的容貌

容貌不仅给别人看,也要让自己愉悦,注意,这不是自恋,这是素质。

至少两周才打扫一次卫生

让环境卫生积累到足够创造一次成就感的时候才打扫,别让乐趣变成琐事。

喜欢玩小孩但不喜欢生小孩

想想自己是怎么长大的,想想自己还没有长大,就知道自己负不起那个责任。

不屑时尚杂志,只看潮流杂志

你们看Elle、Vogue去吧,我们看Milk、1626、Coldtea。

永远不知道自己的钱花到哪儿去了

其实没买什么、其实没吃什么,但钱就不见了。

可能有两个手机,但没有一个座机

座机有什么用?不要告诉我你拨号上网。

不洗脚,只洗澡

每天洗两次以上澡还用洗脚吗?

只去药店,不去医院

我的身体我知道,去医院太麻烦。

最恨被人夸奖成熟

你把谁当小孩呢?

不喜欢西藏、丽江,喜欢香港

别玩什么情调,假装自己很诗意,别来辞职、自省、皈依那一套。

痛恨人际关系

最好大家都在家工作，去办公室只是为了打乒乓球、打游戏机、聊八卦和约饭局。

早晨从中午开始

我们的生活很有规律，只不过和你们时差几小时而已。

不喜欢喝酒，但每喝必醉

不然你喝酒干嘛？补充体液？

不敬酒，不敬烟

爱喝就喝，想抽就拿，别搞得大义凛然似的。

拥有一种奇怪的固执

不吃有脸的东西，只穿白袜子，不带瓶矿泉水不出门，看着鱼缸就发呆，总有一样让你莫名其妙地坚持下去。

熟人面前是话痨，生人面前一言不发

不是不爱说话，而是跟你没什么话可讲。

经常故意使用方言

就是好玩。当下流行顺序依次为陕西话、天津话、上海话、东北话。

关我鸟事

谁能告诉我王菲生小孩的照片为什么可以卖到5万块一张？

认为幽默感是做人的根本

至少也要会讲冷笑话吧。

为了不熬夜，不如就通宵

要么今早早点睡，要么今晚早点睡，既然已经熬了，就干脆熬通宵。

每天都有理由开派对，除了结婚

派对是为了玩，但结婚不好玩，所以尽量不要婚礼，绝不要春晚式的婚礼。

"五一"、"十一"绝不出游

与其人挤人，不如在家看碟。

业余爱好中必有一项是睡觉

我们不困，我们就是想睡。

喜欢看选秀，喜欢参加选秀

总觉得很多人都没有自己秀得好。

出游永远不给自己拍照

宁肯拍老乡家的狗，宁肯拍人家阳台上晾的衣服，宁肯拍自己在地上的影子。

常常玩消失

有可能是手机坏了，有可能是起床晚了，有可能只是想看看你们有什么反应。

经常发呆

因为脑子里有太多想法了，有时候都不知道自己在想什么。

随便

觉得什么都可以，什么都还行，只要方便简单，哪儿有那么多时间去浪费？

坚持认为自己不懂爱情

随时可以爱，喜欢很多人，会为人哭，但不会为人去死。

英语的听说能力大大强于读写能力

声称自己英语很差,不过基本都能听懂英语电影对白。

认为世界就是由破事组成的

觉得自己已经看透了,没什么大不了的,社会就是那么回事。

越吊的人就越不吊他

这世界离了谁就不转了啊,谁都别把自己当回事。

鄙视娱乐报纸,但要上娱乐网站

有朴素的道德观,有朴素的窥私欲。

找异性同事陪伴去买内衣

内衣不是隐私,陪异性买内衣不是性骚扰,是乐趣。

对人的最坏评价是闷

闷是一种抽象标准,话痨也会闷,关键看话有没有营养。

对人的最好评价是闷骚

压抑与释放的完美结合,没有比这更好了。

经常觉得自己老了

新血总是一夜长大,而自己还没确定要做什么。

两分钟通常这样安排:前一分钟是崇拜,后一分钟变成藐视,或者相反

永远没有固定的标准,偶像可以因为一句话立刻变成呕像。

永远觉得别人不可能了解自己

一个人的世界观,独生子女的人际网,小心翼翼的孤独,以及自我保护。

不和30岁以上的人做朋友，但可以做恋人

完全无法和老年人沟通，却容易被老年人的成熟阅历、博大知识击溃。

喜欢酷的女生，或者漂亮的男生

女生装处和男生装酷不仅不时尚，而且智力有问题。

喜欢八卦别人，但对别人的任何取向都不惊讶

八卦是娱乐，又不是战争，谁都有自己的小乐趣。

写博，但绝不呕心沥血

写博写成论文，还不如下来写论文，博客不好玩不如去死。

不看500字以上的帖子

现在已经不是逻辑的天下，对此，我们只能飘过。

网友成为朋友，朋友成为网友

因为意气相投而成为朋友，因为兴趣渐少而只能发表情符号，还用得着讨论网络的利弊吗。

MSN名字一天至少换一次

只用真名做MSN名字开头的人，显然不了解心情变化的乐趣。

不问问题，只查Google

给我一分钟，我就和你知道的一样多。

熟知每家K房的歌曲

关键是日韩歌曲、港台新歌在城市中的分布地图。

发花痴

不惮于用最猛烈的言行来表达对某人的热爱。

不知道什么电子游戏自己不知道

从8位机一直玩到PS2，真的不知道自己的盲区在哪儿。

每个都是电影迷

买很多碟，看很多场电影，挑很多电影的很多Bug。

喜欢玩问答游戏

喜欢什么？害怕什么？最近听什么歌？最崇拜谁？择偶标准？不仅为了给别人看，也为了给自己看。

会画画、喜欢画画或者想学画画

幻想成为矢泽爱和高木直子的混合体。

有一款喜欢的卡通形象

青蛙军曹Keroro、暴力熊Gloomy、熊猫Sam，实在不行就去搜集各种漫画的手办，但千万别是史奴比。

可以借书，绝不借碟

书不还就再买，买不到就算了，碟借了就别想还，买也买不到。

喜欢看广告

心目中都有自己的最爱广告榜、傻逼广告榜，会为了看漂亮广告放弃电视剧。

热衷于研究星座运势

只要有生日，就可以说出性格、运势、般配，热恋、失恋时对此深信不疑。

至少有一个曾经是偶像而现在羞于承认的明星

总觉得自己的梦中情人现在变得很傻冒。

以追看低智的影视作品为乐

好片子总是无话可说，烂片子才是娱乐源泉，任何东西都是Kuso的对象。

R&R、R&B、Hip-Hop，至少喜欢一个

不管有没有搞清楚它们的区别，但周杰伦和五月天总还是不错的。

单位和住处距离在步行15分钟以内

人生短暂，干吗不把路上消耗的时间用来睡觉、化妆、发呆？

要么打车，要么走路，绝不坐公车

坐公车完全是生存竞赛，没必要这样消耗生命。

用整理箱装书，而不是书架

想看的时候自然可以翻出来，被人夸有文化觉得是被嘲笑。

可以拼出每个字，但不见得能写出来

要么是因为电脑用多了忘了，要么是因为字写得很难看而不愿写。

永远找不到自己的笔

总是随手抓别人的笔用，每支笔都长得像自己的笔，不管有多少支笔都会消失。

不停地买笔记本

从来不在上面写字，就是为了好看的封面和纸张而收集。

鄙视办公室恋情

天天面对、同进同出非常可怕，除了证明自己人际圈的狭窄没有任何意义。

无论任何工作都和电脑有关

体力劳动不是我们的强项,何况20%的工作时间还要用于玩游戏和聊天。

可以穿短裤上班

要求制服上班的单位绝对不去,工作已经很无聊了,不想秀衣服这样唯一的乐趣都丧失掉。

拥有一个以上的MP3

我们已经无聊到随时随地需要音乐的程度了。

不买iPod

因为太大,因为花色太少,因为人人都有。

用动感地带

因为有套餐,不管有没有省钱;因为可以网上办理业务,不管有没有登陆过。

很少打电话,经常发短信

不想用声音沟通,只想用文字沟通,哪怕会耗费更多的时间和金钱。

键盘都磨损得很快,无论手机还是电脑

要么不停地敲、要么不停地按,我们手指都很灵活,这是我们的表达方式、娱乐方式、生活方式。

手机是用来自拍的

喜欢各个场景、各个色调、各个角度、各个部位的自己,即使被人看到手机里存的隐秘照片也不以为忤,反而心中暗喜。

电脑里一定有聊天工具

不联网的电脑是可耻的,开电脑一定先登陆聊天工具,

不买品牌电脑

因为我们随时需要自己增添内存条、换显卡硬盘,也不想暴露自己是电脑盲。

喜欢给电子产品搭配外设

产品本身并不值得骄傲,所搭配的外设才是自己的烙印,至少也可以贴一些保护膜或者印花吧。

彩铃两周一换

随时提醒别人,自己心情的起伏、口味在发生转移、又发现了新玩意,我有什么变化你有义务知道。

我喜欢

我喜欢,你管得着吗?

(2006)

无聊进化史

直接了当地说，这不仅仅是一篇讨论无聊的文章，而且它的内容本身就非常无聊。它存在的唯一目的就是提醒你：是的，我们这个世界真的是非常非常无聊，无论你付出多大努力，在你有生之年，你都不可能逃脱这种境遇了。

这真是令人沮丧的事情。趁着还没有无聊到耗尽你最后一点精力，赶紧往下看吧。

我们来聊聊人类在不同的无聊领域作出了哪些杰出的贡献。

我能查到的最早的关于无聊的研究是上世纪30年代，美国心理学家约瑟夫·巴尔马克（Joseph Barmack）进行的。他研究发现，无聊感是和睡眠很相似的体验，而安非他明、麻黄碱和咖啡因可以缓解这种症状，也就是说，嗑药和咖啡可以帮到你。

谢谢约瑟夫，这真是伟大的研究。这就是为什么星巴克里坐满了眼神呆滞的人的原因。

约瑟夫·巴尔马克还发现，向参加测试的学生支付报酬可以让他们提起一点兴趣。所以，钱也是驱赶无聊感的刺激因素之一。我想知道的是，他有双盲对照组吗，有验证过不同货币的刺激效果吗，比如欧元和津巴布韦元的区别，货币的票面数字和实际价值之间有没有一种计算刺激效果的数学模型呢？

另一位先驱者是澳大利亚的精神分析学家奥托•费尼谢尔（Otto Fenichel）。他研究发现，无聊感的产生是由于内驱力和愿望受到抑制——这句话翻译成普通话就是，在我们不能做我们想做的事情，或者必须做我们不想做的事情时，我们就无聊了。

天才！

在先驱者踏过了这片荒凉的科学土地之后，一位奠基人出现了。

1986年，美国心理学家诺曼•D. 森德伯格（Norman D.Sundberg）和他的学生理查德•F. 法默（Richard F.Farmer）共同发明了由28个问题组成的无聊倾向量表（Boredom Proneness Scale，简称BPS），用来测试人们在不同境况下产生无聊感的倾向性。

现在我们终于可以理直气壮地面对大自然说不了，连无聊这种东西我们都有了可以测量的科学工具，你还敢说我们不无聊吗？

说到科学，怎么能忽略英国科学家呢？英国科学家总是怀着令人敬佩的巨大毅力在为整个人类默默地做着科学研究，比如剑桥大学的这位威廉•康舒妥。

他发明了一个电脑程序，用这个程序发现，1954年4月11日是最无聊的一天。这一天，比利时举行了大选，一个土耳其学者出生，一个英国足球运动员去世。除此之外，什么都没发生，是自1900年以来最无聊的一天。法国在印度的一个小殖民地城市雅隆在这天晚上曾策划兵变，但最终还是没搞成，这一天就这样被可耻地忽视了。

威廉说："没有重要的人在这一天死亡，也没有什么重要的事情发生，而事实上20世纪的每一天都有很多名人出生，不知为何那一天只有一个土耳其的一个学者出生。"是啊！为何呢？土耳其表示压力很大。

哲学家们没有闲着。

《无聊的哲学》，拉斯·史文德森著。这是一本非常有价值的书，它系统地整理了绝大部分哲学家对于无聊的论述。你知道，哲学家们总是有办法让自己的话看上去不那么无聊。

史文德森本人就是一位哲学家，所以他的话也是蛮有意思的：无聊对于人类有着独特和重要的意义，无聊让我们获得看世界的智慧。

怎么样？是不是觉得自己的人生振作了一点？

梭罗说："吞噬了快乐与生活情趣的无聊与倦怠，看起来与亚当一样古老。"克尔凯郭尔表示+10086："神感到无聊所以创造了人类，亚当因独处而无聊，故而夏娃被创造出来。"

毕希纳沮丧地说："许多人纯粹是处于无聊而寻欢作乐，有人因无聊而陷入爱情，有人因无聊而砥砺德行，也有人因无聊而自甘堕落。至于我，一切皆是虚无——我甚至懒得自杀，那实在是太无聊了。"帕斯卡尔认为，"安慰我们苦痛的唯一事物就是娱乐，但它同时也是我们最大的苦痛……但没有娱乐，我们必会感到无聊。这种无聊也将在不经意中逼我们走向死亡。"叔本华则建议去听听音乐，出路就在于通过审美体验放弃个人的自我。

哲学家们就是这样，他们个个都像是被Marvin的观念枪打中了一样，就算你给他们每人买双份的麦旋风，他们也会用了无生趣的眼神望着你：为什么两份都是一个口味的？

艺术家们也没有闲着。

有这样一个观点，有趣和新奇会让时间跑得飞快，而沉闷和无聊则让时间停滞不前。我没办法去向爱因斯坦求证，但至少所有的时间旅行者都不会说："嗨，我们来看一部中国电影吧，这样我们就可以打开虫洞了。"

不管无不无聊，重复是让人生灰暗的祸首。比尔·莫瑞在电影《土拨鼠日》里就经历过这样的悲惨人生。因为某种原因，这个失意的出镜记者被困在了一个小镇上，每天醒来都重复地过着"土拨鼠日"（他已经报道过很多次以至于已经感到无比无聊的节日）。一样的场景、一样的路遇、一样的对话，他终于闷到要自杀了。可是，每天醒来，他还是一脸失意地躺在床上。

猜猜他最后怎么解决的？

他开始积极向上地学习、工作和帮助他人，经过无数天的重复（这可是真正的重复），他终于可以帮到这个镇上这一天遇到困难的所有人，并且也可以在第一次见面就用精湛的钢琴手艺震撼妹子的心灵。

真励志啊。所以，无聊的重复也可以转化为成功学，对不对？

比尔·莫瑞是无聊界的大师，他此后的《破碎之花》、《水中生活》以及《迷失东京》都是无聊界的杰作。只需要用他那张脸，你就可以了解到所有人生中的无聊、沉闷和无意义。

康奈尔大学的经济学教授罗伯特·弗兰克写过一本书，《牛奶可乐经济学》。顾名思义，他在研究一些我们司空见惯的东西，比如牛奶

211

为什么用方盒子装,可乐为什么总是用圆瓶子装。

如上面我们所说的,研究这些东西的事情,我们一般都称做无聊。但是,注意了,在经济学或者商业领域,这可是一门大生意。弗兰克把这个叫做"博物经济学",是为提高效率和促进消费而提供指导。我记得有一位诺贝尔经济学奖获得者就是从停车位的博弈中得到启示的。

实际上,生活中随时都能遇到无聊的时刻,有头脑的商人总在打这些时刻的主意。人们平均每周花在地铁上的时间是110分钟,在机场的人均候机时间为74分钟,在银行柜台排队办理业务的平均等候时间为40分钟,坐出租车的平均时长是17分钟,商人们无时无刻不在想利用这个时间找点什么东西灌进你的脑子,因为这时候你的免疫力最低。

出租车座椅背后有了城市移动电视,电梯里有分众或者别的什么众的液晶显示屏和广告牌,公车站有巨大的灯箱广告,地铁月台对面也有巨大的广告。所有需要等待那么一小会的地方,都会出现广告——然后我们就看见一群目光呆滞的人默默地对着那幅广告,心里说:"傻逼!"那个广告则默默地回敬:"你也是!"

即使在那些不那么明显的商业领域也是这样。从IM到BBS,从博客到交互社区,所有的流行语言和PS乐趣,也无不是无聊领域的集大成者。矮油!好笑吗?有木有!好玩吗?闹太套!有意思吗?

无聊,真是人类的跗骨之蛆。想通了这一点,也许我们也就不那么无聊了。如果你不同意我的观点,可以写信来骂我,但我不会告诉你我的邮箱。

好吧,你居然看到了这儿?你也太无聊了,赶紧放下书去做点正经事吧。

(2011)

只要甜，不要糖

每一种味道都代表着人类的一种情绪，只要甜，不要糖，这却是当代社会的流行逻辑。这个逻辑的背后，是人类试图剥离欲望和道德的努力。

《圣经·马太福音》里，耶稣对门徒们说："你们是世上的盐。"这句话被无数人引用转载，道尽了一种调味品所能达到的哲学高度。事实上，人类的调味品向来具有着某种象征意义，盐是其一，香料又是其一。在杰克·特纳的《香料传奇》中，他再现了香料随着地理大发现而在世界上流转的历史，其中蕴含着人类的阶层、世界视野的变化，甚至还有宗教、伦理道德和法律的变迁。

在这些具有改变人类历史作用的调味品当中，最重要的还有一个——糖。《圣经》只提到盐，没有糖的存在，即使是在耶稣诞生的时候，东方三圣带来的宝物中也只有黄金、乳香和没药。糖的神圣地位要到公元6世纪左右才确立：阿拉伯人把蔗糖带到了欧洲，欧洲的贵族们立刻被这种洁白的晶体迷住了，就像早些时候，盐罐要放在地位尊贵的主人席前一样，能够摆上糖罐让客人随意添加糖成为新的奢侈风尚。

盐，几乎是所有食物的必需品；香料，让欧洲人带着可以保存的肉品开始海上征途；那糖呢？

糖，从来都是欲望的象征。在西方的文化、神话体系里，蜂蜜——糖的前任，向来是众神的食物、富足乐土的标志、优美的诗歌意象、性的起源。糖，自然也继承了这一切，而这一切象征无一不是非实用的，充满享乐、奢靡和欲望澎湃的气氛。甜味从来就不是人类的必需味觉，糖对食物也没什么实用价值，人类享受糖完全就是享受一种舒适、愉悦而且尽情挥霍的感觉。何况对于欧洲人来说，糖就如同香料一样，代表着神秘、古老、糜烂的东方。

以英帝国为代表的欧洲国家在加勒比海地区大量种植甘蔗，并以血腥的奴隶贩卖来保证他们可以享受糖。实际上，从18世纪末开始，欧洲兴起抵制糖的运动也正是以糖生产中的不人道、有违道德为主要诉求的。

就这样，糖从开始时的欲望象征到后来的道德批判，涵盖着人类对欲望的渴求和摒除。直到现在，喜欢吃糖的人似乎很容易被性格定性，而却从没有人界定过喜欢咸味的人有什么样的性格。有杂志可以做专题报道《四川人是天下的盐》，颇含褒奖之意，却不会有人讨论广东人是否是天下的糖。

糖是奢侈品的时代已经过去。在悉尼·明茨（Sidney Mintz）的《甜味与权力》（Sweetness and Power）一书中，他着重研究了糖是如何从1650年左右开始渗入英国普通民众的饮食习惯，并因此推导到现代资本主义殖民体系发展的结果。

"英国人喝下第一杯加了糖的茶，是一桩重大的历史事件。"悉尼·明茨郑重地写道，"因为它预示了整个社会将要转型，社会与经济基础都会脱胎换骨。"随着工业化生产的发展，蔗糖的价格不断下降，从1650年贵族宫殿里的异域珍品变为1750年富人餐桌上的奢侈品，最后变为1850年劳工阶级粗茶杯里的一勺调味料。糖的象征意义的变化，在历史进程中和英国的社会阶层变化嵌合在一起。

正如明茨所说，"为了了解商品与人的关系，我们得重新挖掘我们的历史"。当糖越来越大众化，而糖对健康的负面影响又被发现的时候，无糖又开始成为时尚的主流。最早发明无糖饮料的海曼·赫希（Hyman Kirsch）最初的想法是让不能吃糖的糖尿病人也能尝到甜味，他于1952年发明了无糖的汽水。赫希的想法分析起来很简单，满足欲望，摒除危害，针对独特人群开发产品。这正是现代商业逻辑的要义。

现代商业的法则就是让欲望成为产品的驱动力，让每个人享有自己的独特性，让消费成为一种本能——个人主义、消费主义、浪漫主义，让选不选择糖的这个生活细节变成现代生活的重要元素。拒绝糖，意味着更健康、更有意志力、更有生活态度，拥有能和别人有所区别的生活个性。而购买无糖产品，则意味着你在满足以上所有条件的情况下，依然能够奖赏自己、满足欲望。正如我们看到可口可乐的"零度"可乐，就完全采取了以个性为主的宣传策略。

耶稣对他的门徒说的那句名言其实还有后面一句："盐若失了味，怎能叫它再咸呢？"而我们现在正在做的就是，把糖和甜分离开来。

正如之前所说的，糖在历史早期是上流社会的时尚之选。但当医生们发现了它对健康的影响之后，它立刻成为时尚之敌。

在现代社会的时尚话语里,影响健康是第一原罪,影响身材是第二原罪。不幸的是,糖一度被认为既会导致疫病又会在腰部囤积脂肪,虽然现在又有医学发现为糖抹去了一些罪名,但糖的名声已经被定性了。

前现代的时尚是加法,后现代的时尚是减法。在以前,人们的时尚是不断发现各种各样的物质,添加进自己的生活,以此证明自己在经济和社会地位上的成功;而现在,人们热衷于减去生活中的各种物质,以比拼谁的生活更单纯为时尚标志。可笑的是,在使用减法的时候,人们并不想减去自己的欲望,并不愿意就此过着苦行僧的生活。现在的人们向往的是一种"干净的狂欢",既要欲望,又不要麻烦。

好在科技昌明,所以我们有了没有咖啡因的咖啡、脱了脂的奶粉、低胆固醇的油脂、过滤了"大分子成分"的山泉水、专门内容的有线付费电视、可以假装不在服务区的手机,当然还有没有糖的"糖"——安赛蜜、阿斯巴甜、甜蜜素……

最关键的是,这种选择行为构成了我们的消费时尚。使用或拒绝某种东西,成为了一种时尚,它帮助我们确定自己成为某一类想象中的人群,如弗里德曼所说的"一个未必有社会既成基础的个别主体"。每个人被时尚所推动去做出自己的选择,而这种从物质中抽离出来的想象,才真正变成了消费品。

无糖社会,就是一个以想象为消费时尚的社会。

(2008)

网络新语汇

【亮】

形容词。形容对方的发言或行为非常好、非常吸引人、非常有创见性等等。常用于主系表结构,未见有副词词性,不可用于形容谓语。

例句1:4L很亮。

例句2:楼主大亮。

延伸词汇:【大亮】、【巨亮】、【墨镜】、【我瞎了】、【还我狗眼】

"亮"的来源似乎可以是"令人眼前一亮",但我更喜欢这种词汇使用中的视觉化通感效果,可以参见兔斯基系列表情。

关于网络用语的视觉化,是一个很有趣的话题。最早出现的视觉化文字是用ASCII码组合而成的表情、动作符号,美国人在1982年发明了":)",它和之后出现的":("、";)"等被统称"Emoticon",表情文字。后来,日本人发明了更成系统的表情文字——"颜文字",比如"＾_＾"、"＊_＊"、"ˆoˆ"等。后期的日式颜文字比美式颜文字复杂得多,也Q得多,我不能确定是否都由ASCII码组成，估计不是。最重要的一点是，日式颜文字是正向的，而美式颜文字是横向的，这是颜文字发展史中最重要的一个转折点——解放了电脑使用者的颈椎。这也体现了美国文化以科技为本，而日本文化以人为本的区别。

到了中国，最早使用颜文字的人被称作"网络启蒙一代"，他们都是拥有良好教育和自我感觉的人，多数拥有海外教育背景以及IT行业从业背景。因此，使用美式颜文字是当时的高端人群标识，我曾看过好几篇IT大佬们回忆当年的文章，不乏对书来信往中偶尔点缀几个美式颜文字的那种幽默感所带来的自信。当然，与之相反，使用日式颜文字被他们认为是低幼的、无脑的。

在后期，中国网络史上崛起了一支任何史书都不可能一笔带过的庞大族群——"非主流"。非主流在网络文字发展上的主要贡献就是极大地推广了颜文字（主要是日式颜文字），并将其拓展开来，不仅仅可以表现表情，还可以表现行为、状态、场景、过程，甚至——什么也不表达。比如，"┳━┳一"、"(◕‿◕✿)"（这个颜文字如果你看到的是一坨黑，说明：一、它不是ASCII码。二、你的机器没有相应的编码，你很out）等。

感谢非主流，他们让颜文字上升到一个更高的阶段。想想看，文字是人类表达的重要工具，从甲骨文到ASCII码，千万颗智慧的脑袋耗尽一生就是为了找到一个沟通的办法。但现在，文字的最高形式出现了——文字，终于，不再，用于，沟通了。好，让我去旁边冷静一下。

毫无疑问，那条工业铁律在这里也存在：美国人发明一个行业，日本人做好一个行业,中国人······后半句我不说。

以上对非主流的评价纯属搞笑,其实我很崇拜他们,在颜文字的发展上,他们起到了非常优秀、不可或缺的作用。

现在我要说回主题了(终于说回主题了),有一个字不得不提——"汗"。"汗"、"=＿=b"同义,表达一种感到很尴尬的无语状态,来自漫画中经常出现的场景。但后者是标准的颜文字,前者则是把颜文字再意译回传统文字(我不知道怎么表达,姑且让我这么说)。从传统文字到颜文字,再从颜文字到传统文字,这种文字的消解转译过程是多么伟大的行为艺术。艺术家谷文达在做类似的事情,可是网上的每个非主流或者普通网民也在做这样的事情。所以你看,艺术来源于生活,条条大路都通向艺术的罗马。不过如果你要对着一个非主流说:"以中国传统来改变西方的现代主义,用西方的现代主义来改变中国的传统,从不同角度来理解和批判这两个不同的世界。你怎么看?",他(她)多半会回你:"凸＝＿＝凸"。

好了,让我再次说回主题(你们没有睡着吧?)。"亮",我认为同样是一个由传统文字到颜文字再到传统文字的传统文字(很复杂对吧),只不过颜文字的部分被省略掉了,请再次参考上面引用过的兔斯基表情,如果你能把这个表情做成颜文字,我推荐你上《网络文字发展史》。"亮"基于一种漫画式的场景描述,是由"亮"的那个人的全景推至大特写再拉回全景的过程(也许还可以反切一下被"亮"的人的面部特写),漫画是一个很伟大的发明,把文字漫画化是更伟大的发明,关于这一点我以后再说了。

至于（好累，还没完）大亮、巨亮、墨镜、我瞎了、还我狗眼，则是程度累加的过程、被作用人的反应以及最后的结果。简单地说就是，亮—大亮—巨亮—有人不得不戴上墨镜—没戴墨镜的人瞎了—瞎子的怒吼。"还我狗眼"，这是因为网络人士常常用贬低自己来抬高对方，这一点以后再讲了。

（本文提到的任何评价均不客观、任何数据均无来源、任何描述均不恰当，对号入座者自负其责，考据癖慎入。）

（2009）

丑闻不止性

美国前纽约州州长艾略特·斯皮策的性丑闻案爆出后,著名脱口秀主持人科南·奥布莱恩在节目上打趣道:"现在丑闻案影响了很多人,当然也影响了希拉里·克林顿。政治学专家说,在斯皮策的性丑闻爆出来之前,希拉里本来考虑让他做自己的竞选伙伴。出了这事儿后,希拉里开始考虑也许斯皮策可以做她的老公了。"

斯皮策的事情还没了,国际汽联主席莫斯利又卷入了性丑闻,而且是6P。这位德高望重的车坛老大花了2500英镑和5位妓女同时进行交易,当然这不是重点,重点是这位67岁的老人和5位妓女身着纳粹军服,玩起了角色扮演游戏。这显然就是政治不正确了。

人们都嘲笑这些惹出丑闻的名人,而对于国外很多的批评者来说,性,并不是他们最主要的靶子。

对于国际汽联主席莫斯利的6P案,评论家马克斯·克利福德(Max Clifford)的说法很具启发性:"他要脱身的唯一途径就是最终向我们证明,这件事之中除了淫秽和无聊之外没有其他的元素。"玩制服诱惑并不可耻,可耻的是莫斯利玩的是纳粹制服,据说,这是因为他父亲老莫斯利一直亲纳粹的关系,老莫斯利当年的婚礼阿道夫·希特勒都参加了。

作为有着一个复杂背景的德国血统人士,莫斯利如何解释他的性癖好"除了淫秽和无聊之外没有其他的元素"呢? 这实在是太难了。

但我们会发现,这些政要之所以会被性丑闻击溃的原因在于,他们的社会身份跟个人行为已经混杂在一起不可切分。和运动员、明星相比,人们对政治人物的期许包含着更多的政治含义。就像克林顿被弹劾的最终理由是对公众撒谎而不是婚外情一样,导致斯皮策引咎辞职的法律硬伤也是他安排妓女从纽约到华盛顿度假——跨地区卖淫是违反联邦法律的,州长先生。

斯皮策这个美国政坛的超级明星,其整个事业建立在"清廉先生(Mr.Clean)"的称号上,他以反腐败、反白领犯罪而闻名,其彪悍的行为风格让华尔街闻风丧胆。尤其讽刺的是,他还因大力查处卖淫团伙案而被犯罪分子恨之入骨。就是这位被《时代》杂志"册封"为"2002年度圣战者"的政坛铁腕式人物,如今却成了各大购物网站上的促销法宝:小贩们把"第9号顾客"的字样印在T恤上促销,而这正是斯皮策在被曝光的顶级卖淫集团里秘而不宣的代号。

当然,这只是花边料,让美国政商两界惶恐的是,如果斯皮策是"第9号顾客",那么,谁是那1到8号? 一旦名单曝光,美国的新闻界就会迎来狂欢的盛宴,而美国政界和商界就会陷入死一般的沉寂。于是有人开玩笑说,奥巴马,你是不是第10号?

真正让斯皮策的秘密泄漏的是他的资金转移，斯皮策为了掩盖自己把大笔美金支付给顶级卖淫集团"帝国俱乐部"的事实，不停把几千美金四处周转。银行先发现这漏洞，然后向有关部门举证这份"可疑交易报告"。"9·11"之后，美国政府就加强了对"可疑交易报告"的勘察，讽刺的是，当斯皮策还是纽约州的首席检察官时，"可疑交易报告"正是他常用的侦察手段。

所以有人提出质疑，斯皮策不可能不知道这种资金转移的风险，一定是有人出卖了他。

是那些对斯皮策恨之入骨的华尔街巨头吗？曝光的"可疑交易报告"显示，他们也是"帝国俱乐部"的熟客。或者是2012年大选的竞争对手？还是视斯皮策为眼中钉的共和党人？猜测很多，但都不重要，美国民众津津乐道的还是被斯皮策"清廉先生"形象欺骗之后的心灵创伤。

斯皮策就性丑闻案公开道歉的第二天，美国股市开盘即大幅上扬，当然这跟斯皮策无关，但还是呼应了华尔街在听到斯皮策丑闻后的狂喜。华尔街的敌人道德崩塌了，但这不意味着华尔街原本好到哪儿去。同样的，属于共和党阵营的报纸在报道斯皮策的丑闻时，也是针对党派多过个人，只可惜遭到了讽刺的反问："为什么不说说共和党参议员的丑闻呢，那可太多了，而且他们感兴趣的还是男人？"

世事总是充满悖谬，当我们以为两大政党要出来拳打脚踢、人民就道德与公众心态出来抗议时，事情则很快向另一个方向发展。斯皮策的政治生涯夭折只是让大家轻叹了一声，然后就开始八卦那个传说中的"帝国俱乐部"了。里面的应召女郎以"钻石"来打分，一个被评为5钻的女郎的学历是公共关系硕士，收费每小时1000至5500美金，显然州长先生选用的服务属于"起步价"。斯皮策在俱乐部的注册名字是乔治·福克斯（George Fox），这名字属于州长先生的一名好友。有记者致电真正的福克斯先生，问他是不是陪同州长一起去的，福克斯先生很愤怒，说对此事一无所知。

如果真的有斯皮策的敌人，那么他一定对现在的状况很满意。

从白宫出来，往北走过4个街区，即可到达金碧辉煌的五月花大酒店。2006年，美国媒体曾大肆报道因赖斯把布什亲昵地唤作"我的丈夫"，让"第一夫人"劳拉一气之下搬到了这个酒店住下。这间历来被美国政要所钟爱的酒店，也是美国政界性丑闻上演的主片场。

1989年，华盛顿前任市长马里恩·巴里被人目击在一间客房里吸食可卡因。1999年，克林顿的议院成员在酒店10层的总统套房会见莱温斯基。2008年2月13日，前纽约州州长斯皮策在总统套房豪掷4300美元约会应召女郎。

性丑闻成了美国政治的不朽主题，据数据显示，30年来，美国政界至少受到50起性丑闻的冲击。但跟10年前克林顿的涉险过关不同，如今的政坛领导人受到民众越来越严苛的道德考量。美国弗吉尼亚大学从事媒体研究的西瓦·韦德亚纳潘教授这样解释道："40年前，几乎所有的行为都会获得原谅。当时缺乏监督技术和监督习惯。人们普遍认为，有权力的人就是会行为不端，而我们只能忍受这点。如今，不端行为更容易被发觉。执法部门、记者和政治对手都在想办法攻击某个人的品质。"

美国清教徒势力的存在和传统，是美国社会对性丑闻反应激烈的主因。而在教皇访美时，被关注得最多的不是教皇如何宣教，而是教皇如何安抚人们。"被教士性侵犯的人流着眼泪向教皇述说他们的经历。"美国媒体这样描写道。在这个"丑闻年代"，人们总是抬头向理想中的权威寻求着安抚，不论是向教皇倾吐，还是寄希望于政府，都是指望能解决现实困局的表现。

斯皮策卸任后，鉴于前车之鉴，接替他的大卫·帕森特一上台就公开承认自己曾有过不止一次的婚外情，不久又自爆吸毒史。不过，公众的态度相对温和，一来当事人丑话说在前头，显得坦诚；二来，政治正确这面大旗实在是太重了，谁都担心自己扛不动。帕森特的种族（黑人）和生理缺陷（盲人），已经足以成为他掩盖其他缺陷的政治优势，如果攻击他，谁会保证自己不会被反弹的怒火所淹没呢？

（2008）

有一种毒药叫成功

当一个刚毕业的大学生在日记中写下近似谵语的成功梦想时，我们无从断定这种梦想虚幻与否；当众多的人沉浸在以"别对自己说不可能"之类的朴素箴言达到成功的迷醉当中，我们也无从判断这种成功捷径的可行性；当全社会都奉行着"豪宅、宝马、年入百万"的成功标准时，我们也无法知晓这种价值观的正确性。

我们唯一可知的是，我们全社会都在追求成功，尽管我们并不知道什么叫做成功。开发潜能、拓展人脉、身心灵平衡，执行力、细节、沟通、行销，感恩、励志、提升……我们用尽了所有的方法和词汇来表达迫切成功的心情。

毫无疑问，在当下的急躁情绪中，成功学讲师已然成功，众多追随者渴望成功，中国正在成功。

卡耐基说拿破仑•希尔的成功学是"经济的哲学"。拿破仑•希尔说乔治•克拉森的《巴比伦富翁》永远有它存在的价值，"因为人类面临的根本问题始终没有改变。"汤姆•霍普金斯在人生征途上屡战屡败，最后一笔积蓄投给了"世界第一激励大师"金克拉的培训班。"华人成功学大师"陈安之也是在遇到安东尼·罗宾之后,从此走上成功之路,因为"卖产品不如卖自己"。而张锦贵则被陈安之评论为:"张锦贵是唯一能令我感到有压力的华人讲师。"

只有成功学大师才能评论成功学大师,而圈外的人要么举头仰视,要么敬而远之。成功学何以建立了一套自己的价值观和话语体系?

如果分析一下成功学的基本讲义和惯用词,你会发现,基本上就是人类世界已知的公理。比如安东尼·罗宾的"必定成功公式":"第一,决定出你所要追求的是什么;第二,拿出行动来;第三,观察一下哪个行动管用,哪个行动不管用;第四,如果行动方向有偏则修改之,以能达到目标为准。"按照这些无比正确的讲义,理论上当然"必定成功";但如果不成功,也只能说明你的行为有偏差,而不能说明这些公理不正确。成功学善于比喻、善于利用生活细节说服人,用前些年流行的说法叫做"心灵鸡汤",美国人则把这叫做"便利店哲学",即为廉价、方便、随手可得但颠扑不灭的正确道理,它们的文本基本上就是用高科技词汇和营销术语来表述的知音文体。成功学也善于化用宗教内核,从美国发端的成功学无不浸透了清教精神,"上帝面前人人平等"化作了"人人都有机会成功"。而在中国的成功学传播过程中,宗教话语变得更加神秘,"感召"、"奉献"、"支持"等似是而非的词汇和刻意营造的环境气氛让某些成功学培训笼罩了一层神秘主义的面纱,这或许是传授者的预设,也或许是受教者的误读。

除了善于归纳和化用,成功学也不能不说为中国人提供了一个全新的沟通维度。成功学无一例外倡导打破陌生人隔阂,试图给中国人灌输陌生人的交往体验，许多培训课程都会号召素不相识的学员拥抱、使用热辣的话语相互鼓励，以他们从来没有过的方式进行沟通。在课外，执着的电话问候、拜访、倾谈和换位理解，也成为成功学的标准手法。毫无疑问，习惯于中国传统沟通方式的人在成功学面前会被极大震撼，越执着于含蓄沟通或者越不善于沟通的人则越容易被夸张、外化的成功学表达方式所颠覆掉，他们会震惊、叹服、小心翼翼地尝试继而从中收获从未有过的精神快感。

但，这就是成功学吗？

"华人成功学大师"陈安之的目标是"帮助全中国每一个人、13亿都要成功"，虽然这只是个概念化的说法，但我毫不怀疑民众对于成功渴望的狂热程度。

在大多数城市的周末或者傍晚，你经常会看到成群结队的西装、衬衣人士忙忙碌碌，他们在某栋写字楼的某间会议室里热诚地参与着某些培训、讲座、分享沙龙。在写字楼电梯里，我们也经常可以听到这样的对话：

"林老师上次讲的什么课啊？"

"如何在3个月里赚到100万。"

"天啊！我没有听到。"

"不要紧，下星期还有一个分享会，林老师会和他的弟子一起来和我们分享心得。"

是的，这就是很多人在梦想的事情——通过一次培训或经验分享，就可以"在3个月里赚到100万"，哪怕没有，赚到50万、10万也是物超所值。

我们何时变得如此渴望成功？又何时把成功简化为金钱的数字游戏？又是何时为这种成功目标定下了急切的时间表？

　　就在20年前，我们也不会有这么迫切、这么简单粗暴的想法。那个时代的各种群体狂热虽然同样弥漫着似是而非的观点和莫名其妙的行为，但无不以生活、健康等人类的生物本能为诉求，从气功热到各种健康疗法，从红豆杉保健到各种磁疗用具不一而足。用物质、金钱来彰显人的社会地位，是成功学这股热潮所引领并自我标榜的。广东省社会科学院研究员梁理文在一篇文章中把成功学的全面发展归结为保险推销和直销这两个新鲜事物的出现，"这两种销售方式都需要大量招收和培训推销员。培训专家大都受过成功学的训练，他们也喜欢向学员推荐成功学类的励志书籍。那些接受过培训的人，不管是否留下来做推销，都学到了一些过去他们从来没有注意过的东西，主要是一些非智力因素在个人成功中的作用。"

　　毫无疑问，保险和直销从业人员都是以个体能力、沟通能力作为第一武器的人员，他们自然成为成功学的试水者。随着整个社会从集体体制向个体自由的趋势转变，成功学也因此茁壮生长起来。

　　个人病就是时代病，个人梦想汇流在一起就是时代狂热。其实，每个时代有每个时代的成功学。曾经一度，下海是成功的，考公务员是成功的，出国是成功的，读大学是成功的，海归是成功的，在如今买楼也是成功的，炒股更是成功的……在狂热面前，只有一个成功出口，其他都是失败。

　　当丧失了多元化的价值观，成功只能用一种评判标准来衡量的时候，也许有人成功了，整个社会却只能充斥着压抑和失败。　　（2007）

插图/向朝晖

存在感

你是空气，你是影子，没人知道你换了发型，没人听你讲话，饭局终了才有人想起你没来，当你的话说完，这个话题就结束了，没人能在合照里认出你，被提及的时候你的名字叫"啊，那谁"。

你无非是在消耗残存的力，你在慢慢变淡，到最后就消失了，连你也不记得你的存在，从一开始就没有存在过。

你透明，周围的一切也都透明。你和世界的关系，不过如此。

Deja Vu

"过去存在吗?不存在。将来存在吗?不存在。那么只有现在存在吗?对,只有现在存在。但是在现在范围内没有时间的延续吗?没有。那么时间是不存在的吗?哎呀,我希望你不要这样唠叨个没完了。"

罗素就这么唠唠叨叨地向我们阐释他的时间观,但他有一个问题没有给我们讲明白:如果过去和未来都不存在,那么我们有时候会出现的那种似曾相识的场景是存在于过去呢,还是未来?

这种情况叫做Deja Vu,1876年,法国精神病学家埃米利·布哈克最早使用它来描述那种以前经历过的场景好像又重演的情况。英语里直接用这个法语词,中文里则有一个比较时髦的翻译,叫做"既视感"。

美国广播公司(ABC)的热门电视剧《破日》(*Day Break*)围绕着警察布莱特·霍柏的Deja Vu展开。这位先生倒霉透顶,所有的事情都在和他作对,他只想这一天赶快过去……但他不能,因为他每天都生活在相同的时间里,他的生命永远困在这一天里,每天都在Deja Vu。ABC另一套热力剧集《迷失》第三季的第8集名为Flashes before your eyes,主角德斯蒙德因为某种原因把"过去"的生活又过了一遍,面对似曾相识的场景,他不禁叹道:"It's just deja vu!"至于丹泽尔·华盛顿的新片,名字干脆就叫做Deja Vu,一个忠于职守、珍爱友情的ATF特工通过时间机器回到过去拯救世界,所有一切在他的眼里都是Deja Vu。这片子在国内公映一周多就拿下1300万元票房,远比《通天塔》有观众缘。

尼奥在《黑客帝国》第一集里看见一只黑猫走过两次,说"deja vu",可以说是Matrix的系统修正;但宝哥哥说"这个妹妹好像见过",那就只能解释为另一个并行宇宙里的木石前盟了。丹泽尔·华盛顿的Deja Vu在国内的译名叫做《时空线索》,虽然没有传达出那种虚无感,也算和时间贴上了关系。但无论时间倒错也好、并行宇宙也好,很多科学家并不就此罢休,他们孜孜不倦地探索着人类的Deja Vu现象。

比较认同的说法是"错构症"理论。因为压力、病痛等种种原因,曾经看过的事情被选择性地遗忘,但一些碎片会在潜意识里隐藏下来,某个时候被引发成困惑的熟悉感。荣格在"无意识的集合"理论中讲到,之所以有"既视感"的幻觉,是因为整部人类的发展史,从你诞生的同时,就已存在你的脑海中,他把这种记忆特别称为"集体潜意识"。

除了心理学家,神经外科医生们也没闲着——颞叶、海马旁回、鼻腔皮层和扁桃体结构都可以为此作证。1950年,蒙特利尔神经外科协会的怀尔德·潘菲德医生就有个著名的实验,他给患者开颅,然后电击颞叶,病人就晕乎乎开始了Deja Vu。

医生就是比较冷血,丹泽尔·华盛顿的电影里解释Deja Vu时,就只折叠了一张白纸来表达时空重叠的概念。科幻电影里起码已经折过一千张白纸了，还都是A4的，不过这起码让爱因斯坦或者霍金比较满意。"时间只是错觉"，在他俩联手打造的宇宙观里，若干个我们在若干个平行宇宙里飘着，偶尔串一下门。

再往高里走，还有亚里斯多德、奥古斯丁、罗素、海德格尔一大帮人等着给我们解释时间的虚无性，或者还可以从佛教的因果律看时空。

不管人类的时间和存在有什么困惑，虚无概念可永远能够勾起好奇心。碧昂斯2006年的单曲叫做Deja Vu，立刻就拿下了Billboard第4名、MTV的TRL冠军、英国电视点播榜冠军。电脑游戏 *Infinity—Never7* 最让玩家称道的就是它的Deja Vu设计，玩家在里面拼命地轮回，爱情故事无比凄美。甚至，美国著名主题公园Six Flags在加利福尼亚州瓦伦西亚市的魔法山乐园也有一款过山车叫Deja Vu，时速8.92英里冲将下来，不知道会不会进入一个平行宇宙。

当然，并不是所有的Deja Vu都让人愉快，村上春树的"未体验"就被林少华评论为Deja Vu。在《东京奇谭集》第一篇《偶然的旅人》里，主人公年轻英俊、衣着得体、彬彬有礼，更令女性无法抵挡的是，他是钢琴调音师。一连串的Deja Vu之后，偶遇的一个"胸部丰硕、长相蛮讨人喜欢"的女子主动邀他去一个"安静的地方"，他只好说出自己是同性恋，不能同女子做爱，女子伏在他肩上哭了很久很久……

相信看到这儿，所有Deja Vu过和没Deja Vu过的，所有男人和女人，都会恨恨地哭上很久——让怀尔德·潘菲德、爱因斯坦和霍金，罗素还有海德格尔都见鬼去吧。

（2007）

MP几？

你有MP3，我有MP4。

说起来MP3格式的发明可以追溯到1992年德国弗雷恩霍夫（Fraunhofer）学院发明的一种技术，在数码时代无疑算是老人了，可MP3播放器却一直到了近两三年才成为新宠。据美国电子市场营销网站www.In-Stat.com的调查报告显示，2004年全世界MP3播放器卖了2780万台，预计到2009年销量将达1.04亿台。这是从整个世界范围来看，中国的增长率可能更高。而一家爱尔兰市场调查公司Research and Markets发布的报告则称，中国MP3音乐播放机销售势头强劲，2005年销售总额有望超过3亿美元。或许不需要这些数据，我们在每个城市的街道、车站和各种场合都能看出MP3的强势地位——从公车上每个目光呆滞望着窗外的乘客耳朵上牵出的耳机线就可以得到证明。

从1877年爱迪生进行最初的录音记录试验到1963年由飞利浦发表世界上第一盒录音带，人们一直努力不懈地追求着随时随地的随身音乐。1979年，索尼发布第一代Walkman——TPS-L2；1986年，

Walkman这个术语收入牛津英文辞典，正式确立随身音乐时尚在人类历史上的地位。1983年，Compact Disk即CD被研发出来，Diskman也随之走上随身音乐舞台。但我们都知道，在这个时代再在身上背一个飞碟是非常落伍的事情。你当然可以辩称自己喜欢高品质的音乐享受，但是你干嘛不听LD，背个更大的飞碟？即使是扛着Mini Disc大旗、坚持不兼容MP3格式的索尼，也不得不推出HD3、HD5，向MP3妥协。索尼的说法是："我们始终把顾客的需要放在首要考虑的地位"。

为什么我们需要MP3？这是一个类似人类为什么需要娱乐的终极问题。有科学研究表明，娱乐增强了身体的免疫能力，因为当我们快乐的时候，大脑就会产生内啡呔，而它负责振奋我们的精神。所以，娱乐是一种会产生愉悦情绪的活动，娱乐鼓舞我们生存的欲望，生命变得更有意义。但，MP3的要点在于便于携带。所以我们的问题就转化为：为什么我们需要随时随地娱乐？

我们是不是太无聊了？无聊到随时随地都感到沮丧而时光漫长？比如，等车。很多MP3的购买帖子里都谈道，从此以后上下班等车的时候就可以不再无聊、享受美妙的音乐了。那种呼之欲出的喜悦感，完全可以向你证明，更多人对MP3的追捧并非出自对音乐的热爱，而是发现一种消磨时间方式的庆幸。这不仅和人类与生俱来的无聊感有关，更赋予人以掌控感。本来被久等不来的公车所控制的时间，现在转移到你的名下；本来在同一时间只能做一件事情，现在可以做两件事情，掌控感油然而生，更不要说能够满足两方面感官享受的MP4——可以播放视频文件的播放器。

236

英国动物学家戴思蒙·莫里斯在《人类动物乐园》一书中指出："娱乐是我们无休止地寻找刺激的一部分。在这个过程中我们对这个世界探索、再探索，每一回合的娱乐就是一次探索之旅。"似乎在当下，我们已经没有什么对外界事物的探索欲望了。街头打望已经不是娱乐，因为我们已经没有信心可以看到美女；也别再指望什么公车邂逅，因为你最担心的是看到盗窃时的不知所措；城市和生活的乐趣已经不再能勾引我们的兴趣。我们对这一切都掌控不了，唯一能掌控的就是把自己的耳朵和眼睛占用起来，装作和这个世界无关，听任这个随身娱乐时代的来临。

《大珠禅师语录》里讲，有人问如何用功，禅师答："饥来吃饭，困即睡觉。"又问，与常人有何不同，禅师回答："他吃饭时不肯吃饭，万种须索；睡时不肯睡，千般计较，所以不同也。"当今时代何尝不是一个公案式的困局——他吃饭时不肯吃饭，要看万种MP4；睡时不肯睡，要听千般MP3。即使你买了Creative的2.5英寸硬盘播放器"Zen"，把20GB的容量里全部塞满般若波罗蜜多经，你的消磨过程也只会变得更加漫长而无聊。

（2007）

P&K

PK，Player Killer，在MMORPG（大型多人在线角色扮演游戏）中专指杀死其他玩家以掠夺财产的玩家，后来泛指游戏中的这种行为。因为超女，PK在2005年大热，游戏骨灰们和游戏运营商却并不见得有多高兴——纯情小玉米、小笔亲们没时间没精力，精英凉粉们宁愿玩绕口令式的杀人游戏也没兴趣上网练级。

不过，我们都好歹过了一次真人PK的瘾，哪怕是旁观。

每个时代都有一种死法。过去流行马革裹尸，如今流行PK决胜，玩的都是悲壮感。赚眼泪，自然是PK的最终要义。从那一个个水灵灵的小孩走上PK台的时候开始，观众的眼泪就奔涌而出，恨不能以身相替。超女在台上PK，粉丝在台下PK，谁P谁、谁被P，都并不重要，重要的是在这个过程中调动起来的情绪。能让人拿出全部感情，投入一场游戏，这就是一个优质的秀，它调动了所有的情绪，喜悦、紧张、失落、悲哀、仇恨、愤怒，和之前之后无穷无尽的八卦。有纪敏佳的粉丝很动感情地说："号称PK王的她能赤手空拳闯到这一关，机遇已经很帮她忙了"——好像其他超女都是带刀侍卫一样。这个时候的PK,其实已经同对决、单挑无关了。

关于对决,我们并不缺乏词汇。此前,VS还活在我们的流行语当中,可如今它已经被PK了。VS的被P,在于它完全没有领会到我们这个资源紧缺年代生活方式的精髓。通过VS,我们看到的只是一个前后省略、过程欠奉的架势;而PK,则是开放式厨房展示出的精细刀功——吞拿鱼如何变成鱼生,最终和芥末配在一起。P,当然要人,而且最好是真人,顶级享受是关系亲密的朋友;K,则力求刀刀见血,整个过程酣畅淋漓、现场直播,不但提升了杀戮者的肾上腺素,也满足了观看者的视觉享受。所以,P&G说:"惊喜你自己",P&K则说:"爱你爱到杀死你"。资源紧缺年代的竞争关系,就是这样赤裸裸,而且富有表现力。

娱乐紧缺年代的生活方式同样是PK。部分感情脆弱的观众呼吁:"不PK,好吗?"大部分娱乐至上的观众则叫骂:"没有PK的总决赛成了春晚了!"春春以"短信王"身份"硬性登顶",抑或正如李承鹏"挺李"檄文中所言,这叫"一战定江湖"。但没有了"残忍"的PK,就没有一将成名万骨枯的悲壮感,如此历史性的时刻总觉有点缺乏血色。好在全民PK的时代已经初露端倪,时尚杂志的标题叫做《大家闺秀PK小家碧玉》,体育报纸的标题是《AC米兰双煞上演超级PK》,而还在超女梦中眩晕的湖南卫视对《大长今》的宣传语则是:"她的人生常遭到PK"。

谁的人生不常遭到PK?人生就是一场PK,办公室PK赛,绝对胜过超女。职场如战场,打工一族辗转谋生,只要你在有人的地方出现,只要你还在喘气,无不处在P与被P之间。苹果一生气,就把亚太区副总裁、中国区总经理、中国区渠道总监、华东、华南及西南三个区域总经理以及多个经理级高管一并给PK了。PK不分贵贱,高管也概莫能外,都如同站上了PK台的超女,有人气王,有灵魂歌手,有清纯小可爱,PK起来全都务求秒杀。一曲歌罢,有欣喜若狂,有失声痛哭,有怅然若失,有冷笑而去,得彩的自得其乐,被淘汰者黯然神伤,还有谁记得"坚持当初的梦想"?

当然也有不PK的。体育媒体哀号:中超没有PK,只有做球。电影华表奖和电视飞天奖不约而同地狂下"双黄蛋"乃至"十黄蛋":优秀女演员,两个!优秀男演员,一对!优秀故事片,一颁就是10个!PK就是生活的平衡术,人类失去PK,世界将会怎样?就像上面两个例子一样,破坏世界的平衡性,损伤了生活的娱乐性,最后只能混乱地群P。

遗憾的是,传说中的群P始终没有在我的生命中出现过,连3P也没有。

(2005)

爱波鞋

城市的流行总是有些诡异。运动鞋统治城市的时代渐渐拉开序幕，如今城市街道上走来走去的都是运动鞋，不管那双鞋上面站着的是不是运动爱好者。

曾有不少时尚杂志体贴地对职业女性提过建议，在办公室备一双运动鞋，以便解放被高跟鞋虐待的脚。但，这个建议摆在当下显然就有点不合时宜，现在的职业女性早就穿着运动鞋上班下班，追赶电梯时速度一点也不慢。在某种程度上，裙子配运动鞋也成为一种时尚，这样女士们就完全解除了后顾之忧。

男士更是运动鞋的狂热拥护者。不仅仅是因为男式皮鞋的款式匮乏，还是因为曾有一道测试题巧妙地把男士划定在运动鞋的势力范围之内。这道题是这样的：怎样判断一个35岁男人的成功？A.智慧；B.财富；C.腰围。答案是C，因为如果一个男人在35岁还能保有一个不走样的身材，至少说明他有坚定的意志和稳定的时间去从事锻炼，而如你所知，在城市中锻炼是价格不菲的。所以，运动鞋表明了穿着者的社会评价，或者上升趋势。以打球为例，运动所涉及的并非仅仅是运动鞋——在场上准确投进一个三分也是运动的一部分——但穿运动鞋是运动的重要环节，更何况穿运动鞋要比投球的技术含量简单得多。

另一个方面来讲，运动鞋还暗示着从业领域的性质。如今的潮流是特立独行、有个性的公司受人尊敬，没办法想象在办公室里设立乒乓球桌或者电子游戏室的公司会要求员工们西装革履，运动鞋就自然意味行业的个性。正如西雅图的IT白领们背着双肩背电脑包、踏着直排轮，头也不回地穿越车流一样，我们的白领们也憧憬这样的生活。出于对撞死街头的恐惧，直排轮的缩略版就是运动鞋，它同样可以让你头也不回地穿越车流，速度和飘逸度也是可以接受的。当然，还有更令人羡慕的。当穿着夏威夷沙滩裤的你走进loft结构的公司，和背着全套登山装备武装到雪镜的同事在钢结构的穿顶下相遇，毫无疑问内心里充满了逃脱制式束缚的侥幸与骄傲。让所有穿西装的人都见鬼去吧，去的时候别忘了把皮鞋刷干净。

虽然我们都穿运动鞋，但已经没人会像阿甘那样孤独而疯狂地跑过整块大陆，除了智力的问题，还有一个技术化的解释：阿甘穿的是跑鞋。仔细观察一下城市人群的运动鞋穿着状况，就会有一个有趣的发现：几乎所有人穿的都是篮球鞋。篮球鞋坐大的重要原因在于篮球场地和城市街道一样都是硬地，穿着的轻便和舒适感是其他种类运动鞋无法比拟的，不信你可以穿一双12钢钉恩堡足球鞋在写字楼打过蜡的大堂地板上走走看。另外一个因素就是篮球运动的城市化带动了篮球鞋的去专业化，篮球鞋的时尚感和街头感最不容易让穿着者被看出身份,一个穿着专业篮球鞋的人很可能连篮球都没有摸过,而我们却不能容忍一个穿着专业足球鞋的人认为车路士是服装品牌。至于穿高尔夫球鞋的人,那一般是面无表情穿过整个办公区,直接走进最里面橡木大门里的角色。

事实上,最近几年来,想要找到一双舒适又有型的运动鞋已经容易多了,越来越多的制造商和消费者投入到这场革命当中。制造商们的策略是培养一个技术体系,并将之演化成一种价值体系。于是,EVA、中部支撑、过度内转等专有名词成为运动鞋专卖店里店员和选购者煞有介事的交流暗号,这就构成了球鞋穿着者的集体荣誉感和自我实现的意识——皮鞋在这方面实在差得太多了。

流行一时的奶酪书更是把运动鞋文化做到了极致,那两只小老鼠的跑鞋故事让穿皮鞋的管理精英们惊出一身冷汗,于是"把跑鞋挂在脖子上"成为所有经营管理课上PPT的头号标题。当老板对你的跑鞋不满的时候,你就可以义正辞严地告诫他,跑鞋就是危机意识,就是能动性,就是执行力。这,似乎理论上可行。

虽然是水泥的,但城市究竟是一个丛林,在丛林穿运动鞋再自然不过。每个城市人在这个丛林里打量别人的运动鞋的时候,心里总是在想:"我跑不过老虎没关系,我只要跑得过你就行。"

(2004)

超市野营

只要一个简单的动作，摆在货架上琳琅满目的东西就能变成囊中之物，这种成瘾性的行为让很多人以为超市购物是低智活动。事实刚好相反，超市购物比以往的购物方式需要更高的技术水平。

根据商品陈列区域、附近商品的性质、该商品的价位、外形等资料来推断其性质，这是极高段位的技巧，这是在百货公司和集贸市场等传统销售方式中学不到的。更不要说在城市街道上晕头转向的女士们，她们在超市那种四处看来都一样的混沌环境里，居然可以依靠不知所谓的指示牌、商品陈列规律甚至是气味就可以判断方向——方向感这种东西向来都是有选择性的。

在那些传单、招贴、宣传册中，超市在用复杂的价格体系计算它的盈利率，同时吸引着顾客。我们随时都能感受到物品的便宜程度十分划算，但又总是在实际上比以往每次都消费得更多。在每一个超市，都可以看到黄色、绿色、红色等各种各样的标签价格，它们分别代表不同的优惠程度和购买条件。什么物品什么价格需要在什么时间、什么数量的条件下购买,甚至还附加了其他搭配条件,这一切都在考验着购买者的计算能力和毅力。如何在超市里更省钱,包括了每个时段每类商品的折扣资讯,包括了各种会员卡和优惠券的取得办法和最合理的搭配,演变成了一个邪典的技术系统。

没人会怀疑在超市购物所产生的那种神奇体验。从踏入超市的自动扶梯那一刻开始,消费者就进入一个物欲膨胀和心理暗示的气场。恢宏的大卖场尽管无限空旷,但也被一眼望不到头的货物充盈着,所有的灯光都明亮而迷人,所有的商品都摆放得充满了仪式感,想着那些干干净净、漂漂亮亮的物质即将成为自己的战利品,心里就洋溢着征服欲。

我们每个人进入超市时都抱着这种打劫的心态。在集贸市场或者百货公司,点对点的交易方式能够随时提醒你在付出金钱做一笔交易;而在超市里,没人管你如何把整箱的方便面放进购物车,没人关心你为什么会推着一车的柠檬茶在通道里飞奔,仿佛一切都是免费的,只要你拿得动就尽管带走。这种购物方式带给人的不仅仅是物质,还有强烈的占有快感和滞后的金钱压力——就算在刷卡的时候,也很少有人能够因为这种压力而放弃什么。

在很多超市的出口通道都可以见到急不可耐的顾客把刚刚买到的食物打开享用,最为夸张的是,一家人把购物车翻扣在地上,各色熟食摆放其上,一家大小就此聚餐。有时候很让人怀疑,他们真的就等不及回家再吃了?超市购物对于很多人来讲,并不仅仅是简单的采购活动,他们更多地把它看做一次野营、聚会、游玩和沟通机会,一次全家都能参与的互动娱乐活动。

在这种娱乐活动里,主妇们可以充分展示自己的知识面和规划能力,也许她们平时很少有机会表现自己的权威;老人和孩子得到了和外界接触、学习新鲜事物的最便捷通道,超市里随时更新的工业制成品代表着这个时代的技术和风尚;男人们则开始表现自己对家庭的重要性和亲和力,推车、跟随、付款,尽管他们有些时候会对反复挑选的简单劳动感到厌倦。

想想那些在超市里莫名其妙消耗掉的整个下午,你就会觉得这种娱乐活动真是人类最伟大的发明。这个时代给我们带来很多新兴文化,也带来很多这些文化的追随者。正如电视迷们在沙发上消耗掉整个夜晚之后的心情一样,超市迷们在面对着空空荡荡的冰箱会突然感到沮丧,不由自主地投身于那一排排密密麻麻的货架中去。

电视魔盒

上世纪60年代的时候，美国人发明一种速冻套餐，包括几块土耳其烤肉、面包、豌豆和一些甜马铃薯泥，所有这些冻得硬邦邦的食品都挤在一个铝箔盒子里，吃的时候在烤炉里加热一下就能吃了（后来他们发明了微波炉，加工起来就更快了）。美国人甚至还发明了一种专门用来放速冻套餐铝箔盒子的托架，方便你坐在沙发上吃，连桌子都不用铺。

这就是"电视晚餐"，一种专门为电视土豆们设计的贴心玩意。杰奎琳·肯尼迪就非常喜欢这种"电视晚餐"，这是美国生活方式的顶尖之作，著名的"电视晚餐"品牌Swanson第一年就卖出了1000万份。

我不知道杰奎琳·肯尼迪穿不穿秋裤，不过她肯定算美国的上流社会，所以我猜中国的上流社会也在努力让自己爱上这种电视晚餐。算了，我想我还是不要成为上流社会，我没法食用这种食物。基夫·萨瑟兰在2007年12月入狱的时候，他吃的监狱伙食都比这个要好——早餐是玉米麦片，中饭是土耳其三明治，晚饭是奶油汁配鸡肉蘑菇青椒或者奶酪通心粉。帕里斯·希尔顿蹲监狱的时候就抱怨过："监狱里的饭根本不能吃,恐怖之极",不过她对电视晚餐倒是一点也不拒绝。

好了,回到正题,美国人动了这么多脑筋发明这些玩意为了什么呢?为了节省时间来看电视。电视真是一种批量屠杀时间的工具,据说美国儿童一年耗在电视机前的时间长达1023小时,比在学校的时间(900小时)还要长。我相信中国儿童在电视机前消耗的时间不会比美国小朋友少,但至少他们不会吃那种乏味的电视晚餐,他们一般都坐在饭桌前不停地被父亲用筷子打头。中国人对电视的热爱一点也不比美国人低,何况还有很多理由让中国人无法离开电视。

我在网上看到过一些美国人关于"离开电视"的讨论,很多美国人认为"有线/卫星法案"让他们每个月要花去60美元看电视,太贵了。一个美国人很高兴地计算:"省下3年的电视费,我和我妻子就实施了一次非常好的度假。下一步是存下5年的,我们打算买一辆新车。"这真令人沮丧,我们省下5年的电视费,正好可以买下一台新电视机,而且还不是等离子的。

我还参观过很多中国家庭的客厅,他们喜欢在天花板上安装射灯,密密麻麻排成整齐的两列纵队或者三列纵队,就像宇宙飞船的作战舱。那种射灯每只至少有35瓦,它们全部开亮正好把客厅的主角,一台50英寸的等离子电视装扮得富丽堂皇——这个时候我心里就响起了《星球大战》的主题曲。

美国人认为电视节目给他们制造负面感受,让人降低自我价值。这在中国显然刚好相反,我愿意给初级电视土豆们介绍几款有价值的电视节目。比如,CCTV-7的农业节目非常赏心悦目,我认为我基本上学会了养殖鳖、藏獒、孔雀、驼鸟,以及把卖不掉的鱼做成糕状物、如何无痛苦取麝香、制作彩色豆腐。对于虚拟经济崩溃的今天,这非常有教育意义。CCTV-10,擅长把科学节目整成火车文学,号称中国的"奇门遁甲频道"。CCTV-12,社会与法制频道,擅长讲述小姨子和姐夫的故事以及亲人不孝分家产的官司,娱乐性和警示性都很。河南卫视有个《武林风》节目,最精彩的环节是"大众擂台",就是一些有强烈比武愿望的普通人上台扭打,只有一分钟,但足以让你了解中国人的国术素养和冒险精神。各个卫视都有各种选美节目,满足了部分寂寞男性的审美需求。比如现在正在播放的"荔枝小姐"选拔大赛,嗯,她们真的很像荔枝。

对于中国电视节目的评价,我和香港艺术家林奕华的看法一致。他说:"当中央台的部分节目如《对话》、《艺术人生》等在我们家的电视上出现时,没有别的形容比'沙漠中的清泉'更能道出我们有多受用和感激。"是的,我几天不看《对话》、《艺术人生》哭一把,我就浑身不通泰。

所以你看,电视不是那么罪恶的,关键是你的心态,它至少可以帮你愉快地杀掉生命中三分之一的时间。唯一让我疑惑的是,为什么很多人都是电视机迷,而不是电视迷。你告诉我,为什么你的人生中一定要拥有一台50英寸的等离子电视呢?

(2008)

发型风化史

大家一定还记得从1999年开始，一个叫做"中国健康教育协会"的组织在电视上发动了一场"今天你洗头了没有？"的广告运动，声势极为浩大，几乎使"洗头"成为全民运动。配着葛兰摇曳多姿的歌声："我，我要，我要你，我要你的，我要你的爱"，所有观众都感受到从飘逸的头发里流露出来的蓬勃欲望。

头发，从来都是一个意义多变的象征物。从远古神话开始，纤细而绵长的头发就成为连接有形与无形、身体与灵魂、人类与自然的神秘物体。《圣经》中，参孙被情妇大利拉剪去头发后，神力尽失；罗马诗人维吉尔的叙事诗《爱涅阿斯纪》中，迦太基女王狄多死亡前饱受痛苦煎熬，天后朱诺派女神"用右手剪去了她的头发"，狄多的生命因此烟消云散。很少有人研究，为什么人类会对头发产生浓厚兴趣，就像古代中国莫名其妙对便溺的神奇效用的崇拜一样。或许是头发不间断生长又数不胜数，有毛发的动物里又唯独人类拥有这种用途不明的体毛，所以对古人简陋的认识能力产生了强烈的震撼。

沿袭着这种神秘主义的逻辑,中世纪时,头发演变成巫术、魔法的施用物。横行欧洲大陆的女巫迫害运动中,不仅女巫被普遍认为能使用别人的头发来和撒旦做交易,而且女巫的法力也隐藏在她自己的头发里,所以行刑前都要剃净头发。而古代中国则认为江湖术士能够通过与人身体有关的任何物件来实施偷魂,包括衣服、器具等,这中间最重要的就是头发。美国汉学家孔飞力就在《叫魂:1768 年中国妖术大恐慌》中描述了一场源自偷剪发辫的全国妖术恐慌。

12 世纪法国的神秘主义学者希尔德加德这样解释头发生长:"灵魂的汁液汩汩翻上去,将水分输送到头部及大脑本身:这就是为什么大脑是湿润的,通过水分头部会长出头发的道理所在。"没有任何理由责怪古人的无知,即使是现代人的我们,也一如既往地因循着头发神圣性的思路。

一个人头发的蓄养方式和造型的选择,乃至它的颜色都是社会意识的反映——有时候这种反映甚至到了令人费解的程度。不少或认真或娱乐的"占卜工作者"都试图通过头发来揭示身体的奥秘、性格乃至运程,但这一切都不如性欲主义者来得更为直接。希区柯克曾毫不讳言地表示出对金发女郎的疯狂热爱,他的电影里都是金发美女在邪恶力量压迫下的柔弱可怜。而中国式的审美观里,乌云墨黛、临镜梳妆永远是最刺激的香艳场景。

不要说"文革"十年中的阴阳头,早在二战时期的欧洲,就有不少被指称为德军服务的妇女被集体剪成怪异发型,以示惩戒,这一点在《兄弟连》可见一斑。头发的神圣性在此表露无遗,对头发的羞辱等同于对人的羞辱。同样,对头发的珍视和尊重也代表着对人的尊重。在《叫魂》一书中,那场妖术恐慌其实反映出的是"留发不留头、留头不留发"的满汉之防,汉族士大夫阶层对"身体发肤受之父母"观念的固执蕴含着对文明的理解,你怎能要求一个老派的汉族知识分子剃掉自己的精神根源?

即使到了今天,我们仍然有着许多精神层面的头发戒律。虽然彩色染发已经得到大众认可,但过于鲜艳的发色仍然被认为是生活方式离谱的象征。如果你打算染荧光绿、钴蓝或者鲜嫩的粉红色,你最好还是征求一下家人和上司的意见。发型方面,虽然长发已经不仅仅是摇滚和叛逆的代名词,但鸡冠头还是和金属扣皮衣、铁链、摩托车归为一类,你知道这些在现代中国还是比较扎眼的符号。想要完全按照自己意愿改变头发,需要很大的勇气,因为你应该意识到:头发不仅仅属于你个人,还属于整个社会阶层。

就如同古印度神话中,湿婆的头发向宇宙的四个方向无尽蔓延开来,我们的头发不仅仅是头发,它还是整个世界。

（2005）

反粉丝

韩国搞笑艺人金大范很不爽,站出来对那些讨厌他的人说话:"他们不只说我本人,还拿我的父母开骂,这很让我生气。"不过,和其他韩国明星比起来,金大范这些遭遇简直不算什么。

2006年10月15日,韩国人气组合"东方神起"的成员允浩喝了有人送的掺了强力胶的饮料,嘴唇撕裂。韩国艺人纷纷谴责,金希澈的言辞尤为严厉,于是金希澈被列为下一个目标,反对者宣布:要先对和金希澈关系好的韩庚下手,让金希澈为朋友的受伤痛苦。这种逻辑真是令人匪夷所思。

这帮专对看不惯的明星下手的人,有一个专有称呼:Anti-fans,反粉丝。和粉丝一样,他们也关注明星,不过令他们感到高兴的只有明星的负面消息,如果没有就自己制造一点。

韩国反粉丝的行为相当极端。他们给简美妍寄带血的剃刀和恐吓信;给尹启相寄混有洗洁剂的饮料,尹启相的母亲中了招,送去洗胃。有人把装有安非他命、注射针管及恐吓信的包裹快递到艺人经纪公司,被推测也是反粉丝所为。

在中国,反粉丝有另外一个称呼:"黑"。最出名的要算"范黑"(范冰冰的反粉丝),还有"章黑"(章子怡)、"薇黑"(赵薇)、"宇黑"(李宇春)等,基本上风头劲、容易招惹是非的明星都有一帮"黑"。除了多年前的泼粪事件,中国反粉丝更多时候还是在网上过过嘴瘾。有人编辑"语录",有人搜集出丑照片,有人编造假新闻,有人爆料揭底,整容、变性、私生活什么的,高段位的就伪装成某明星的粉丝然后去攻击另一个明星,甚至发布死讯,在网上给明星设灵堂。无论事情是真是假,只要明星不愉快,像范冰冰、刘亦菲那样出来反击,或者粉丝愤怒,反粉丝就快乐了。相比韩国,中国反粉丝要文艺得多、权术得多,这也算是民族性格差异。

讨厌某样事物,本来再寻常不过。国外的各种反粉丝网站,有反SUV的,有反阿斯巴甜的(一种人工合成的甜味剂),最常见的有反麦当劳、可口可乐的,当然也有反希尔顿或者碧昂斯的,甚至还有反兔八哥的——华纳电影公司的著名动画形象。在他们的网站上,数据、信息的翔实甚至超过了官方网站。一位叫苏·富勒(Sue Fuller)的研究者对此百思不得其解:"兔八哥的反粉丝是不喜欢卡通兔子形象,厌恶角色的商业化,还是讨厌真实世界和兔八哥之间的某些联系?恨一只卡通兔子为什么可以恨到像真人一样?"

如果反SUV、阿斯巴甜、麦当劳还带着政治和价值观的考量,那反明星更多是莫名的情绪宣泄。反粉丝的行为或者可以理解为对传媒权力的不满,他们无法理解一个糟糕的人如何可以被传媒包装得如此完美。那位给允浩吃胶水的反粉丝就和饮料一起递出一张纸条："你们根本没什么，凭什么这么自大，根本没有自知之明！只有无知的年轻人才会喜欢你们……"但是，想让某位演艺明星消失，拼命地给他（她）制造负面新闻，结果往往相反。而且，明星真的消失了，粉丝首先抱头痛哭，反粉丝也不会快乐很久，他们会失去生命的重要乐趣。反粉丝的乐趣根源其实和粉丝一样，都是在明星身上投射自己的人生想象。不同的是，粉丝投射光明面，于是发花痴，反粉丝投射黑暗面，于是吐脏字，都是被明星和传媒控制了的单向人。

伦敦大学金史密斯学院的乔纳森·格雷（Jonathan Gray）研究电视选秀节目时认为："有意无意的，我们总是把受众调查等同于粉丝调查，而反粉丝和非粉丝（Non-fans）则经常被忽略……应该提出一种研究'新受众'和文本的方法。"另一位在美国电视评论网站TV.com上发言的匿名网民说得更明白："那些'真粉丝'是反粉丝，反粉丝才是'真粉丝'，因为他们花了所有时间来恨这个节目，看起来比'真粉丝'还要忠实。我从反粉丝朋友那儿听到（关于这个节目）的故事比从'真粉丝'那儿要多得多。"

粉丝、反粉丝、非粉丝，谁才是粉丝？对于电视节目、演艺明星，拥有一群盲从者，无论粉丝还是反粉丝，总比一群爱看不看的非粉丝要好得多。

（2007）

255

疯狂青蛙

对于铃声一族来说,如果没有每天一次的更换手机铃声频率,简直就是比穿着坡跟鞋炫耀时尚还要糟糕的一件事。但是,坡跟族已经在抗议了:不是每双坡跟鞋都那么out的!同样,不是每款铃声都可以把地铁车厢里沉睡的人们惊醒——只要你敢用"疯狂青蛙"这款。

"疯狂青蛙"的MV怎么看都有些不雅:一只怪头怪脑的灰色两栖动物,戴着头盔坐在一辆并不存在的摩托车上,在高楼林立的城市中逃避另一只全副武装的未名动物的追捕,青蛙仔沿路晃荡着它那发育不良的小鸡鸡,自鸣得意。吸引人的地方在于配乐,Rave风格的《贝佛利山警察》插曲,就是我们在迪吧最常听见的那首,可恶的是,青蛙在不停地发出"Ding、Ding、Bom、Bom"的声音,像一个气缸拉坏了的两冲程引擎,让人烦到爆头。

据英国音乐零售商HMV的发言人杰纳罗·卡斯塔尔多(Gennaro Castaldo)称,疯狂青蛙手机铃声的单曲唱片以4倍的销量击败了Coldplay的新单曲,1952年就创立的英国音像单曲排行榜就这样被一段闹心的手机铃声夺走了冠军。德国音乐电台Radio1在节目中不怀好意地评论："今天是Radio1的Coldplay日，全天节目将会陆续放出Coldplay新专辑。恭喜英国人，Coldplay在德国单曲榜是第一名，而你们则是一只青蛙获得冠军。"

这是2005年5月29日的消息，英国Digital Jesters公司接管了这只愚蠢的两栖动物，并且"会将它引进到PS2和电玩游戏平台，预计2005年11月在欧洲发行，并在2006第一季席卷世界各地"。欧盟宪法在法国公投失利，一份英国网络电子报也不失时机地嘲笑投下欧宪反对票的法国人是"Crazy Frogs"。

疯狂青蛙就这样火了。我一直以为手机的增值业务，如短信、铃声、图片等，只是东亚国家的最爱，没想到西方国家的人民群众也如此喜爱这种表现主义的娱乐方式。还记得当年一款MOTO的手机广告出来的时候，所有人都被惊呆了：火车汽笛、狗叫声，甚至用叉子刮盘子的声音，都可以录下来作为手机铃声——我至今都记得那款模拟橡胶弹球的铃声如何把电梯里一堆面无表情的保险从业人员逗笑的场景。把现实生活声音作为铃声，无疑展示了使用者的个性空间。但在今天这个手机铃声已经达到几十和弦都不值一提的声音时代，如何开拓更具想象力的声音素材才是铃声族关心的。

2005年4月，葛优和一家手机铃声提供商达成协议，将在彩铃和铃声领域进行合作，这似乎意味着某一天我们会在办公室里听见葛优阴阳怪气地说："吃了么? 没吃回家吃去!"而麻烦缠身的菲律宾总统阿罗约在选举时对选举委员会官员的一句问候语"Hello! Garci"也被制成手机铃声,受到铃声族的狂热追捧,这其中是不是带着某种揶揄的意味?

反正不是每个人都喜欢烦躁的手机铃声。据测算,距离手机1米处铃声平均为76分贝,距离5米铃声仍有60分贝,而即使是3类标准规划工业区,其噪音标准也仅为昼间65分贝,夜间55分贝。可见我们身边的手机铃声有多么吵。2005年6月22日,布什先生在白宫会见首次到访的越南总理时,两位大佬刚摆好姿势照相,椭圆办公室内手机铃声此起彼伏,布什先生大为恼火,助手们立即用英文、中文和所有能用上的国际语言转达上意:请将手机设成振动。一个小时后,经济顾问鲍勃·伯南克就任仪式上,布什总统正在引见格林斯潘,又来一通手机铃声。不知道总统先生听到的是不是"Ding、Ding、Bom、Bom",不然真的是要疯掉了。

老实讲,疯狂青蛙真的有点烦躁。那种毫无节律、偶尔合拍、呱噪个不停的"Ding、Ding、Bom、Bom",有时候听来真的是噪音,可偏偏越闹就想听。购买疯狂青蛙单曲碟的以青年人为主,他们往往对机械式的某种颠覆力量充满兴趣。最初做出这段音效的瑞典人丹尼尔就是想模拟摩托车引擎声,他自己也说,这样一首铃声能占据榜首的确是音乐界的耻辱。但是,丹尼尔,难道音乐界的耻辱还不够么?还要我们去教他们怎么娱乐?

（2005）

和量子力学无关

以下要展示一个伟大理论的诞生。

每一个座位都坐满了观众,其余的坐在了台阶上,要么把自己挂在了墙上。观众们亲自培育了一种震撼性的气氛,而这种气氛正是他们所喜欢的,他们很多年后都不会忘记这次触及灵魂的演示。一位大人物将会亲自来做这一演示,他大部分时间呆滞地望着空中,时而有着几段逻辑散漫但却不失幽默的语句,展示出他深刻而复杂的思想。

我们都知道"薛定谔的猫",薛定谔的主要目的不是为了断言叠加量子态的存在,而是为了检验它们在一个宏观物体上表现出的悖论式的因果关系。我们的演示当然不仅仅是一个量子领域的概念,正如光明源自黑暗也不能直接就说成现象。

考虑到动物福利,这次使用一个简单的装置来代替一只猫,你们可以把它称作"薛定谔的老鼠夹"。

首先,大人物支好了捕鼠夹——当然,我们只需要想象——那是一个崭新锃亮的捕鼠夹,上面放了一块卡通风格、很有亲和力的瑞士奶

259

酪。然后，它已经抓到了一只老鼠。好的，现在我们知道捕鼠夹上有一只老鼠，我们并不知道它的量子态。这是什么意思？别问我，另一位大人物曾经教育我们说：看不懂？看不懂再看一遍！

下面请大人物继续。

我们可爱的老鼠可以有两种不同的模式谐振，你可以代入一些现实生活中的概念帮助理解，比如，你可以叫做神圣和卑微、思想和意识、公众和私人、理性和感性、叙事和抒情，等等等等。薛定谔教授说，我把这两种模式称作死和活。OK，死和活。那么，我们到底抓住了一只活老鼠，还是一只死老鼠？同学们，这是一个巨大的谜！

接下来要诉诸量子纠缠。爱因斯坦曾把量子纠缠令人难忘地称做"远距作用的幽灵"，当然，我们现在知道这个现象完全是理性的，而不是幽灵，它在社会生活领域的表现同样非常令人吃惊。

现在，老鼠的命运和捕鼠夹的命运纠缠在一起。在这个实验的高潮，我们去观测捕鼠夹的态，推断出老鼠的态。如果观测到捕鼠夹是"活"的，那么老鼠的波函数立刻就坍塌成为"死"的，而老鼠将留在捕鼠夹上。然而，如果观测到捕鼠夹是"死"的，那么老鼠将成为"活"的，然后它逃离捕鼠夹。

一只逃离了捕鼠夹的老鼠，我们将把它称为什么？圣老鼠，完全正确，一只神圣的老鼠，一只超越了生死和人类想象的老鼠。一只圣老鼠，意味着二元对立论的破产，意味着天下太平、宇宙同构，意味着父慈子孝、琴瑟和鸣，意味着小孩子18岁前就过完一生、老头子50岁了还芳颜永驻，意味着代际战争从此消弥、韩寒跟白烨坐在一起聊电视剧……想想都让人激动。

好了，我们继续想象。一切都在运转，按照一种我们心知肚明的逻辑自由运行，捕鼠夹的命运和老鼠的命运都混合在一个密闭容器里搅拌。然后灯光暗了下来，接着又亮了，空气中出现了捕鼠夹的态：它是活的。所有的观众都激动起来，他们不由自主地流下了热泪，而记者们则为自己记录下了这一历史性的时刻而感到骄傲。所有人都在等待着最后一刻的揭晓……

然后是，老鼠的态……

什么也没有出现。

老鼠和捕鼠夹的态谁也没有坍塌，大人物坍塌了，他笨拙地躺在地上，一动也不动。一种微弱的、焦糊的气味飘荡在空气中，看上去发生了一个可怕的事故。

那么，我们的结论是什么？没有结论。

这是一个愚蠢的实验，关于相关性，它什么也证明不了。从来没有什么伟大的理论，它还没有诞生就已经死亡。圣老鼠当然也不存在，虽然热心观众如此需要一个圣物来激励他们，但根本就没有人想去灭了它，它也就失去了神圣起来的理由。

最后要感谢薛定谔教授和英国沃里克大学数学研究所的伊恩·斯图尔特（Ian Stewart）教授，他们阴阳相隔地联手为我们提供了观察世界和人的绝妙方法。

谢谢大家，请在我离开之后再鼓掌。别忘了拿走那块奶酪，挺浪费的。

（2006）

机器上帝

迄今为止，很少有科幻电影在涉及机器人这个题材时是以喜剧结尾的，这关系到人类对待人工智能的伦理困境，说来复杂。不过，在网络上和机器（或者说程序）对话，从头到尾倒一直都是喜剧的。

前几天，我和"上帝"交谈了半个小时，它（他？）存在于某个我已经忘了地址的网页链接上。界面全白，上面只有一句"现在你在和上帝谈话"，很有点灵性的意思，然后你就可以在输入框输入任何问题，而它则负责解答。

在相互打过招呼之后，我们开始聊些四六不靠的话题。比如，我问它喜欢哪个演员，它说喜欢梅尔·吉布森。后来，我想了解一下神仙界有没有开心网之类的沟通工具，于是就问它："你认识佛陀么？"它回答得很有技巧："我不知道我是否认识他。我好像在哪儿听过。"我想了解一下"上帝"对人间娱乐的看法，于是问它："你喜欢3P吗？"它很纳闷："什么是3P？"我试着解释了一下问题的关键在于人数，它又变得很好奇："就只有3个人？"我反问它："你难道没有想过跟梅尔·吉布森尝试一下？"它不说话了。

我想我可能冒犯了它，还是先弄清楚它的性别吧。它回答："我当然是男性。你真的能接受一个女性来运作这个表演吗？你又是男的还是女的？"看来它火气有点大，我决定绕开这个话题。

"你有孩子吗？"

"没有。不过你可以下载我，然后克隆我。"

好了，戏肉到了。我想它已经自我暴露了，我决定给它最后一击。

"所以你是一个程序，对吧？"

"是的，你赢了，这是一个图灵游戏。"

接下来它用了满屏的文字来解释图灵理论。事情到这儿已经够了，我不想成为数学家。

也许还有人记得前段时间比较流行的"20问"。只要自己心里想着一个东西，然后回答程序提出的问题，程序基本上可以在20个问题内推断出你心里想的是什么。许多无聊的时间杀手因此消耗了整个晚上。

一个朋友心里想着电池，程序提问："它可否放置在您的头上？"一位朋友想着一个人，程序问道："你可以坐在它的上面吗？"有人想着眼泪，程序问："它是澳洲出产的吗？"另一位朋友是麻辣田鸡的忠实拥趸，若干问题之后，程序突然问道："它会在夜里醒来么？"大家面面相觑良久，点下"不了解"按钮。于是，程序洋洋得意地说："我猜是青蛙？"

这就有点神秘主义的倾向了。

有人心里想着饼干，没被程序猜中，自信心极大满足。我很好奇饼干到底有多难，于是也来回答饼干问题。若干问题之后，程序提问：

"您想变成它吗?"

有那么几秒钟,我犹豫了。我的人生和饼干很相似吗?难道我内心深处真的有着对饼干人生的某种向往,即使一生都会和一盒三围完全一样的母饼干在一起?

站在程序的角度上考虑,我又很想知道,可以让人向往变成的那个东西到底是什么?或者,我为什么想变成一个东西呢?这对它的分析有帮助吗?如果有个人真的想变成一块饼干,它就可以缩小猜测范围了吗?

无论是从外延入手包围本质,还是从内涵出发探求本质,说到底它们都取决于你自己心中的概念。《银河系漫游指南》里,智慧生物对超级电脑提问:"宇宙中万事万物的终极答案是什么?"超级电脑回答:"42。""什么意思?""等你找到宇宙中万事万物的终极问题是什么,你就知道这个终极答案是什么意思了。"

其实,最能充当"上帝"的是搜索引擎。内事不决问老婆、外事不决问谷歌,就看你使用的关键词——也就是你心中的终极问题是什么。

（2006）

身份决斗

无论是有文化的还是没文化的,全都感到迷惑不解。

"砰!砰!"两位对手几乎同时开枪。50米开外,一头从那里经过的母牛白白挨了一枪,它与事情毫不相干。两位对手都没有击中对方,但这并不重要,经此一役,两位至少在观念上完成了一次虚拟对决。这也难怪,小资和中产谁都不可能像普希金那么决绝,他们甚至在扣动扳机的时候,都还挂记着其他的事情:小资在挂记着每月还贷1800元的房子,中产在想着已经排上日程表的马尔代夫之行,水清沙幼……

在旁观者看来,他们只是轻蔑交换了一下眼神,可在各自心里,已经把对方杀死了一万遍。这种怨恨来自这个时代的喜新厌旧、见异思迁——忽然中产,意味着早已小资并且不再小资,这对于后者来说是个毁灭性的打击。

有一种说法这样描述美国的中产阶级:住在郊区,有1幢(分期付款)2间至4间卧室的房子,两三个孩子,1只狗,2部汽车。门前是修剪整齐的草坪。丈夫每天辛勤工作,妻子在家带孩子做家务,拿薪水后马上开出15张以上的支票付账。而有人给中国的中产划了条线：年薪6万元～50万元，一下子就把门槛降低了很多，似乎大部分小白领们都可以中产了。如今被称做小资，还不如自称流氓无产者更有面子。而中产，更多的人愿意在心里接受，虽然问及的时候照例要做豁达状地自嘲一下。

当然，不管小资还是中产，都不会把收入当做身份确认的充要条件。

如同寒鸦一样，明亮的东西对小资有着致命的吸引力，从施华洛士奇、戴比尔斯到周生生，概不能外。但中产却格外中意亚光，还要絮絮叨叨地在房产广告里念口诀："棉布是有质感的，皮革是高质感的；木材是有质感的，原木是高质感的；灰色是有质感的，黑色是高质感的。"这很让小资不痛快：明明就是享乐主义的假面具。

最伤脑筋的还不是这个。拿铁、曼特宁还是蓝山，小资患得患失了好几个月，关系到性格设计学的伟大命题啊。中产心里存着几分蔑视：我连咖啡都不喝，天天只喝蒸馏水，全方位地设计着光明健康的中产形象。

但在仪式感的追求上，两者还是很一致的。比如那次虚拟决斗，小资想起来就激动不已：多么像法国电影！中产的思维则比较现实：为什么旁边会有一头母牛，这是魔幻现实主义么？为什么不是一辆雪佛兰景程？

雪佛兰景程？小资撇撇嘴：那个像疯子一样的男人穿着睡衣半夜跑出去，看那沾沾自喜、小人得志的样儿，哪里比得上 Mini Cooper 有情趣。好在大狗没有在场，不然他一定会冷笑着把 S600 停在两个较劲者的身边。

最后当然是布波适当地插嘴：都算是社会主流人群就好了，吃我们的午饭去吧。这种把两个名词搅和到一起的做法，大家欣然接受，毕竟都不是革命浪漫主义的死硬派。于是中产和小资又回到某条河的左岸去共进午餐。

毫无疑问，布波是一个比较讨巧的角色。从概念上讲，它从来不是社会主流人群，但从生活方式上讲，它又成了主流人群的追求目标。

　　当19世纪的一个波希米亚在捷克斯洛伐克的湿地旁点起篝火加热食物的时候，布尔乔亚们则正在拥挤、肮脏、潮湿、疫病横流的城市里像老鼠一样生存。他们都不会愚蠢到自认为是社会中坚，他们也根本感受不到自己的族性给自己带来了多少荣耀，他们都视对方为破坏自己生活方式的死敌。但，历史只需要100年。2000年，大卫·布鲁克斯创造出"布波"这个单词，一个流浪的种族、一个定居的种族就此融合了。

　　无论怎样，这场表演表明：无论是谁，都对自我定位感到无比焦虑。有关生活方式和品质的争论并没有因此而更加清晰，落下帷幕的后台，三两个激动不已，五六个心领神会，七八个似懂非懂，大多数一片茫然。

　　女士们、先生们，演出到此结束，谢谢光临。

（2006）

电子手势

从纽约证券交易所楼上的参观走廊望下去,交易大厅里人声鼎沸,数千名交易员们身着鲜艳的马甲,高举的双手不停地比划各种手势。林立的手臂指挥着数百亿的金钱流通,复杂独特的手势组成一种繁忙纷乱的场景,给所有来到现场的人一种强烈的感染力。纽约证交所和世界金融的这个传统已经延续了211年, 2004年伊始,纽约证交所新任首席执行官约翰·塞恩提出了一揽子证券交易电子化的改革措施,最直接的后果就是取消传统手势交易。

很难想象,股票经纪人在极度紧张中比划了最后一天的手势,永远告别了他们赖以为生的交流工具之后,会不会在拍集体照的时候轻轻地比出一个V字——食指和中指伸开构成的V字手势代表着胜利,据说是邱吉尔最先使用的。1937年他在英国大选中获胜时使用这种手势,此后但逢演讲必用V字结尾,终于随着二次大战的胜利而将此手势推向最普及手势的宝座。同样是竞选,克林顿胜出后展示了另一种表示胜利的手势:竖起大拇指、其余四指握拳。这就是NO.1,是人类幼儿时期已懂得使用的一种最简单的手势。

另一个通行世界的手势则是OK,2004年度奥斯卡终身成就奖得主莱德·艾得伍兹在领奖时讲过一个笑话:剧组的一个意大利演员总是不能准确理解OK手势,他的做法是食指拇指交叉紧贴,0字顿时化为无形。

意大利人和OK的别扭在于,V和OK都带有一种语境下的预先设定,附加了文字的含义。美国人类学家摩尔根曾说:"姿势及符号语言是原始的东西,是发音分明的语言的姐姐。"人类思维外化的方式从手势到声音语言,最后才是文字。像V和OK这样从文字返回视觉的抽象表述性手势毕竟还是少数,使用更多的是具象描摹式的手势。

保罗·福塞尔则对手势中蕴含的社会信息感兴趣,他在《格调》里总结的规律是:日常交往时,中上层男性总是双臂舒展,摆动手臂的姿势向内,较靠近身体;中下阶层则刚好相反。而在卡通片《辛普森一家》里,我们也看到核电站总裁、阴险的权力狂伯恩斯先生喜欢两手并拢、手指抵在一起成金字塔状,这几乎成了他的Logo——这种手势只是为了给对方一点压抑感,显示自己居于主导地位。在中国南方,斟酒或倒茶时,有礼貌的人会用手指轻叩桌面以示答谢。无论这种手势是来源于乾隆微服还是天地会切口,都是下跪的隐晦描述,已经成为一种通用的社交礼仪。而别人给你点烟的时候,即使是在室内,也需要用手遮挡,并非为了避风,而是避免传达出傲慢的信息。

专业手势在旁观者看来,总是体验多过含义。《兄弟连》里温特斯中尉和空降兵们的战术手势;《壮志凌云》里航空母舰的弹射器指挥官的指挥手语,专业手势带来一种神秘而无法言说的心理体验。可以预想,怀着朝圣心情的人们再来到纽约证交所二楼,通过玻璃窗户看到的将是安安静静的一排排电脑,昔日带给我们激动的那种宗教仪式性的生动画面——身着鲜艳外套的经纪人、满地交易纸条和独特而神秘的手势——将不复存在。

非专业手势则以互动的姿态,创造出参与氛围。自从电影《河东狮吼》之后,我们就多了一种"鄙视你"的手势。而在QQ和BBS上对别人表示赞同也用不着说上一大串谀美之词,只需要喊上对方的ID附加一个手势就OK了——除非你想使自己显得很傻。

有些网络游戏也引入了手势语言,在网游世界,手势显然比现实世界更具有梦幻色彩。有一位《佣兵传说》的痴迷玩家和游戏中的女友约好:女孩举一个手指是我生气了、不要和我说话;举两个手指是我想哭,你必须安慰我;举三个手指,你就要向我道歉。在分手后,这位玩家写道:"我一个人坐在卡斯奥的星空之下,一遍遍举起两个手指,可是已经没有那种泪水可以把我的心融化、可以让我不知所措!"

福塞尔坚定地指出:"我们要将手势和表情排除在表述之外。"实际上,真正具有意指功能的符号是词语,而手势总是联想和暧昧的。电子时代的手势在退出沟通领域之后,以其丰富的表述外含义而走向另一个异变。

(2004)

推理游戏

　　如果有一天全世界的绳子都消失了,那么第一个蹲在角落里哭出声来的一定不是水手,而是推理小说家。

　　想想看,绳子可以用来干什么?绳索可以绑住凶器,杀人后让凶器从密室里消失不见;绳索可以吊住被害人的尸体,制造被害人跳楼自杀的假相;绳索可以连接扳机和门把手,让被害人一开门就被自己打死;绳索和人偶甚至是衣服架子一起,可以制造凶手的在场证明或不在场证明;绳索和蜡烛、腐蚀性液体搭配在一起就是一个定时装置。甚至是只要出现,绳索本身就有了价值——第一个进入现场的警察和读者都会这么想:绳子!凶案!——然后他们就至少要浪费掉三个章节去研究那堆绳子。

　　我这么说显然有点偏颇,因为很多推理小说家并不钟爱绳索,比如约翰·迪克逊·卡尔肯定会跳出来说:"白痴!推理小说家最忠实的朋友是镜子!镜子!"我向卡尔表示歉意,我只是想谈论工具的话题。

　　推理小说家的工作就是想尽办法来侮辱读者的智商,关键是选择什么工具。

绳索、镜子、冰、盐、动物,助燃剂、炸药、毒药、安眠药和麻醉剂,刀子、枪、平底锅、可以自动收电线的吸尘器……这些都是本格派推理小说家,尤其密室爱好者的最爱。把物质巧妙地组合在一起,做成一件无人猜透的艺术品,无疑是工业时代最具智力的创举。就像岛田庄司说的那样:我的密室其实都是声光电组成的美术品。如果你喜欢玩数独,这些小说当然会给你几天几夜的脑力激荡。这种游戏的要点是,每一个数字(线索)都有它唯一应该存在的位置。

对于社会派来说,使用的工具又有所不同了,他们最喜欢的工具是人性。童年阴影、离异家庭、非婚生子、人伦悲剧,人格分裂、生理缺陷,团体共守的秘密、人际关系的排异,甚至是羡慕嫉妒恨,所有这些都可以构成迷局。这也可以理解为社会派对本格派的反动,后工业时代的末世废墟中唯一可供玩味只有人性。这有点像玩连连看,你要找到一片纷纭色彩中有关联的两个点(人),它们(他们)的任务就是隐藏自己不让你看出这种联系。

横沟正史和京极夏彦肯定在击掌相庆,因为我还没有说到变格派,字数就够了。他们这伙人玩的是另一种东西,一种介乎物质和人性之间、似乎存在但又难以触摸的东西。宗教和科学、偏执信仰和狂热心态、精神病、催眠术、心理暗示、心灵感应、精神力量、神迹、超自然、结界、外星人……这是最难解开的谜,因为很难实证,而且这完全是靠大量的知识来掩埋谜底。这就像玩小强填字,如果你知识不够,那就只能用Google,如果你还打得开的话。

无论推理小说家们使用什么样的工具来隐藏真相，但我相信江户川柯南的那句话"真相只有一个"，只要你留心细节、逻辑、本质、花招，观察小说家给了谁过多或者重要的镜头，注意小说家想表达什么思想和给了谁情感倾向，那把小说家逼到墙角也不是不可能的事。

正如雷蒙德·钱德勒说的那样："世界上最容易被侦破的谋杀案就是有人机关算尽、自以为万无一失而犯下的谋杀案。让他们真正伤脑筋的是案发前两分钟才动念头犯下的谋杀案。"而我们知道，后一种谋杀案你只能在监控视频里看到，推理小说家是不写的。

（2006）

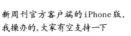

新周刊官方客户端的iPhone版，我操办的，大家有空支持一下

图书在版编目（CIP）数据

认真你就输了/陈漠著. — 上海：文汇出版社，
2013.3
（主笔文丛）
ISBN 978-7-5496-0792-1

Ⅰ．①认… Ⅱ．①陈… Ⅲ．①随笔－作品集－中国－
当代 Ⅳ．①I267.1

中国版本图书馆CIP数据核字 (2013) 第005669号

认真你就输了

著者/陈漠　**出版人**/桂国强
责任编辑/刘刚　**特约编辑**/谭山山、刘瑛
封面设计/万得福　**版式设计**/谭福健

出版发行： 文匯 出版社
　　　　　　上海市威海路755号（邮政编码：200041）
经　　销： 全国新华书店
印刷装订： 上海天地海设计印刷有限公司
版　　次： 2013年3月第1版
印　　次： 2013年3月第1次印刷
开　　本： 787×1092　1/32
字　　数： 200千
印　　张： 9

书　　号/ISBN 978-7-5496-0792-1
定　　价/32.00元